Charly Weller
Eulenkopf

Charly Weller, geb. 1951 in Marburg a. d. Lahn, ist von Hause aus Filmemacher. Nach seiner Jugend in Gießen und Wetzlar studierte er zunächst Theologie, es folgte das Jura- und Publizistikstudium in Berlin. Zwischenzeitlich betätigte er sich als Fotograf, Journalist, Taxifahrer, Versicherungsvertreter und Kinobetreiber. Nach der Regieassistenz unter Peter Fleischmann drehte er erste eigene Filme und wurde ausgezeichnet, u. a. mit dem »Prix du Jury« in Cannes und dem »Max-Ophüls-Förderpreis«. Er war Regisseur zahlreicher Folgen von TV-Krimi-Serien wie »Ein Fall für Zwei«, »Die Kommissarin«, »Im Namen des Gesetzes« und anderen.
Heute arbeitet er als Chef von »Mittelhessen-TV« und lebt mit seiner Frau Ritchie zwischen Gießen und Wetzlar.

Charly Weller

EULEN KOPF

Kriminalroman

KBV

1. Auflage Oktober 2014
2. Auflage Dezember 2014
3. Auflage Februar 2015

www.kbv-verlag.de
E-Mail: info@kbv-verlag.de
Telefon: 0 65 93 - 998 96-0
Fax: 0 65 93 - 998 96-20
Umschlaggestaltung: Ralf Kramp
Redaktion: Volker Maria Neumann, Köln
Druck: CPI books, Ebner & Spiegel GmbH, Ulm
Printed in Germany
ISBN 978-3-95441-197-9

für Anna

Liebe Anwohner vom Eulenkopf,
bitte nehmt mir nicht übel,
dass ich ausgerechnet Eure Siedlung
zum Schauplatz meines Buches gemacht habe.
Nehmt das Buch bitte so,
wie ich es gemeint habe:
als Liebeserklärung an Euch, Eure Siedlung
und das Manische in Gießen.

PROLOG

Gerd Busecker, ehemaliger Rektor der Schillerschule, Gießen:

Er war ein böser Junge. Das kann man nicht anders sagen. Als ich das erste Mal auf ihn aufmerksam wurde, war er acht oder neun. Zu der Zeit ging er in die dritte Klasse der Schillerschule. Ich war damals seit einem Jahr dort Rektor. Er ging in die Klasse von Erich Kesselbach. Dieser Lehrer war dafür bekannt, dass er einen recht ungewöhnlichen Umgang mit der Vermittlung von Unterrichtsstoff hatte. Er gab Chemie und Religion. Und irgendwie hatte die Kombination dieser beiden Fächer bei ihm eigenartige Verquickungen zur Folge.

So hat er beispielsweise die Verwandlung von Wasser in Wein auf einen Trick zurückgeführt, den Jesus durch die Beigabe einer kleinen Prise Kaliumpermanganat in Wasser bewerkstelligt hätte. Das Ganze habe nur deshalb funktionieren können, hat er seine Schüler glauben machen wollen, weil Jesus niemanden von der dunkelviolett gefärbten Flüssigkeit habe kosten lassen und die Landbevölkerung im damaligen Judäa von chemischen Reaktionen so gut wie keine Ahnung gehabt habe.

Die Schillerschule hatte zu der Zeit, als ich dort Rektor war, einen sehr schlechten Ruf. Der Grund dafür war, dass es damals in Gießen noch keine Schule stadtauswärts auf der anderen Seite der Lahn gab. Deshalb gehörte die Gegend dort, die Gummiinsel heißt und schon immer als sozialer Brennpunkt verschrien war, zum Einzugsgebiet meiner Schule.

Ursprünglich war die Gummiinsel eine Arbeitersiedlung. Ihren Namen verdankt sie einer Gummifabrik, die es dort früher mal gab. Später, als die Fabrik nicht mehr da war, hatten sich bevorzugt Schausteller mit ihren Familien in der Siedlung niedergelassen. Außerdem gab es dort jede Menge ambulante Gewerbetreibende, Altwarenhändler, Roma und Sinti.

Das Zusammenleben derer, die dort wohnten, war bestimmt von einem permanenten Überlebenskampf am Rande des Existenzminimums. Konflikte wurden mit unerbittlicher Brutalität ausgetragen. Außerdem verständigte man sich mit einer eigenen Sprache, die in Gießen »Manisch« genannt wird. Woanders meint man oft, Manisch hätte was mit »manisch-depressiv« zu tun. Aber dem ist nicht so. Vielmehr handelt es sich bei dem Manischen in Gießen um einen Sonderwortschatz jenisch-rotwelschen Ursprungs, gewissermaßen um eine Räubersprache, die seit dem Mittelalter der geheimen Verständigung unter Bettlern, fahrendem Volk und kriminellen Subkulturen diente. Meist erkennt man das Manische daran, dass der Tonfall von einer gewissen nasalen Atemnot unterlegt ist. Irgendwann im Laufe der Jahre war diese Sprache von Schaustellern und ambulanten Gewerbetreibenden übernommen worden.

Außerhalb der Gummiinsel wird noch am Eulenkopf und an der Margaretenhütte, zwei weiteren sozialen Brennpunkten in Gießen, manisch gesprochen. Auch deren Anwohner, die im Sommer nach Zigeunerart umherziehen und in der kalten Jahreszeit hier ihr Winterquartier haben, werden von den Gießenern mit abschätzigem Tonfall als »Manische«, »Maneköpp« oder »Manos« tituliert.

Gleichzeitig waren diese drei Wohnquartiere schon immer die Viertel in Gießen mit den kinderreichsten Familien – und diese Kinder fast ausnahmslos verhaltensauffällig, aggressiv, brutal und permanent bereit zu kriminellen Handlungen.

Es war also absolut kein Zuckerschlecken seinerzeit auf der Schillerschule. Weder für mich als Rektor noch für den restlichen Lehrkörper, und schon gar nicht für die Kinder aus der Gießener Innenstadt, die eher aus bürgerlich behüteten Verhältnissen stammten. Diese lebten in ständiger Angst vor den Kindern von der Gummiinsel. Es verging kein Tag, an dem es keine Prügelei auf dem Schulhof gab, bei der aufeinander eingedroschen wurde wie auf kaltes Eisen.

Dennoch hatte es nie einen Vorfall gegeben, der an die Abgründigkeit herangereicht hätte, zu der dieser Junge seinerzeit fähig war. Er hieß Jürgen Befort. Ich habe diesen Namen nie vergessen.

Dabei kam Jürgen Befort gar nicht von der Gummiinsel. Seine Mutter war alleinerziehend und arbeitete als Krankenschwester in der Uni-Klinik. Die beiden lebten in einer kleinen Wohnung in der Marktstraße. In dem Haus, in dem früher die Firma *Lich am Marktplatz* ihren Sitz hatte. An der Ecke zur Rittergasse.

In dem Haus wohnten auch zwei Schwestern, die mit meiner Frau zur Schule gegangen waren. Manchmal haben wir die beiden Damen besucht und sind dabei dem Jürgen und seiner Mutter im Treppenhaus begegnet. Eine anständige Frau. Immer sauber angezogen und ordentlich frisiert. Sie hatte es wirklich nicht verdient, dass ihr Sohn zu einer derart bösartigen Handlung fähig war.

Ich erinnere mich noch genau an die beiden Polizisten, die damals zu uns ins Sekretariat kamen und mich sprechen wollten. Das war nicht das erste Mal, dass Polizei zu uns in die Schule kam. Aber bis dahin war es immer »nur« um Körperverletzungen oder Eigentumsdelikte gegangen.

Diesmal war das anders. Die beiden Uniformierten wollten erst mit mir alleine reden. Sie waren ziemlich betroffen, als sie mir in meinem Büro eröffneten, dass es da einen Jungen an meiner Schule gebe, der beim Kinderfasching im *Café Rühl* in der Backstube Splitter von Rasierklingen in den Kreppelteig gemischt habe.

Ich wollte das nicht für möglich halten. Deshalb habe ich ihn sofort holen lassen und zur Rede gestellt. Aber anstatt zu antworten, hat er mich nur stumm angeschaut mit seinen tiefen, braunen Augen. Wie zwei Bergkristalle hatten sie eine unglaubliche Tiefe, in der man sich sofort verlieren konnte. Gleichzeitig wanderte sein Blick zu einem imaginären Punkt oberhalb meines Kopfes, weshalb ich den Eindruck hatte, dass er geheimen Gedanken nachhing, während er sich eine Antwort überlegte. Schließlich zuckte er mit den Schultern und sagte ganz ruhig: »Weiß nicht.«

Als ich dann fragte, ob er das schon öfter gemacht habe, dauerte es wieder eine ganze Weile, bis er mit einem ganz dünnen »Nein« herauskam. Und als einer der Polizisten sagte, dass der Lehrling nur durch eine Notoperation vor dem sicheren Tod gerettet werden konnte, entgegnete der Junge mit einer unendlichen Traurigkeit: »Der arme Lehrling.«

Es war von vornherein klar, dass bei diesem Vorfall keine der seinerzeit üblichen Bestrafungsmaßnahmen – weder Schimpfen, Hausarrest noch körperliche Züchtigung – würden greifen können. Deshalb war es für mich das erste Mal, dass über das Schulamt ein Psychologe eingeschaltet wurde. Das hatte zur Folge, dass Jürgen Befort anschließend in dem damals kurz zuvor von Horst-Eberhard Richter gegründeteten Institut für Psychoanalyse und Psychotherapie in der Ludwigstraße behandelt wurde.

Der Junge hatte es insgesamt nicht leicht. Bei seiner Einschulung hatte er keinen Vater. Der hatte sich, wenn ich mich recht erinnere, ins Ausland abgesetzt. Außerdem war er der

Kleinste und Schwächste in seiner Klasse, und er hatte einen Sprachfehler. Er hat gestottert. Jürgen war wirklich arm dran, und er hatte dieses böse Herz.

Ich habe mir oft Gedanken gemacht, was wohl aus ihm geworden sein mag. Denn irgendwie hatte ich immer das Gefühl, dass er es im Leben mal nicht leicht haben würde.

BORSTER

Reinhold Göbel, Polizeihauptmeister im Streifendienst, Gießen:

Meine Fresse, war das eine Nacht. So ein Regen war mir mein Lebtag noch nicht untergekommen. Schon zu Beginn unserer Schicht kam es runter wie Sau. Und anstatt weniger zu werden, wurde es von Stunde zu Stunde mehr. Gullydeckel wurden von den Wassermassen hochgedrückt, und ein Löschzug nach dem anderen musste ausrücken, um irgendwelche Keller leerzupumpen.

Wenn sich in dieser Nacht jemand hätte umbringen wollen, hätte er sich nur mit offenem Mund zum Himmel ins Freie stellen müssen, um sich auf diese Weise zu ertränken. Eine Nacht wie geschaffen, um in einem frisch bezogenen Bett mit seiner Liebsten auf Löffelchen zu kuscheln, so will ich mal sagen.

Kurz nach halb zehn kam über Funk die Nachricht, dass am Eulenkopf jemand kopfüber in einem Gully steckt. Vermutlich männlich. Vermutlich tot.

Wir hatten zu dem Zeitpunkt gerade einen schwarzen Boxster mit Friedberger Kennzeichen im Visier. Er war uns aufgefallen, weil die Frau, die da hinterm Steuer saß, ihn am Elefantenklo zweimal hintereinander abgewürgt hatte. Soweit wir das erkennen konnten, war sie Mitte vierzig, hatte kurze, schwarze Haare und grellrot geschminkte Lippen. Sehr grellrot geschminkte Lippen.

Wenn es nach dem Manfred gegangen wäre, hätten wir sie gleich an Ort und Stelle blasen lassen. Aber ich wollte nicht.

»Nicht bei dem Sauwetter«, hatte ich gesagt. Draußen schüttete es wie aus Eimern.

Wir einigten uns darauf, den roten Lippen in angemessenem Abstand zu folgen. Im Schutz der Autobahnbrücke von Kleinlinden konnten wir uns die Dame dann immer noch vorknöpfen. Sofern sie bis dahin dazu übergegangen sein sollte, in Schlangenlinie zu fahren. Ansonsten hätten wir sie unbehelligt davonziehen lassen Richtung Wetterau.

Während wir dem Wagen folgten, musste ich an meine Frau denken, der so ein Porsche schon mal aufgefallen war und sie gemeint hatte, der sehe ja schon toll aus, so ein »Borster«.

Ich hatte sie dann aufgeklärt, dass das Auto gefälligst Boxster hieße und nicht Borster, was sie aber nicht akzeptieren wollte. Ihre beste Freundin nämlich hätte dieses Modell ebenfalls schon mal Borster genannt. Ganz offensichtlich scheint es sich um eine in der Weiblichkeit verwurzelte Wahrnehmung zu handeln, den Schriftzug *Boxster* am Heck eines Porsche als *Borster* zu entziffern.

Der Manfred Jungblut und ich, wir fahren seit vier Jahren zusammen Streife. Wir sind als Team total aufeinander eingespielt. Wenn wir uns etwas mitteilen wollen, was Außenstehende nicht mitkriegen sollen, haben wir eine eigene Verständigung entwickelt. Wenn ich zum Beispiel »Siebzehn« sage, dann heißt das, dass derjenige, den wir gerade kontrollieren, mir verdächtig vorkommt und der Manfred sich mit griffbereiter Waffe hinter ihm postieren soll. Bei unserer Arbeit ist es absolut wichtig, dass man sich blind aufeinander verlassen kann.

Ansonsten sagt man dem Manfred nach, er wäre nur deshalb Polizist geworden, um jederzeit schöne Frauen in teuren Autos kontrollieren zu können. Dabei spielt es bestimmt eine gewisse Rolle, dass er noch ledig ist. Bei mir ist das anders.

Ich bin seit acht Jahren verheiratet und habe mir den Beruf gewählt, um mich für mehr Gerechtigkeit unter den Menschen einzusetzen. Ich wollte schon immer andere davor schützen, dass ihnen Böses widerfährt.

Im Laufe der Zeit ist mir allerdings mehr und mehr klar geworden, dass man als Polizist nur den anderen die Drecksarbeit abnimmt. Sie hacken bevorzugt auf einem rum, solange alles glatt läuft, aber wehe dem, wenn mal was aus dem Ruder läuft, dann soll man ruck-zuck auf der Matte stehen.

Über die Frankfurter Straße stadtauswärts hatte der Borster ganz manierlich die Spur gehalten. Unsere Scheibenwischer hatten ihren lieben Schaff, trotz Stufe zwei den Blick durch die Frontscheibe freizuhalten. Im Funk hagelte es Anweisungen rund um den Gully am Eulenkopf. Kontrollen wurden angeordnet, Absperrungen eingerichtet, Gerätschaften angefordert.

Auf Höhe der Rechtsmedizin waren plötzlich wir dran. Die Leitstelle wollte unseren Standort wissen.

»In Fahrt Frankfurter, Höhe Rechtsmedizin«, sagte der Manfred, bevor er für die Leitstelle unhörbar hinzufügte: »Wir hätten uns die Alte gleich vorknöpfen sollen.«

»Stimmt«, sagte ich, »dann wären wir jetzt aus dem Schneider und müssten nicht raus in die Sintflut.«

Dann bekamen wir unseren Auftrag, nämlich den Kriminalhauptkommissar Roman Worstedt zu Hause abzuholen und zum Tatort am Eulenkopf zu bringen.

Wir hatten erst mal gedacht, wir hätten uns verhört. Deshalb hat der Manfred gleich noch mal nachgefragt: »War das richtig, Roman Worstedt zu Hause abholen und zum Tatort am Eulenkopf bringen?«

»Korrekt«, war die prompte Antwort der Einsatzleitstelle, »Worstedt übernimmt die Ermittlungen; Anweisung von Kroko.«

Mit »Kroko« war Krokoczinski gemeint, Frank Krokoczinski, Einsatzleiter im Polizeipräsidium Mittelhessen, gewissermaßen unser aller Chef – und seinem Spitznamen entsprechend bissgefährlich wie ein Krokodil.

Wir konnten uns keinen Reim darauf machen, warum gerade Worstedt die Ermittlung übertragen wurde. Dieser Mann war seit Jahren in keine Mordermittlung mehr eingebunden gewesen. Früher war er zwar einer der fähigsten Ermittler bei Straftaten gegen das Leben gewesen, aber dann war seine Tochter gestorben. Das hat ihn böse aus der Bahn geworfen. Er hatte diesen Tod nicht verkraften können, hatte angefangen zu trinken, seinen Führerschein verloren – und sein Leben war mehr und mehr den Bach runtergegangen.

Nachdem er über Monate hinweg dienstunfähig und zeitweise stationär in der Psychiatrie untergebracht war, ging er zu den Anonymen Alkoholikern und wurde in den Innendienst versetzt. Er hatte von da an nur noch kleine Diebstahldelikte zu bearbeiten. Mehr war für ihn nicht mehr drin.

In den drei Jahren nach dem Tod seiner Tochter hat er vorneweg dreißig Kilo zugenommen. Wer ihn von früher kannte und seine Veränderung nicht mitbekommen hat, würde ihn heute nicht wiedererkennen.

DER TRAUM

Frank Krokoczinski, Einsatzleiter
Polizeipräsidium Mittelhessen, Gießen:

Immer wieder derselbe Traum«, hatte er gesagt, »sie schlägt ihre Augen auf, lächelt mich an, streckt eine Hand aus dem Sarg und sagt: ›Komm zu mir, Papa, komm doch zu mir.‹«

Im Krankenhaus hatten sie ihm gesagt, sie hätte noch anderthalb Jahre. Dann waren es gerade mal noch fünf Wochen. Scheiß Krebs. Gerade mal vierundzwanzig war sie geworden. Mir war klar, dass es eine lange Zeit dauern würde, bis Roman darüber hinweg wäre.

Vier Tage, nachdem seine Tochter gestorben war, saß er mir wieder gegenüber. Sein Blick ging schnurstracks in einen dunklen Tunnel. Ich brauchte mehrere Anläufe, bevor ich ihn dazu bewegen konnte, damit rauszurücken, was los war.

Schließlich erklärte er, seine Geschiedene habe ihm eröffnet, dass er gar nicht der leibliche Vater seiner verstorbenen Tochter sei. Gleichzeitig habe sie ihn von der Beerdigung ausgeladen, weil der Erzeuger mit seiner Familie aus Biberach erwartet würde.

Als er fertig war, konnte keiner mehr was sagen. Ich nicht, und er auch nicht. Irgendwann habe ich dann meine Hand ausgestreckt und gesagt: »Roman, gib mir deine Waffe.«

Ich wusste, dass er sich nicht von der Beerdigung seiner Tochter würde ausladen lassen, und ich hatte Angst, dass er etwas tun könnte, was er hinterher bereut.

Er sah mich an und entgegnete: »Du willst meine Dienstwaffe?«

Ich nickte stumm.

»Für wie lange?«

Ich sagte: »Das weiß ich nicht. Das kommt drauf an, wie lange du brauchst, um wieder zu dir zu kommen.«

In dem Moment kam ich mir vor wie in einem Film oder in einer Geschichte, die man in einem Buch oder in der Zeitung liest. Obwohl wir bei unserer Arbeit permanent mit Dingen zu tun haben, die den meisten Menschen nie passieren, ging das, was Roman Worstedt in dem Moment zu verkraften hatte, weit über alles hinaus, was ich bisher erlebt hatte.

Ich konnte nachvollziehen, was es für ihn bedeuten musste, sich von seiner Dienstwaffe trennen zu müssen. Für ihn war es bis dahin das Größte in seinem Leben, dass er es zur Polizei geschafft hat. Seine Voraussetzungen dafür waren alles andere als rosig. Er war auf der Gummiinsel großgeworden. Wenn er heute darauf angesprochen wird, will er nichts mehr davon hören.

Ich kenne ihn schon, seit er fast noch ein Kind war. Er muss elf oder zwölf gewesen sein, als er zu uns ins Kinderkarate kam. Damals war ich Anfang zwanzig und frisch gebackener Kriminalkommissar.

In unserem Karateverein war ich für das Training der Kindergruppe zuständig. Als der Roman in die Gruppe kam, war auffällig, dass er nicht nur sehr diszipliniert war, sondern auch ausgesprochen talentiert. Karate war einfach seine Sache. Er hatte ein total gutes Auge dafür, den Angriff eines Gegners im Ansatz zu erkennen, um seinen Gegenangriff bereits zu starten, bevor sein Gegenüber überhaupt angreifen konnte. Deshalb dauerte es auch nicht lange, bis er an Wettkämpfen teilnahm und mit siebzehn dann zum ersten Mal deutscher Jugendmeister in Kumite wurde, der Disziplin des freien Kampfes im Karate.

Bald darauf hatte er seine Lehre als Kfz-Mechaniker hinter sich und wollte zur Polizei. Weil ich in seiner Bewerbung persönlich genannt wurde, sollte ich eine Stellungnahme abgeben. Bis dahin war es in Gießen noch nie vorgekommen, dass ein Mano Polizist werden wollte. Es war nicht gerade einfach für mich, die Präsidiumsleitung davon zu überzeugen, dass es eine Bereicherung wäre, jemanden mit manischen Wurzeln in den eigenen Reihen zu haben, jemanden, der perfekt manisch sprechen konnte und damit vertraut war, wie man in diesen Kreisen tickt. Ihm hatte ich gesagt: »Bau bloß kein' Scheiß«, und er hatte geantwortet: »Alles klar.«

Als er dann die Polizeischule in Wiesbaden hinter sich hatte, war er erst mal für zwei Jahre in Frankfurt. Beim Vierten Revier am Wiesenhüttenplatz, das für das Bahnhofsviertel zuständig ist. Das war eine harte Schule, durch die er da gegangen ist. Neben der Davidswache in Hamburg ist dieses Revier mit Abstand das heißeste Pflaster in Deutschland. Wer da zugange war so wie der Roman, der hat das Leben kennengelernt, dem war keine menschliche Schwäche mehr fremd, keine.

Zu der Zeit hat Roman auch seine Frau kennengelernt, die Maria. Eine Zeit lang waren sie zusammen auf Streife im Bahnhofsviertel unterwegs, dann hat sie sich zu einer Soko gegen häusliche Gewalt versetzen lassen. Bald nach der Heirat haben sie einen Sohn gekriegt, den Leon, der jetzt in Berlin lebt.

Als erneut Nachwuchs ins Haus stand, wollten sie weg von Frankfurt. Sie wollten nicht, dass ihre Kinder in der Großstadt aufwuchsen und wollten auch raus aus dem Dunstkreis des Bahnhofsviertels. So sind sie hierher nach Gießen gekommen, wo dann ihre Tochter Sophie zur Welt kam. Vier Jahre später war ihre Ehe am Ende. Bei der Scheidung wurde die Sophie ihrer Mutter zugesprochen und der Leon dem Roman.

Roman Worstedt war von Anfang an ein super Bulle. Ich habe noch nie jemanden erlebt, der so sensibel darauf geeicht war zu merken, wenn er angelogen wurde. Man konnte ihm nichts vormachen. Er hatte die besten Sensoren, die man sich nur vorstellen kann, um zu checken, wenn an einer Sache was faul war. Diese Fähigkeit hatte er ganz offensichtlich deshalb, weil er in seiner Kindheit so verdammt oft angelogen worden war und selbst auch so oft lügen musste, um überhaupt über die Runden zu kommen.

Gleichzeitig hatte er eine Beziehung zur Gewalt, die ihn saumäßig gefährlich machte. Einmal war es vorgekommen, dass ihm ein Verdächtiger handgreiflich kommen wollte. Der Mann stand im Verdacht, die Tochter seines Nachbarn sexuell missbraucht und umgebracht zu haben. Dem hat der Roman mit einem Halbkreisfußtritt – einem Mawashi-Geri, wie es im Karate heißt – das Jochbein gebrochen, ohne dass er dafür seine Kaffeetasse abstellen musste.

Vor anderthalb Jahren hat er dann seinen Scheinvaterregress gegen die Maria und Sophies vermeintlichen Erzeuger in Angriff genommen. So ein Verfahren, wurde ihm damals gesagt, sei ein ziemlich aufwendiges Prozedere, das sich leicht über Jahre hinziehen könne. Die erste Voraussetzung dafür war die Anfechtung der Vaterschaft. Nachdem Romans Anwalt eine entsprechende Klage eingereicht hatte, haben seine Ex und Sophies vermeintlicher Erzeuger eine Abweisung der Klage wegen Verfristung beantragt, weil der Roman angeblich schon immer gewusst hätte, nicht der leibliche Vater seiner Tochter gewesen zu sein. Um diese unwahre Behauptung zu untermauern, wurden in zahllosen Schreiben und Anhörungen vor Gericht die aberwitzigsten Lügen aufgetischt. Die Entscheidung des Gerichts, ob der Einwendung wegen Verfristung entsprochen oder Romans Klage auf Vaterschaftsanfechtung stattgegeben wird, steht noch aus.

Schwierige Sache. Jedenfalls hat seine Fähigkeit, anderen zu vertrauen, durch die ganze Geschichte einen ziemlichen Knacks abbekommen. Außerdem muss man bei Roman total aufpassen, dass in seinem Beisein niemals was mit »Achterbahn« thematisiert wird. Das hat den Grund, dass er aus einer alten Schaustellerfamilie stammt und sein Vater beim Aufbau einer Achterbahn ums Leben kam. Dazu war es gekommen, weil der alte Worstedt beim Aufbau der Bahn mit einer jungen Mitreisenden in einem der Wagen seinen Spaß hatte. Dabei soll sich der Wagen ohne ersichtlichen Grund in Bewegung gesetzt haben und am höchsten Punkt der Bahn ungebremst aus dem Fahrbahnwerk abgeschmiert sein. Roman konnte gerade noch seinem kleineren Bruder Philipp die Augen zuhalten, damit der das nicht mit ansehen musste. Seitdem hat der Roman da einen Knall weg.

Was den Alkohol angeht, so hat er bisweilen zwar noch seine Rückschläge. Aber im Großen und Ganzen ist er auf einem guten Weg. Er wird das hinkriegen, da bin ich mir hundertprozentig sicher.

Als beim Kriminaldauerdienst die Nachricht einging, dass da am Eulenkopf eine Person leblos in einem Gully steckt, war klar, dass es keine bessere Gelegenheit geben konnte, den Roman wieder aktiv in den Ermittlungsdienst einzubinden. Wenn am Eulenkopf jemand durch eine Gewalttat ums Leben gekommen war, mussten die Ermittlungen jemandem übertragen werden, der mit manischen Gepflogenheiten vertraut war. Das war so klar wie Kloßbrühe.

Deshalb habe ich ihn sofort angerufen. Zuerst auf dem Festnetz, dann auf seinem Handy. Er hat mir gesagt, dass er nicht daheim sei und zehn Minuten brauche, um seine Dienstwaffe zu holen. Ich sagte, er solle einfach in zehn Minuten bei sich zu Hause auf der Straße stehen, ich würde einen Streifenwagen schicken.

Als ich dann noch sagte, dass ich ihm die neue Kollegin Maritz zugeteilt hätte, war er alles andere als erfreut.

»Warum denn das? Warum um alles in der Welt eine Frau?«, fragte er, »das muss doch nicht sein!« Und er verwies darauf, wie schlimm er die Zusammenarbeit mit seiner Maria immer noch in Erinnerung habe.

Ich habe ihm dann einfach gesagt, er müsse die Kollegin Maritz ja nicht gleich heiraten. Damit war das Gespräch beendet. Schließlich stelle ich Teams ja nicht zusammen, damit sie Ponyhof spielen. Ganz im Gegenteil. Für mich ist es immer wichtig, dass aus der Reibung zwischen den Mitgliedern eines Teams eine Energie erwächst, die eine Ermittlung vorwärtstreibt. Das Zusammenstellen eines Teams geschieht deshalb bei mir einzig und alleine aus dem Bauchgefühl heraus.

Wenn ich zu diesem Zeitpunkt allerdings geahnt hätte, wie der Fall sich entwickeln würde, hätte ich die Ermittlung besser nicht dem Roman übertragen. Und bestimmt hätte ich ihm auch nicht die Kollegin Maritz zugewiesen.

HERZ KÖNIG

Jutta Serafin, Wahrsagerin, Gießen:

Wann werde ich mal wieder eine Frau haben?« Das war seine Frage. Wenn jemand zu mir kommt, um sich die Karten legen zu lassen, will ich vorher wissen, welche Frage die Karten ihm beantworten sollen. Das mache ich, damit die Bedeutung der einzelnen Karten dem jeweiligen Thema zugeordnet werden kann.

Die Frage, wann man wieder in eine Partnerschaft findet, ist nicht selten. Dabei wollen eher Frauen wissen, wann endlich jemand in ihr Leben tritt, der es ernst mit ihnen meint. Männer hingegen stellen die Frage bisweilen mit einem Unterton, dass ich mich manchmal schon beherrschen musste, nicht nachzuhaken, ob sie wirklich eine Frau meinen, die man nicht aufblasen oder bezahlen muss.

Diesen Eindruck hatte ich bei dem Herrn Worstedt nicht. Bei ihm ging es ganz offenbar um eine erfüllende Partnerschaft. Er hatte meine Telefonnummer von einem gemeinsamen Bekannten bekommen, ansonsten hätte ich mich nie darauf eingelassen, an einem Sonntagabend jemanden zu empfangen.

Als ich die Tür öffnete und er vor mir stand, fiel mir sofort auf, dass er eine sehr große Traurigkeit in sich trug. Es war nicht zu übersehen, dass ihm ein schlimmes Schicksal widerfahren war. Das schien auch der Grund für sein Übergewicht und seine äußere Verwahrlosung zu sein. Die Beine seiner Jeans waren hinten ausgefranst, sein kariertes Hemd hatte an einigen Stellen Flecken von Tomatensoße, und die Taschen seines Sakkos waren ausgebeult wie kleine Kartoffelsäcke.

»Kann ich Ihnen etwas zum trinken anbieten«, fragte ich, »vielleicht ein Glas Wasser?«

»Nein danke«, antwortete er, und die Art, wie er das sagte, ließ keinen Zweifel an der Anspannung, die in ihm war.

Ich habe ihm dann den Ablauf einer Sitzung bei mir erklärt, bevor er brav sein Salär in das dafür vorgesehene Ledermäppchen deponiert hat. Ich habe keinen festen Preis. Mir ist wichtig, dass die Leute, die zu mir kommen, das geben, was sie wollen und können. Außerdem lege ich Wert darauf, dass es sich nicht um eine Bezahlung handelt, sondern um eine Spende. Wegen der Steuer und so.

Meine Mutter hat das schon so gemacht und meine Großmutter auch. Von denen habe ich auch die Karten, mit denen ich arbeite. Die sind an den Rändern schon böse verschlissen. Aber ansonsten ein ganz normales Skatspiel.

Für das Kartenlegen mische ich die 32 Karten zuerst durch, während ich meinem Gegenüber den Ablauf der Sitzung erkläre. Wenn ich intuitiv meine, dass genug durchgemischt wurde, lege ich die Karten zwischen uns auf den Tisch. Mein Gegenüber hebt dann mit seiner Linken – weil die vom Herzen kommt – den Stapel zweimal ab, sodass drei kleinere Stapel entstehen.

Ich lege dann den mittleren Stapel auf den zuerst abgelegten und den zuletzt abgelegten oben drauf. Anschließend blätter ich die Karten in vier Reihen zu je acht Karten auf den Tisch. Aus der Konstellation der einzelnen Karten mit ihren überlieferten Bedeutungen lese ich dann meinem Gegenüber die Zukunft vor, beziehungsweise beantworte die von ihm gestellte Frage.

In dieser Art und Weise wäre ich auch gerne mit dem Herrn Worstedt verfahren, wenn nicht plötzlich sein Handy geklingelt hätte. Normalerweise heißt es bei mir ganz klar: »Handy aus.«

Aber was sollte ich machen? Er war sofort aufgesprungen und ist raus in den Flur. Ich konnte nur sehr bruchstückhaft mitkriegen, was da gesprochen wurde. Aber aus dem, was ich verstehen konnte, ging klar hervor, dass er nichts mit einer Frau zu tun haben wollte, die er offenbar noch gar nicht kannte.

»Wieso denn das?«, rief er, »das kannst du mir nicht antun. Du weißt, dass es für mich das Schlimmste ist, was du mir antun kannst, mit einer Frau arbeiten zu müssen.«

Was ist denn mit dem los?, hatte ich da gedacht. Heult mir hier die Ohren voll, wann er endlich mal wieder eine Frau haben würde – und dann so was. Und als dann noch das Wort »Waffe« fiel, ist es mir ziemlich mulmig geworden. Er habe keine Waffe dabei, so viel war rauszuhören.

Das war zwar beruhigend, aber natürlich habe ich nicht gern mit Leuten zu tun, die normalerweise Waffen bei sich haben.

Als ich dann noch hörte, dass er sich umgehend zu sich nach Hause aufmachen wollte, habe ich sicherheitshalber mal das Geld aus dem Lederetui genommen, das er mir hineingelegt hatte. Ein Fünfziger, ein Zwanziger und ein Zehner. Achtzig Euro also, das war okay.

Dann kam er zurück und sagte, er müsse sofort los, ob wir die Sitzung ein andermal wiederholen könnten? Es habe einen Toten gegeben und er müsse die Ermittlungen übernehmen.

Aha, ein Bulle also, hatte ich gedacht und gesagt: »Okay, rufen Sie mich einfach an, meine Nummer haben Sie ja.«

Und zack, im nächsten Moment war er weg.

Ich weiß nicht, was mich dann geritten hat, dass ich die Karten doch aufgeblättert habe. Letztendlich nur meine Neugier. Von ihm aus war ja alles Nötige getan worden.

Was ich dann sah, hätte ich ihm gerne mit auf den Weg gegeben. Über ihm, also dem Herz König, lag nämlich die

Kreuz Dame und neben der die Karo Zehn. Diese Konstellation entsprach der Bedeutung, dass ihm die Begegnung mit einer schwarzhaarigen Frau bevorstand, die wohlhabend ist und der er sehr nah kommen könnte.

Allerdings war auch große Vorsicht geboten, denn über all dem lag das Pik Ass, die Karte des Todes.

4:02:35 Std.

Regina Maritz,
Kriminaloberkommissarin, Gießen:

Als mein Handy ging, war ich gerade bei meiner dritten Einreibung mit Franzbranntwein. Ich konnte praktisch das Frohlocken meiner geschundenen Fußgelenke hören, als das wärmende Gefühl von Linderung des Schmerzes sich ihnen durch die Haut, durch die Muskeln und durch das Fleisch hindurch näherte. Franzbranntwein aus Latschenkiefer mit Arnika hat einen Geruch, den man mit keinem anderen Geruch auf der ganzen Welt vergleichen kann. Eine Mischung aus Gesundheit, Erfrischung, Wärme, Menthol, Kampfer und Alkohol.

Am anderen Ende war Frank Krokoczinski, Einsatzleiter des Polizeipräsidiums Mittelhessen. Er kam ohne Umschweife zur Sache: »Wie geht es Ihnen?«

Ich konnte beim besten Willen nicht heraushören, was er damit meinte. Ob es um mein Allgemeinbefinden ging, meine Versetzung von Wiesbaden hierher nach Gießen oder darum, dass ich gerade mal ein paar Stunden zuvor noch in Frankfurt zweiundvierzig Kilometer am Stück gelaufen war – 42,195 Kilometer, um genau zu sein.

Also antwortete ich in der Erwartung, nach einer unverbindlichen Floskel vielleicht mehr zu erfahren: »Okay.«

»Das ist gut«, sagte er daraufhin, »denn ich habe was für Sie.«

Wieder antwortete ich: »Okay«, diesmal aber mit einem fragenden Unterton, »und was?«

»Eine Ermittlung, so wie es aussieht Mord. Sie unterstützen Kriminalhauptkommissar Worstedt. Kennen Sie Worstedt?«

Ich war nun seit knapp einer Woche im Polizeipräsidium Mittelhessen in Gießen. Fast hätte ich geantwortet, dass ich froh sei, zu wissen, wo der Kaffeeautomat steht, aber das wäre bestimmt nicht gut gekommen. Denn in Krokoczinskis Stimme lag eine Anspannung, die kaum anders auszulegen war, als dass die Meldung des vermeintlichen Mordes kurz zuvor eingegangen sein musste.

»Nein, ich habe ihn noch nicht kennengelernt«, antwortete ich, »gibt es etwas, das ich über ihn wissen sollte?«

»Nein, nicht nötig. Sie werden ihn am Tatort kennenlernen. Der ist am Eulenkopf hier in Gießen. Da steckt eine leblose Person kopfüber in einem Gully. Kennen Sie den Eulenkopf?«

Wieder musste ich verneinen. Verdammt, war ich neu hier.

»Suchen Sie sich die Straße im Stadtplan raus oder benutzen Sie Ihr Navi. Worstedt wird ebenfalls gleich eintreffen. Und eins noch: Seipp und Wagenbach gehören mit zum Team.«

Ohne jeden weiteren Gruß wurde das Gespräch beendet. Hans Seipp und Oliver Wagenbach hatte ich schon kennengelernt. Seipp mochte Mitte vierzig sein und ganz offensichtlich zu gutmütig, um Karriere zu machen. Und Wagenbach ein Eintracht-Frankfurt-Fan Mitte zwanzig mit Vokuhila-Frisur und Brilli im linken Ohrläppchen.

Ich hielt das Handy in meiner Rechten, die Flasche mit dem Franzbranntwein in der Linken und überlegte, ob es nicht vielleicht besser gewesen wäre, wenn ich meinen lädierten Bewegungsapparat vorgeschoben hätte, um von diesem Einsatz verschont zu bleiben. Aber was hätte das für einen Eindruck gemacht? Außerdem wollte ich ja auch endlich was machen, was arbeiten. In der ganzen Woche, die ich jetzt in Gießen war, war ich nur mitgelaufen und Leuten vorgestellt worden, deren Namen ich mir nicht merken konnte. Es hatte nichts gegeben, wo ich mich wie auch immer hätte einbringen können.

Also nahm ich die Gelegenheit wahr, mich für das zu wappnen, was vor mit lag, und spritzte nochmals ordentlich Franzbranntwein auf meine Füße, meine Knie und meine Schenkel, und genoss die Hitze, die sofort einschoss, als die Flüssigkeit meine Haut berührte.

In dem Moment konnte ich alles um mich herum vergessen. Die Umzugskartons, die ich schon längst ausgepackt haben wollte und für die es die nächsten Tage nicht besonders gut aussah, weil die Einbindung in eine Mordermittlung einem in der Regel keine Zeit für irgendwas anderes lässt.

Außerdem flirrte mir durch den Kopf, wie wohl die Trennung von Achim und das Kümmern um meine Mutter sich entwickeln würde. Vor zwei Monaten hatte mich eine Frau Brentano angerufen und mir mitgeteilt, dass sie vom Amtsgericht Gießen als Betreuerin für meine Mutter eingesetzt worden sei. Sie erklärte mir, dass meine Mutter zukünftig nicht mehr würde alleine leben können und wollte sich mit mir ins Einvernehmen setzen, wie man mit der Situation umgehen soll.

Damit war das in meinem Leben eingetroffen, wovor ich mich immer gedrückt hatte. Aber es half alles nichts. Ich musste mich darauf einlassen, was mit meiner Mutter werden, wer sich um sie kümmern sollte.

Seit Papas Tod vor zwei Jahren, das hatte ich schon mitgekriegt, hat sie mehr und mehr abgebaut. Wenn ich sie besucht habe, hat sie zwar immer gesagt: »Kerle, Kerle, Kindche, alls un alls mit denere Verbrecher, das muss doch net sein«, aber so richtig wollte sie auch nie mit der Sprache rausrücken, nie sagen, dass sie längst auf fremde Hilfe angewiesen sei.

Stattdessen hat sie immer so getan, als ob alles in Ordnung wäre, dass sie nach wie vor alles alleine stemmen und ihren Alltag ohne fremde Hilfe bewältigen könnte. Es war mir dann zwar aufgefallen, dass sie anfing, Dinge zu tun, die völlig neu waren an ihr. Wie zum Beispiel, dass sie Puzzleteilchen mit der Schere zurechtschnitt, damit sie in freie Lücken passten, wo sie eigentlich nicht hingehörten. Aber das fand ich eher lustig.

Dann aber war ich einmal zu Besuch gewesen und hatte im Keller nach Geschenkpapier gesucht. Dabei bin ich auf einen ganzen Wäschekorb voll mit ungeöffneten Briefen gestoßen, bevorzugt Rechnungen, Mahnungen, Pfändungsandrohungen bis hin zur angedrohten Zwangsversteigerung ihres Hauses.

Es hat fast drei Monate gedauert, bis ich mich nach und nach durch diesen Wust arbeiten und die drohenden Maßnahmen abwenden konnte. Als ich sie darauf ansprach, tat sie so, als wüsste sie gar nicht, wovon ich rede. Erst eine ärztliche Untersuchung mit der Diagnose Demenz brachte die Gewissheit, dass sie wirklich nicht wusste, wovon ich gesprochen hatte.

Und jetzt, da sie auch noch körperlich abbaute, waren wir unbedingt auf fremde Hilfe angewiesen. Entsprechend hatten wir einen Antrag auf Pflegegeld gestellt. Am kommenden Freitag sollte die Untersuchung vom Medizinischen Dienst vorgenommen werden, um über den Antrag zu entscheiden.

Als ich mit Achim darüber reden wollte, hat der sofort abgeblockt. Es käme für ihn auf keinen Fall infrage, seine Karriere beim LKA zu gefährden. Wenn ich in die Provinz abwandern wollte, könnte ich das ja machen, aber für ihn wäre das kein Thema. Deshalb haben wir uns auf eine Wochenendbeziehung geeinigt und uns eingeredet, dass das bei anderen ja auch gehe.

Aber an all das wollte ich in dem Moment nicht denken. Ich wollte daran denken, was für einen klasse Tag ich hinter mir hatte. Dass es mir zum ersten Mal gelungen war, einen Negativ-Split zu laufen, nämlich den ersten Teil des Marathons langsamer als den zweiten. Es waren die besten Bedingungen für einen Marathon, die ich je hatte, leichter Nieselregen bei Temperaturen zwischen 12 und 17 Grad, besser konnte es gar nicht sein. Außerdem hat die Umstellung auf die Winterzeit mir das tolle Gefühl gegeben, eine Stunde geschenkt bekommen zu haben.

Außerdem war ich als Letzte losgelaufen, als Allerletzte. So was wie in München sollte mir nicht noch mal passieren. Da hatte ich mich ziemlich weit vorne unter den schnelleren Läufern eingereiht in der Hoffnung, dadurch von deren Tempo mitgezogen zu werden. Das ging ordentlich nach hinten los. Permanent wurde ich angerempelt und beschimpft, weil ich zu langsam lief und den anderen im Weg war.

Dass ich mein Ziel, den Lauf unter vier Stunden zu schaffen, nicht erreicht hatte, war in dem Moment nicht wichtig. Wichtig war jetzt nur, schnell in die Pötte und zu dem Tatort am Eulenkopf zu kommen. Und wenn ich was dazu sagen soll, wie ich an diesem Abend die Treppe runtergekommen bin, fallen mir nur zwei Wörter dazu ein, nämlich: langsam und rückwärts.

BIMBO

Christa Bepler, Anwohnerin des Hinterhauses bei Roman Worstedt, Gießen:

Immer und immer wieder hatte ich es ihm gesagt, dem Lothar: »Das kannst du nicht machen, das gehört sich nicht. Der Mann heißt Worstedt und nicht Worschtfett. Ein Worschtfett ist ein speckig stinkiger Asso mit Schlabberklamotten ab Größe 3XL. Das ist der Herr Worstedt nicht. Der hat zwar ein gewisses Problem mit seinem Gewicht, aber er kann absolut nichts dafür, dass der Papa das Vorderhaus dem Tierheim vererbt und uns nur das Gartenhaus gelassen hat. Außerdem ist er Polizist, sogar bei der Kripo. Wenn du nicht aufpasst, kriegst du irgendwann mal richtig was aufs Maul von ihm.«

Aber dem Lothar war das egal. Er hatte sich nun mal in den Kopf gesetzt, den Leuten im Vorderhaus das Leben zur Hölle zu machen. Dabei war er im Endeffekt selbst dran schuld, dass mein Papa uns nur das Gartenhaus vererbt hatte. Der Grund dafür war, dass der Lothar den Dackel von meinem Papa, den Bimbo, den der über alles auf der Welt geliebt hat, eines Nachts einfach abgeknallt hat.

Der Bimbo, das war ein ganz feiner Kerl. Sein ganzer Name beziehungsweise sein Zuchtname war Bimbo von Bergneustadt. Er stammte aus dem zweiten Wurf des Muttertiers, weshalb sein Vorname mit B anfangen musste. Auf »Bimbo« war man gekommen, weil er vollkommen schwarz war. Er war sozusagen ein sehr seltenes Exemplar seiner Gattung. Der Papa hätte deshalb nur zu gerne mit ihm an Hundezuchtschauen teilgenommen. Aber die Anmeldungen wurden immer gleich abgelehnt wegen des rassistisch klingenden Namens.

Es hätte zwar die Möglichkeit gegeben, den Bimbo umzutaufen, aber das wollte mein Papa nicht. Dafür hat er viel zu gerne jedem, der es hören wollte oder nicht, den Witz erzählt, was passiert, wenn James Bond und der Bimbo sich im Urwald begegnen. Dass nämlich James Bond sich dann mit den Worten vorstellt: »Mein Name ist Bond, James Bond«, woraufhin der Bimbo entgegnet: »Mein Name ist Bo, Bimbo.«

Zu Bimbos Ableben war es gekommen, als mein Papa und der Lothar sich eines Nachts mal wieder voll die Kante gegeben hatten. Mein Papa hatte dabei in einem fort erzählt, was für Krankheiten und Leiden der Bimbo vielleicht mal kriegen könnte, wenn es mit ihm zu Ende geht. Der Lothar hat das aber in seinem besoffenen Kopf nicht auf die Reihe gekriegt und gemeint, dass der Bimbo die ganzen Leiden und Krankheiten schon längst alle hätte. Deshalb hatte er gemeint, dass es das Beste sei, das arme Tier von seinen schlimmen Leiden zu erlösen.

Also hat er sich das Gewehr geschnappt, das mein Papa über dem Sofa hängen hatte, um auf dem Grundstück Tauben und Ratten abzuknallen. Mit diesem Gewehr im Anschlag ist der Lothar dann mit dem Bimbo raus auf den Hof gegangen und hat ihm ohne viel Hin und Her den Gnadenschuss gegeben. Peng.

Mein Papa hat daraufhin nie wieder ein Wort mit dem Lothar geredet. Er hat ihn verflucht und ihm verboten, sein Haus, das Vorderhaus, jemals wieder zu betreten. Außerdem hat er das Vorderhaus dem Tierheim Gießen vermacht und uns mit den vier Kindern nur das kleine Hinterhaus gelassen.

Weil das natürlich eine verdammte Ungerechtigkeit war, hat der Lothar sich von da an alle möglichen Sachen einfallen lassen, um den Bewohnern des Vorderhauses das Leben schwer zu machen. Aber alle Gemeinheiten, die er sich bisher einfallen ließ, waren immer nur so unangenehm, dass man sie zwar als böse Streiche auslegen konnte, ihn aber nie ernsthaft mit dem Gesetz in Konflikt brachten.

So hat er zum Beispiel immer wieder die Scheibe der Eingangstür eingetreten oder Zettel zur Warnung vor Rattengift an die Hauswände geklebt. Besucher der Bewohner hat er mit Vorliebe beleidigt und ihnen den Zutritt zu dem Haus mit bösen Beschimpfungen untersagt.

Auf diese Weise konnte er im Laufe der Zeit doch einige Mieter rausekeln und für das Tierheim wurde es immer schwieriger, jemanden zu finden, der da wohnen wollte.

Dass der Herr Worstedt ins Vorderhaus einziehen durfte, hatte er dem Umstand zu verdanken, dass das Tierheim jemand in dem Haus wohnen haben wollte, der dem Lothar Paroli bot. Also hat man sich gesagt, ein Polizist sei der Richtige. Und weil der Worstedt zu der Zeit eine neue Bleibe am Suchen war, haben sie ihm eine Wohnung im zweiten Stock angeboten – und zwar für lau, wenn er nur ordentlich für Ruhe und Ordnung sorgen würde.

Was die Leute vom Tierheim allerdings nicht wussten, war, dass dem Worstedt durch den Tod seiner Tochter so ziemlich alles im Leben egal geworden war. Alles, was er zu der Zeit außerhalb von seinem Dienst bei der Polizei wollte, war, sich jeden Abend in Ruhe die Kante zu geben. Sonst nichts.

Innerhalb von den drei Jahren seit dem Tod seiner Tochter hatten ihm der Suff und die Tatsache, dass er sich keinen Schritt mehr zu viel bewegte, mehr als dreißig Kilo auf die Rippen geschafft. Außerdem hatten sie ihm für ein Jahr den Führerschein weggenommen.

An diesem Sonntagabend, als er da plötzlich bei uns reingetobt kam und den Lothar angeschrien hat, er solle sofort das Hoftor aufmachen, weil er ihm sonst beide Ohren abbeißen würde, da war der Lothar kurz zuvor noch draußen gewesen. Ich hatte schon geahnt, dass er wieder eine Gemeinheit gegen die Leute im Vorderhaus losgelassen hat.

Und so war es auch. Er hatte nämlich in der Woche zuvor zweihundert Fahrradschlösser aus der Konkursmasse einer Firma im Schiffenberger Weg ersteigert. Und offenbar hatte er nun mit einem der Schlösser das eiserne Hoftor verschlossen.

Ich hatte, ehrlich gesagt, ziemlich Schiss, denn so wie der Worstedt rumgebrüllt und den Lothar am Schlafittchen gepackt hat, war rauszuhören, dass er es verdammt ernst gemeint hat. Deshalb habe ich den Lothar auch angebrüllt: »Mach was, du Idiot, sonst macht der ernst!«

So war es dann gekommen, dass der Lothar mit dem Worstedt raus ist in die Werkstatt. Da hat er seine Knollenpetze geholt und das Metallkabel von dem Fahrradschloss durchgetrennt.

Draußen auf der Straße ist der Worstedt dann gleich in einen Streifenwagen gesprungen, der da schon gewartet hat in dem bösen Regen. Die sind dann sofort mit Blaulicht und Martinshorn losgepest. Mein Gott, war das die Nacht runtergekommen. Wie aus Kübeln.

DER TOTE IM GULLY

Reinhold Göbel, Polizeihauptmeister im Streifendienst, Gießen:

Als wir den höchsten Punkt der Grünberger Straße erreicht hatten, konnten wir schon von Weitem sehen, dass am Eulenkopf mords was los war. Eulenkopf war sowohl der Name für die dort gelegene Straße als auch für das umliegende Viertel. Die Gegend ist in bestimmten Kreisen über Gießen hinaus bekannt, weil es sich um den sozialen Brennpunkt handelt, wo Horst-Eberhard Richter sich in den Siebzigerjahren mit einer Initiativgruppe von Studenten für die Anwohner engagiert hat.

Im Näherkommen war zu erkennen, dass mehrere Streifenwagen mit eingeschaltetem Blaulicht sämtliche Zufahrten zum Tatort blockiert hatten. Zusätzlich war weiträumig rotweißes Flatterband gespannt. Dahinter hatten sich trotz der nachtschlafenden Zeit und des weiterhin niederschüttenden Regens zwei, drei Dutzend Schaulustige unter Schirmen versammelt. Weitere Neugierige hingen an den umliegenden Fenstern und Balkonen eines dreistöckigen Wohnblocks oder beobachteten das Geschehen sensationslüstern aus ihren Autos heraus, mit denen sie auf der parallel zum Eulenkopf verlaufenden Fahrbahn der Rödgener Straße Stoßstange an Stoßstange rechts und links standen.

Neben dem umfangreichen Aufgebot an Polizei waren auch zwei Löschzüge der Feuerwehr und das Technische Hilfswerk mit schwerem Gerät angerückt. Eine Giraffenleuchte mit einer Lichtwanne war auf schätzungsweise fünf Meter Höhe ausgefahren worden. Sie tauchte das Geschehen in die Stimmung eines Flutlichtspiels der Frankfurter Eintracht. Im gleißenden Gegenlicht tanzten die Wassertropfen wie kleine Silberfische in der Luft und verwandelten die agierenden Personen in ein Ballett von schwarzen Silhouetten.

Im Zentrum des Geschehens hing eine Person kopfüber an einem Seil, das von einem kleinen Kran herunterreichte. Der Kran befand sich auf der Ladefläche eines THW-Lasters. Daneben waren zwei tarnfarbene Pavillons aufgestellt, wo die Mehrzahl der mit dem Einsatz beschäftigten Personen sich zum Schutz vor dem Regen untergestellt hatten.

Mario Krumbholz und sein Team von der Spurensicherung waren in weißen Overalls mit *Polizei*-Aufschrift auf dem Rücken dabei, das Gelände rund um den Gully nach Spuren zu untersuchen. Bei dem Regen alles andere als eine Freude.

Vor dem Hintergrund dieses ganzen Geschehens hatte ein Kamerateam des Hessischen Rundfunks seine Gerätschaft aufgebaut und war dabei, ein Interview mit dem zuständigen Staatsanwalt Dr. Enno Unnützer aufzuzeichnen.

Nachdem wir durch die Absperrung gewunken worden waren, konnten wir durch die Windschutzscheibe erkennen, dass ein Mann in wasserabweisender Barbourjacke und mit imprägniertem Südwester auf dem Kopf damit beschäftigt war, der offenbar leblos herunterhängenden Person mit einem Skalpell die Hose im hinteren Bereich aufzuschneiden. Bei dem professionell auf Regen eingestellten Herrn handelte es sich um den Rechtsmediziner Dr. Ansgar Lindenstruth.

Als wir zum Stehen kamen, waren sofort zwei, drei Pressevertreter und Fotografen zur Stelle. Sie wollten wissen, was passiert sei, und wurden von Worstedt vertröstet, dass er ihnen Rede und Antwort stehe, sobald er sich ein Bild gemacht habe. Derweil traten die Kollegen Seipp und Wagenbach näher. Sie hatten schon auf Worstedt gewartet.

Nach einer knappen Begrüßung fragte er: »Wo ist diese Neue?«

Wagenbach bedeutete ihm mit einer entsprechenden Kopfbewegung die Richtung, von der aus Regina Maritz mit merkwürdig hinkenden Schritten näherkam.

»Was ist denn mit Ihnen?«, begüßte Worstedt die Kollegin, die erst seit ein paar Tagen bei uns im Präsidium war, »warum laufen Sie so komisch?«

»Alles in Ordnung«, entgegnete sie, »bin nur heute Mittag beim Marathon in Frankfurt mitgelaufen.«

»Aha, und wie geht es Ihnen jetzt?«

»Bis darauf, dass ich Treppen nur rückwärts runtersteigen kann, gut.«

»Meinen Sie nicht, dass es besser wäre, wenn Sie sich freinehmen und erst mal zu Hause ausruhen?«

»Nein danke, das möchte ich nicht. Ich möchte Ihnen für die Ermittlung zur Verfügung stehen.«

Worstedt zog seine Schultern hoch, als würde er dadurch verhindern können, dass der Regen ihm in den Kragen lief, und ging los zu Dr. Lindenstruth. Der hatte dem Toten gerade durch das in die Hose geschnittene Loch ein Thermometer in den Hintern gesteckt. Offensichtlich hatte ihn niemand darauf vorbereitet, dass Roman Worstedt die Ermittlung leiten würde.

»Worstedt, gibt es Sie auch noch?«, begrüßte er ihn einigermaßen überrascht, »wir haben uns ja eine Ewigkeit nicht gesehen. Was haben Sie gemacht die ganze Zeit?«

Ich fand die Frage ziemlich unnötig, weil eigentlich jeder wusste, warum Worstedt drei Jahre lang in keine Mordermittlung eingebunden war.

Er antwortete: »Ich habe darauf gewartet, dass ich wieder eingesetzt werde. Wie weit sind Sie?«

Lindenstruth fuhr fort: »Wir haben den Mann schon mal aus dem Gully hochgezogen; hätte ja sein können, dass er noch lebt. Aber wie es aussieht: negativ. Er ist tot. Tot, hin – oder wie man auf manisch sagt: »Mulo? Ist das richtig: der Tschabo ist mulo?«

»Stimmt, das ist richtig«, antwortete Worstedt, »Können Sie sagen, wie lange schon, wie lange der Tschabo schon mulo ist?«

»Augenblick«, sagte Lindenstruth und zog das Thermometer aus dem Hintern des Toten. Der hing wie ein totes Tier an dem Seil, leblos baumelten die beiden Arme herunter, und aus seinen Haaren triefte das Wasser wie bei einem Vogel, den man aus einem Ölteppich im Meer gezogen hat. Lindenstruth las vom Display seines Thermometers ab, dass der Mann maximal etwa zwei Stunden tot war.

»Praktisch noch warm«, sagte der Rechtsmediziner.

»Gibt es eine Vermutung, was passiert ist?«

»Na ja, vielleicht hat ihm jemand erzählt, dass am Gießener Ring ein Tanklaster mit Flüssig-Viagra umgekippt ist und vierzigtausend Liter von dem Zeug ins Grundwasser gelaufen sind. Da hat er sich losgemacht, um einen kräftigen Schluck zu nehmen und ist in seiner Gier dabei ersoffen.«

Ein paar der umstehenden Polizisten konnten sich ein sparsames Lachen nicht verkneifen. Kriminaloberkommissarin Regina Maritz aber verzog das Gesicht. Sie mochte vielleicht Anfang dreißig sein und war eine über die Maßen attraktive Erscheinung.

Lindenstruth nahm sich ihrer an: »Machen Sie sich nichts draus, Frau Kollegin. Solche Frotzeleien sind typische Anzeichen für das, was Psychologen ›Memento-Mori-Syndrom‹ nennen; der Drang, sich angesichts eines Toten aus der Konfrontation mit der eigenen Sterblichkeit hinter mehr oder weniger geschmacklose Witzigkeiten zu flüchten.«

Der Tote hatte eine Stoffhose an, deren Beine so weit herunterhingen, dass seine Waden und Socken zu sehen waren. Er hatte noch beide Schuhe an, elegante, braune Lederschuhe. Am Oberkörper trug er ein weißes Oberhemd, das von dem Schmutz des Gullies in Mitleidenschaft gezogen war. Um sein linkes Handgelenk rankte eine Uhr der Marke *Lange* mit einem braunen Lederarmband, was vermuten ließ, dass der Mann keinem Raubüberfall zum Opfer gefallen war. An seinem Hals klaffte unterhalb seines gepflegten Vollbartes eine vorneweg zehn Zentimeter lange Wunde.

Während Worstedt dem Toten die *Lange*-Uhr vom Handgelenk nahm und sie in seine Jackentasche verschwinden ließ, kommentierte Lindenstruth die Verletzung: »Entweder jemand hat ihn mit einem Messer aufgeschlitzt oder mit einer Drahtschlinge zugezogen. Mehr nach der Obduktion.«

»Wissen wir, wer er ist?«, fragte Worstedt in die Runde.

Hans Seipp übernahm das Wort: »Wie es aussieht, ist sein Name Laim, Harald Laim.«

»So wie der Kleber?«

»Nein, so wie der Stadtteil von München. Der Cayenne da drüben war offen. Auf der Rückbank waren Unterlagen von einer Seminarveranstaltung und Visitenkarten mit dem Namen drauf und einer Anschrift in Bad Nauheim.«

»Bad Nauheim?«

»Ja.«

»Schöner Ort, um seine Rente zu verprassen«, meinte Worstedt und fragte weiter: »Sonst nichts, kein Ausweis, keine Brieftasche, kein Handy?«

»Nein, nichts. Höchstens eins noch«, fügte Seipp hinzu, »im Handschuhfach haben wir einen Ehering gefunden; einen Ehering, eine Minox-Kleinbildkamera und vier Silvesterkracher. In den Ehering eingraviert steht *Ingrid – 17.4.1993*; offenbar seine Ehefrau.«

»Und das hier haben wir unmittelbar neben dem Gully gefunden«, fuhr Wagenbach fort, während er einen transparenten Aufbewahrungsbeutel mit Beschriftung der Spurensicherung präsentierte. In dem Beutel befand sich ein seltsames, metallenes Instrument von circa fünf Zentimeter im Quadrat. Ich hatte so ein Teil noch nie gesehen.

»Was ist das?«, fragte Worstedt.

»Keine Ahnung«, gab Wagenbach zu verstehen, »ein komisches Teil irgendwie.«

»Darf ich mal«, sagte Regina Maritz und griff nach dem Aufbewahrungsbeutel, um nach kurzer Prüfung zu erklären: »Das ist ein Kapodaster. So was wird beim Gitarrespielen verwendet, um durch entsprechendes Aufklemmen auf das Griffbrett die Tonart zu transponieren.«

»Aha«, kommentierte Worstedt die Information, bevor er mit einer Maglite, die er aus seiner Jacke hervorzog, in den Gullyschacht leuchtete. Darin stand aber nur dreckig braune Brühe bis fast hoch zum Rand.

»Wir warten noch auf jemanden von der Taucherstaffel, ob da unten was zu finden ist«, erklärte Wagenbach, woraufhin Worstedt fragte: »Und wer hat ihn gefunden?«

»Da drüben die drei.« Dabei deutete Wagenbach auf drei Typen, die bibbernd unter dem Vordach eines der Häuser bei zwei uniformierten Polizisten standen.

»Sie sagen, sie seien Musiker, Mano-Rapper. Sie seien von ihrem Übungsraum gekommen und hätten die Füße aus dem Gully gucken sehen.«

Daraufhin sind wir alle rübergegangen zu den dreien. Die hatten ihre Capes verkehrt herum auf dem Kopf und waren

Anfang bis Mitte zwanzig. Ansonsten ziemliche Brecher, alle drei.

»Mein Name ist Worstedt. Ich bin Kriminalhauptkommissar und leite die Ermittlungen in diesem Fall.«

»Ich heiße Nennstiehl«, sagte der Erste, der offenbar der Wortführer war, »Thorben Nennstiehl. Das ist Ingo Pietsch, und er hier ist Alfred Perlosik. Wir sind die Tschü-Tschekker, wir sind Rapper, wir waren schon im Fernsehen, von uns ist der Song *De Babo hattem Tschabo die Moss getschurt*.«

Und Pietsch fügte hinzu: »Und auch das Lied *Tschabo, nasch net in de Dschihad*.«

»Das hört sich interessant an«, entgegnete Worstedt, »ich wüsste gerne, wie das war, als ihr den Toten entdeckt habt.«

»Me warn vom beschele angenascht, wie de Ali puckt, dickema do, da luern Trittlings ausm Gully ...«, begann Pietsch, bis Perlosik ihm ins Wort fiel: »Puckema tschü mano, de Kliste rafft des tschü.«

»Also«, setzte Pietsch erneut an und übersetzte: »Wir waren in unserem Übungsraum im MuK, wir üben jeden Sonntag. Dann sind wir heim. Wir wohnen alle drei hier in der Siedlung. Wir hatten nur einen Regenschirm. Wer rechnet schon mit so einem Scheißwetter. Und als wir hier die Straße näherkommen, sehen wir plötzlich den Gullydeckel auf der Straße liegen und wollten ihn wieder auflegen. Dann haben wir aber die Schuhe aus dem Gully rausgucken sehen. Da haben wir über Handy die Polizei verständigt. So war das.«

»Könnte es vielleicht noch irgendwas geben«, fragte Worstedt nach, »was euch aufgefallen ist?«

»Tschü«, meinte Nennstiehl, woraufhin Pietsch und Perlosik schulterzuckend mit einstimmten: »Absolut tschü.«

BILLOBRÄU

Regina Maritz,
Kriminaloberkommissarin, Gießen:

Die Fahrt nach Bad Nauheim dauerte knapp eine halbe Stunde. Dann brauchten wir noch mal eine viertel Stunde, bis wir das Haus der Laims gefunden hatten. Zwischendurch, als wir in die Stadt reingefahren waren, hatten wir kurz an einer Tankstelle Stopp gemacht. Der Roman hat sich ein paar Büchsen Bier geholt. Als er wieder ins Auto kam, hat er gemeint: »Keine Sorge, die sind für nach Feierabend.«

Als Krokoczinski mir zum ersten Mal seinen Namen genannt hatte, hatte ich gemeint, dass ich anstatt Worstedt so etwas wie »Worschtfett« verstanden hätte. Daran musste ich denken, als er da mit der Plastiktüte aus der Tankstelle heraus und zurück zu unserem Auto kam. Zu dem Zeitpunkt hatte ich ja keine Ahnung, dass er diesen Schimpfnamen längst weghatte.

Und gleichzeitig war es ja auch nicht zu leugnen, dass er in entsprechendem Zusammenhang mit seinen wässrigen Augen, der zerschlissenen Jeans, seiner zerzausten Halbglatze und der ungesunden Leibesfülle durchaus als Penner hätte durchgehen können. Und sein Bauch, das war nicht zu übersehen, brachte sein Hemd im Bereich der vorderen Körperpartie so sehr auf Spannung, dass man Angst kriegen konnte, er würde die Knöpfe durch gezielte Atmung als Geschosse auf ein ihm gegenüberliegendes Ziel zum Einsatz bringen können. Kurz gesagt: Das Hemd war so eng wie das WM-Finale gegen Argentinien.

Insgesamt hatte Roman Worstedt etwas von einem traurigen Bär, den man allerdings nicht unterschätzen sollte. Denn irgendwas an ihm signalisierte, dass er mit einem Satz aus seiner Schwerfälligkeit heraus eine böse Gefährlichkeit entwickeln könnte. Er war knapp 1,75 Meter groß, mochte Ende vierzig sein und hatte ein nicht zu übersehendes Heuwägelchen zwischen den vorderen Schneidezähnen.

Am Eulenkopf hatte er mir gesagt, dass er mich gerne dabei hätte, wenn die Nachricht vom Tod des Mannes überbracht wird. Natürlich hätten wir auch die Polizeistation in Bad Nauheim um Amtshilfe bitten können, dass die das übernehmen, aber das wollte er nicht.

Vor dem Losfahren hatten wir Seipp noch aufgetragen, die Presse zu kontaktieren und um Unterstützung zu ersuchen. Wir waren dringend darauf angewiesen, Zeugen ausfindig zu machen, denn die Spurenlage war verheerend. Es war praktisch alles vom Regen weggespült worden. Wir hatten nur das Auto von Harald Laim, um etwas Verwertbares zu finden. Das war nicht viel.

Wagenbach hatte aufgetragen bekommen, die Mano-Rapper ins Präsidium zu bringen und in separaten Räumen warten zu lassen, bis wir aus Bad Nauheim zurück wären. Als ich Worstedt gefragt hatte, wofür das nötig sein soll, hat er nur gemeint, er wolle auf Nummer sicher gehen, dass die drei bei dem, was sie erzählt haben, nichts vergessen hätten.

Ansonsten ging es auf der Fahrt erst mal eine Zeit lang um das Abklopfen unserer persönlichen Hintergründe. Ich erzählte, dass meine Eltern vor fünf Jahren nach Wettenberg gezogen seien und mein Vater vor zwei Jahren gestorben sei. Deshalb hätte ich mich jetzt von Wiesbaden nach Gießen versetzen lassen, um bei meiner Mutter zu wohnen und mich um sie zu kümmern. Von Achim und unserer Wochenendbeziehung habe ich nichts erzählt. Auch nicht davon, dass er beim LKA ist.

Von Roman Worstedt war nicht viel mehr zu hören, als dass er aus Krankheitsgründen eine Zeit lang nicht als Ermittler bei Straftaten gegen das Leben eingesetzt worden war. Dieser Fall jetzt war für ihn nach langer Zeit wieder die erste Ermittlung. Es war herauszuhören, dass ihm viel daran lag, zu beweisen, was er noch draufhat.

Und um eine erfolgreiche Durchführung der Ermittlungsarbeit nicht zu gefährden, meinte er, ob ich es mir nicht doch noch mal überlegen wolle, mich erst mal richtig auszukurieren. Natürlich wollte ich auf keinen Fall, dass die Ermittlungen unter meiner Beeinträchtigung, die ja nur zwei, drei Tage dauern würde und letztendlich ausgesprochen oberflächlich war, leiden könnte. Deshalb sagte ich: »Ich möchte auch, dass wir einen guten Job machen«, und fügte nach einer kurzen Pause hinzu: »Sie werden keinen Ärger mit mir haben.«

Im nächsten Moment musterte er mich mit einem Blick, der geeignet war, Blut in Adern zum Frieren zu bringen, und sagte: »Worauf Sie sich verlassen können.«

Dann war Funkstille, bis ich ihn fragte, was die drei Rapper von sich gegeben hätten, weil ich das nicht verstanden hatte.

»Das war manisch«, antwortete er, »das ist eine Art Geheimsprache, die hier in Gießen in bestimmten sozialen Brennpunkten gesprochen wird – wie zum Beispiel am Eulenkopf.«

»Und was hatte das zu bedeuten, was die drei gesagt haben?«

»Der eine hatte gesagt: ›Der Babo hattem Tschabo die Moss getschurt‹, das heißt: ›Der Anführer, Chef oder Häuptling hat dem normalen Typen die Frau geklaut beziehungsweise ausgespannt‹, der andere hatte gesagt: ›Tschabo, nasch net in de Dschihad‹, das heißt: ›Junge, zieh nicht in den heiligen Krieg‹.«

»Wieso können Sie manisch?«, fragte ich.

»Weil ich da aufgewachsen bin, wo man so spricht.«

»Am Eulenkopf?«

»Nein, auf der Gummiinsel, das ist ein anderer sozialer Brennpunkt in Gießen.«

»Wenn Sie auch manisch können, warum haben Sie sich dann nicht mit den dreien so verständigt?«

»Weil ich nicht weiß, ob sie wissen, dass ich es verstanden habe. Wenn sie vielleicht meinen, dass ich nicht manisch kann, sollten wir unseren Informationsvorsprung nicht leichtfertig preisgeben. Wir behalten das Wissen im Hinterkopf und werden es schon noch bei der Ermittlung einbringen. Im Augenblick reicht es, dass wir ein Bild von der Sachlage kriegen.«

Nach einer Weile, in der wir wieder nur stumm vor uns hingeguckt haben, hatte ich ihn dann gefragt, warum er dem Toten die Uhr vom Handgelenk genommen habe, weil das ja aus spurentechnischer Sicht doch recht fragwürdig gewesen sei.

Im nächsten Moment wusste ich, dass ich das besser nicht gefragt hätte, denn er hat sofort ziemlich angepisst gemeint, ich könne absolut sicher sein, dass alles, was er während seiner Arbeitszeit mache, ermittlungsrelevant sei. »Und außerdem«, erklärte er in einem Rutsch gleich weiter, »denke ich, es ist besser, wenn ich es Ihnen selbst sage, bevor Sie es von anderen hören.«

»Was?«, fragte ich.

»Dass ich nicht gerne mit Frauen zusammenarbeite. Das ist kein Geheimnis. Ich habe keine Ahnung, warum Krokoczinski uns trotzdem zusammenstecken musste.«

In dem Moment hatte ich gedacht, mich tritt ein Pferd. Verdammte Scheiße, was für ein Empfang, fuhr es mir durch den Kopf. »Was soll das heißen, nicht gerne mit Frauen zusammenarbeiten?«, wollte ich den Stuss nicht unwidersprochen im

Raum stehen lassen, »gehören Frauen gefälligst an den Herd oder was?« Ich hätte dem Arsch am liebsten eine reingeknallt.

»Nein, das gehören sie nicht. Wegen mir sollen sie Raketen konstruieren, als Kampfschwimmerinnen den Atlantik durchqueren oder auf einem Bein den Mount Everest hochhüpfen, das ist mir alles egal ...«

»Solange sie nur nicht ...?«

»Solange sie nur nicht meinen, mir mit ihrer Rücksichtsnahmetour was abzuverlangen, das ich nicht will.«

»Rücksichtsnahmetour?«

»Richtig, und ihrem permanenten Zuspätkommen und Wartenlassen.«

Na prima, dachte ich, willkommen in der Provinz. Am liebsten hätte ich sofort alles getan, um meine Versetzung rückgängig zu machen. »Und jetzt?«, zischte ich den Waldschrat auf dem Beifahrersitz an, der nichts Besseres zu tun hatte als seine Bierbüchsen so fest zu halten, als würde ich sie ihm wegnehmen wollen: »Was machen wir jetzt?«

»Wir haben keine Chance, Kroko wird uns keinen Gefallen tun. Also bleibt uns nichts anderes übrig, als uns zu arrangieren.«

»Ach ja, und wie, wie soll das aussehen, so ein Arrangieren?«

»Ich würde sagen, dass wir uns erst einmal duzen. So, wie Kollegen das nun mal tun. Und dass wir das Beste draus machen.«

Meine Stimmung war im Keller. So ein verdammtes Arschloch, konnte ich in dem Moment nur denken, was bildete der sich nur ein? Ich sagte entsprechend kühl: »Okay, ich heiße Regina.«

»Angenehm, Roman. Willkommen im Club und auf gute Zusammenarbeit.«

»Ja, auf gute Zusammenarbeit.«

Danach wieder stummes Schweigen, bis er das Wort ergriff: »Dein Marathon ...«

»Ja?«

»Was für eine Zeit bist du denn gelaufen?«

»Vier Stunden, zwei Minuten und fünfunddreißig Sekunden.«

»Das hört sich an, als hättest du die Marke von vier Stunden knacken wollen?«

»Richtig, wollte ich.«

»Aber?«

»Aber zwei Trinkpausen von jeweils über einer Minute hatten mich ins Hintertreffen gebracht. Und für einen Endspurt war zum Ende hin der Untergrund einfach zu hart, überall Steinplatten und Kopfsteinpflaster, vor der Alten Oper und so, deshalb habe ich es dabei belassen.«

»Trotzdem eine reife Leistung, vielleicht schaffst du es ja beim nächsten Mal.«

»Ja, vielleicht.«

Ich ärgerte mich darüber, dass ich meine Stimmung als beleidigte Leberwurst nicht abstreifen konnte. Schließlich fragte ich: »Was hast du gedacht, als der Typ da an dem Seil hing?«

»Was ich da gedacht habe? Ich werde dir sagen, was ich da gedacht habe. Ich habe gedacht: Verdammte Scheiße, warum hast du keinen anständigen Beruf gelernt, dass du dich bei so einem Scheißwetter mit so abgründigen Dingen rumschlagen musst, während anständige Menschen es sich zu Hause gut gehen lassen. Das habe ich gedacht.«

Das ließ ich unkommentiert so stehen und fragte kurz darauf: »Was meinst du zu unserem Fall? Was glaubst du, was da passiert ist?«

»Schwer zu sagen im Moment. Höchstens, dass da was nicht stimmt in dem Bild.«

»Was meinst du mit Bild?«

»Wenn an einem Sonntagabend ein Mann in einem *Brioni*-Anzug am Eulenkopf in Gießen in einem Gully steckt, dann ist das kein stimmiges Bild. *Brioni*-Anzug und Eulenkopf passen nicht zusammen. Wer am Eulenkopf wohnt, weiß in der Regel noch nicht einmal, was ein *Brioni*-Anzug überhaupt ist. Deshalb geht es für uns in erster Linie darum herauszukriegen, wie der Anzug und der Eulenkopf zusammengekommen sind. Der Rest ist Analyse und Intuition. Das ist unser Fall.«

In dem Moment war ich doch einigermaßen beeindruckt, dass er am Tatort registriert hat, was der Tote für einen Anzug anhatte, ohne darüber auch nur ein Wort verloren zu haben. Und das, obwohl sein Äußeres eher vermuten ließ, dass er überhaupt gar nicht wusste, dass es so etwas wie Mode gibt auf der Welt.

»Woher weißt du, dass das ein *Brioni* war?«, fragte ich.

»Von dem Etikett in seiner Hose. Außerdem gab es mal einen Bundeskanzler, der damit angeben wollte, dass er sich so ein sündhaft teures Schicki-Micki-Teil leisten konnte. Weil seine sozialdemokratische Basis das aber nicht gerade prickelnd fand, hat er ihn dann nicht mehr angezogen, jedenfalls nicht mehr öffentlich. Daher kenne ich die Marke.«

»Aber dieser Anzug wird ja wohl nicht der Grund gewesen sein, warum ihn jemand umgebracht hat.«

»Um jemand umzubringen, braucht es nicht immer einen nachvollziehbaren Grund. Das Töten liegt in der Natur des Menschen. Das Einzige, was die menschliche Tötungsbereitschaft im Zaum hält, ist letztendlich die drohende Bestrafung und der damit verbundene Verlust an Lebensqualität. Wenn das nicht wäre, würden viel mehr Leute andere umbringen. Frauen haben eher Mordgedanken gegenüber Konkurrentinnen im Beziehungsleben, Männer dagegen in Bezug auf Konkurrenten im Beruf.«

»Soll das heißen, dass der Mann von einem Kollegen umgebracht worden sein könnte?«

»Im Moment soll gar nichts irgendwas heißen. Im Moment lässt sich noch nicht mal definitiv sagen, auf welche Art und Weise dieser Mann überhaupt zu Tode gekommen ist, erdrosselt, ertrunken oder was auch immer. Das heißt, es kommen mehrere Tötungsarten in Betracht. Für uns ist die Frage wichtig, was der Täter getan hat, das über das unmittelbare Töten hinausgeht, und warum er es getan hat. Wenn es sich so verhalten sollte, dass dem Mann die Kehle durchgeschnitten wurde und es sich dabei um die primäre Tötung gehandelt hat, stellt sich die Frage, warum er danach noch in den Gully gesteckt wurde. Aber solange wir nicht den Obduktionsbericht vorliegen haben, sind das alles nur Spekulationen.«

»Hast du schon mal jemanden umbringen wollen?«

»Ja.«

»Und warum hast du es nicht getan?«

Während er noch überlegte, waren wir am Haus der Laims angekommen, ein heller, futuristisch angehauchter Bungalow im Bauhaus-Stil. Zur Straße hin gab es einen Vorgarten mit gepflegtem Rasen und rundgeschnittenen, anderthalb bis zwei Meter hohen Buchsbäumen. Eine Einfahrt mit Kopfsteinpflaster führte hoch zu einer Doppelgarage. Es schien, dass alles mit automatischen Öffnungssystemen ausgestattet war, um per Funk über Fernbedienung gesteuert zu werden.

Über der Klingel befand sich das Objektiv einer Video-Überwachungskamera. Nachdem wir geklingelt hatten, meldete sich eine Frauenstimme über die Gegensprechanlage. Sie fragte, was wir wollten. Ich antwortete, dass wir vom Polizeipräsidium Mittelhessen kämen und sie sprechen müssten. Gleichzeitig hielten wir beide unsere Dienstausweise vor die Linse.

Als die Tür aufging, stand eine groß gewachsene, superschlanke Frau mit kurzen, schwarz nachgefärbten Haaren vor uns, die ich auf Anfang, Mitte vierzig schätzte. Ihre Aufmachung war allerdings auf Mitte Zwanzig getrimmt, und sie erinnerte an die jungen Damen, die von Zeit zu Zeit überlebensgroß die Seitenteile von Bushaltestellen zierten. Graue Leggins aus hochwertiger Wolle zu knappen Jeans-Hotpants und knöchelhohen Stulpenstiefeletten mit vorneweg acht Zentimeter hohen Absätzen. Oben herum trug sie einen tief ausgeschnittenen, grauen Cashemere-Pullover, der die Träger eines schwarzen BHs preisgab. Kurzum: Diese Frau war ein ausgemachtes, auf Attraktivität ausgerichtetes Luxusweibchen.

Roman ergriff das Wort: »Sind Sie Frau Laim?«

Sie nickte: »Was ist?«

»Ingrid Laim?«

»Ja.«

Ich fuhr fort: »Mein Name ist Maritz, ich bin Kriminaloberkommissarin beim Polizeipräsidium Mittelhessen. Das ist mein Kollege, Kriminalhauptkommissar Worstedt. Wir haben in Gießen in unmittelbarer Nähe des Autos Ihres Mannes eine männliche Leiche gefunden. Es ist anzunehmen, dass es sich bei dem Toten um Ihren Mann handelt.«

Die Gute, das war nicht zu übersehen, war zwar bereits ordentlich angeschickert, aber trotzdem begriff sie sofort, was Sache war. »Mein Mann?«, fragte sie mit Schrecken in der Stimme.

Roman nickte, bevor er die *Lange*-Uhr vom Handgelenk des Toten hervorzog und der Frau hinhielt: »Erkennen Sie diese Uhr? Ist das die Uhr Ihres Mannes?«

Frau Laims Blick ließ keinen Zweifel, ihr stockte der Atem.

»Kommen Sie«, sagte sie dann und stakste vor uns her Richtung Wohnzimmer. Unsere Blicke klebten an ihren absturzgefährdenden Absätzen, auf denen sie sich durch den Raum hin zu der Bar des Hauses bewegte. Roman folgte ihr, bereit, sie gegebenenfalls jederzeit aufzufangen.

Um den Couchtisch herum war einiges an Spirituosen drapiert. Ansonsten hatte die Wohnung den Charme des Hochglanzprospekts eines Möbelhauses. Nirgendwo lag unnötiges Zeug herum. Es schien, als würde hier überhaupt niemand wohnen.

An der Bar schnappte sie sich ein klobig robustes Glas, wie sie in italienischen Staßenbars zum Servieren von Arbeitsgrappa eingesetzt werden. Sie goss es randvoll.

»Möchten Sie auch einen?«, fragte sie, ohne ihren Blick zu uns zu wenden, »das ist das Beste, was es gibt auf der Welt – an Grappa.«

Dann kippte sie das Glas leer, mit einem Zug.

VIVA GRAPPA

Ingrid Laim, Ehefrau des ermordeten Harald Laim, Bad Nauheim:

Wie die beiden da vor der Tür standen, das war genauso, wie man es immer im Fernsehen sieht, wenn Polizisten die Nachricht bringen, dass es jemanden erwischt hat. Ich weiß nicht, wie ich es an die Bar geschafft habe, aber ich brauchte erst mal einen kräftigen Schluck Alkohol. Also goss ich mir einen Grappa ein und kippte ihn mit einem Zug runter. Dann erst war ich so weit, erfahren zu wollen, was eigentlich passiert war.

»Das wissen wir noch nicht«, sagte die überaus gut aussehende Kommissarin, die mit ihren langen schwarzen Haaren und ihrer hellen Haut etwas sehr Schneewittchenhaftes hatte.

Ihr schmieriger, übergewichtiger und grauenhaft gekleideter Kollege fügte hinzu: »So wie es aussieht, ist Ihr Mann einem Gewaltverbrechen zum Opfer gefallen.«

»Einem Gewaltverbrechen? Wieso denn das?« Ich glaubte, mich verhört zu haben.

»Das wissen wir noch nicht. Wir sind darauf angewiesen, dass Sie uns weiterhelfen.«

»Was ist ihm denn passiert?«

»Er wurde kopfüber tot in einem Gully aufgefunden. Wir haben keinen Anhaltspunkt, wie er da hineingeraten ist«, sagte sie, und er fuhr fort: »Können Sie uns sagen, wo Ihr Mann heute Abend war, wo er den Abend verbracht hat?«

»Er hat gearbeitet. Mein Mann leitet einmal im Monat ein

Seminar. Jeweils von Donnerstag früh bis Sonntagabend. Ich habe darauf gewartet, dass er heimkommt.«

»Was sind das für Seminare?«

»Mein Mann ist Mitinhaber von *Get-Up-Education*. Das ist eine Firma, die tätig ist im Bereich Karrieremotivation. Wenn Sie mehr erfahren wollen, sollten Sie sich mit Arno Blaschke in Verbindung setzen, das ist der andere Chef. Das Büro der Firma befindet sich im Gewerbegebiet Spilburg in Wetzlar, auf dem Gelände der ehemaligen Kaserne.«

»Hat dort auch das Seminar stattgefunden?«

»Nein, die Seminare finden immer im Vogelsberg statt, in einer Hütte bei Ulrichstein. Fragen Sie Blaschke, der kann Ihnen mehr dazu sagen.«

»Sagen Sie, Frau Laim, kann es sein, dass Ihr Mann Feinde hatte? Ich meine, hatte er Ärger mit anderen Menschen, ist Ihnen da etwas bekannt?«

»Feinde? Mein Gott, wenn jemand in seiner Position tätig ist, dann ist es doch natürlich, dass er nicht nur Freunde hat. Konkurrenz, Teilnehmer der Seminare, die waren ja auch nicht immer nur glücklich. Und privat, was weiß ich. Hier, unser Nachbar, mit dem hat er sich drei Jahre vor Gericht gestritten, weil wir für den Bau unseres Hauses das Erdreich um sechs Meter aufgeschüttet haben. Suchen Sie sich jemanden aus.«

»Aber dass ihn jemand unmittelbar bedroht hat, davon ist Ihnen nichts bekannt?«

»Nein, Prost!« Ich kippte mir den nächsten Grappa nach. Das musste in dem Moment sein. Ich konnte immer noch nicht glauben, was da gerade geschah.

»Haben Sie Kinder?«

»Einen Sohn aus erster Ehe, der ist fünfundzwanzig und lebt in Los Angeles. Mein Mann und ich, wir haben uns kennengelernt, als er seit zwei Jahren hier im Westen war. Er kommt aus Leipzig. Er war 1989 in die Botschaft der BRD in Prag geflüchtet. Dort war er unter den dreitausend DDRlern, die da im Garten der Botschaft campiert und politisches Asyl beantragt hatten. Von dort ist er mit einem der ersten Züge in den Westen gekommen. Das war damals, als der Außenminister Genscher vom Balkon der Botschaft den Flüchtlingen versprochen hat, dass sie mit dem Zug in die BRD ausreisen dürften.«

»Dann hat er sich aber offensichtlich gut hier im Westen eingelebt?«

»Wenn Sie damit meinen, dass er Karriere gemacht hat, kann ich Ihnen versichern, dass er immer sehr fleißig war, er hat viel getan für seinen Erfolg. Das ist ihm nicht zugeflogen.«

»Hätten Sie vielleicht ein Foto von Ihrem Mann für uns«, fragte mich die Beamtin.

Ich habe daraufhin ein Foto von Harald und mir aus der Schublade unseres Wohnzimmerschrankes geholt und es den beiden auf den Esstisch gelegt: »Hier, bitte.«

»Danke, Sie bekommen es so bald wie möglich zurück.«

»Als Ihr Mann sich am Donnerstag losgemacht hat, war da irgendetwas anders als sonst, war Ihnen da irgendetwas aufgefallen an ihm?«

»Nein, nichts, absolut nichts, es war alles wie immer, alles.«

»Wann haben Sie ihn denn zurückerwartet?«

»Eigentlich sollte er schon längst da sein. Vor drei Stunden hat er angerufen und gesagt, dass er eine Panne hätte, zwischen Stumpertenrod und Kestrich. Ich habe gefragt, ob ich kommen und ihm helfen soll. Aber er hat gesagt, das sei nicht nötig, er hätte schon den ADAC angerufen und es müsste jeden Moment jemand von denen eintreffen. Danach habe ich noch ein paarmal versucht, ihn auf dem Handy zu erreichen, aber nix, er ging nicht mehr dran.«

»Im Handschuhfach des Autos Ihres Mannes waren eine Minox-Kamera und vier Chinakracher. Können Sie uns dazu vielleicht etwas sagen?«, fragte Worstedt.

»Die Minox-Kamera hatte er schon in all seinen Autos immer im Handschuhfach. Die sollte dafür da sein, dass man Fotos machen kann, wenn man mal einen Unfall hat. Die Chinakracher, hat er mal gesagt, seien für eine Übung in seinen Seminaren.«

»Ach ja«, übernahm Schneewittchen das Reden, »wir konnten bei dem Toten weder Brieftasche noch Ausweis und auch kein Handy finden ...«

Ich unterbrach sie: »Ist er überfallen worden?«

»Schwer zu sagen«, sagte der Dicke, »eigentlich sieht es nicht danach aus, aber vorsichtshalber sollten Sie besser die Kreditkarten sperren lassen. Nicht, dass sich da jemand unrechtmäßig bedient.«

Ich nickte und wollte wissen, ob sonst noch was anlag, weil ich nämlich gerne allein sein wollte.

»Es tut mir leid, Frau Laim«, übernahm der Dicke erneut das Wort, »aber wir müssen Sie das fragen: Wo waren Sie heute Abend?«

»Hier zu Hause natürlich, wo denn sonst.«

In dem Moment konnte ich nicht mehr. Ich konnte nur noch heulen. Verdammt, was sollte jetzt nur werden, hatte ich gedacht.

Der Dicke sagte: »Wenn Ihnen noch was einfällt, sagen uns doch bitte Bescheid.«

Er legte mir ein Kärtchen von sich hin und ich konnte nur vor mich hinflennen: »Okay.«

Unterwegs zur Haustür deutete die Kommissarin auf den Koffer, der im Flur stand. »Wollten Sie verreisen?«, fragte sie.

Ich antwortete: »Ja, wir wollten für ein paar Tage verreisen, nach Rom.«

Als die beiden die Tür hinter sich zugezogen hatten und ich wieder ins Wohnzimmer zurückkam, ist mir das Foto von Harald und mir aufgefallen, das nach wie vor auf dem Esstisch lag. Ich habe mir einen Schirm geschnappt und bin hinter den beiden her raus auf die Straße.

Als ich auf der Beifahrerseite ans Fenster kam, hat sich der Dicke dahinter gerade eine Büchse Bier aufgerissen und einen mächtigen Schluck in sich hineingekippt. In dem Moment, als er mich sah, hat er sich erst mal ziemlich verschluckt, dann aber schnell die Scheibe runtergefahren.

Ich beugte mich nach vorne, um ihm das Foto reinzureichen. Dabei war nicht zu übersehen, wie sein Blick in meinen Ausschnitt wanderte. Ich dachte mir: Sei´s drum, und sagte: »Hier, das haben Sie vergessen.«

Als ich nach seinem »Danke« zurück zur Haustür ging, konnte ich förmlich spüren, wie seine Blicke meinen Hintern streichelten.

HANDWERK

Thorben Nennstiehl, Mano-Rapper, Gießen:

Geschlagene zwei Stunden haben sie mich warten lassen, geschlagene zwei Stunden! Dann kamen sie rein, und der Klistegadsch hat erst mal jede Menge Krempel in das Mikro geblubbert, Datum, anwesend, was nicht alles.

Dann hat er sich zu mir gesetzt und angefangen: »Hier, so und so, erzähl doch mal, was du schon alles an Straftaten und mit der Polizei zu tun hattest, Anzeigen, Verhöre, Gerichtsverhandlungen, Urteile, alles. Ich meine, ich kann auch nach nebenan gehen und in meinen Computer gucken, dann sehe ich das auch alles. Aber wenn du es mir erzählst, habe ich das Gefühl, dass du eine ehrliche Haut bist, dass ich dir vertrauen kann, also ...«

Dieser Mann verstand offenbar sein Bullenhandwerk, das war klar. Und es war auch klar, dass er darauf aus war, mit dieser Tour vielleicht von der einen oder anderen Scheiße zu erfahren, die ich gebaut hatte und wovon die Kliste noch gar nichts wusste.

Also sagte ich: »Was hat meine Familie deiner Familie angetan, dass du mich hier behandeln musst wie einen gottverdammten Depp, was?«

»Du meinst, ich behandel dich hier wie einen Depp?«, hat er dann zurückgefragt und ich ihm gesteckt: »Ja, das tust du. Oh ja, das tust du. Du behandelst mich wie einen Depp. Oder glaubst du, ich weiß nicht, was du da mit deiner Schleimtour erreichen willst? Glaubst du das?«

»Ehrlich gesagt, weiß ich nicht, was du meinst«, entgegnete er.

»Dann werde ich es dir sagen: Ich bin hier, weil ich etwas gesehen habe und daraufhin die Polizei verständigt habe, und aus keinem anderen Grund. Ich habe mir nichts vorzuwerfen, dass ich irgendwas Unrechtes getan hätte, nichts. Und deshalb gibt es auch keinen Grund, dass ihr mich hier behandelt, als hätte ich was ausgefressen.«

»Ich sehe schon«, sagte er daraufhin, »dir kann man so schnell nichts vormachen.«

»Worauf du einen lassen kannst.«

»Also gut, dann mal Klartext: Ich habe mich gerade eingehend mit Pietsch und Perlosik unterhalten. Das hat eine Weile gedauert, aber dann sind ihnen plötzlich Dinge eingefallen, an die sie bei unserer kleinen Unterhaltung am Tatort gar nicht mehr gedacht hatten. Weißt du, was ich damit meine?«

»Keine Ahnung.«

»Das ist schlecht. Denn wenn du dich nicht daran erinnern kannst, dann sagt mir das, dass du nicht mit mir kooperieren willst. Verstehst du das?«

»Was soll das? Was soll der ganze Scheiß?«

»Am einfachsten wäre es, wenn du mir auch erzählst, was du gesehen hast. Und wenn das mit dem übereinstimmt, was deine Kumpels erzählt haben, dann sind wir fertig miteinander und ihr könnt alle drei gehen. Wenn nicht, dann werde ich deine Kumpels noch mal fragen, ob sie mich nicht vielleicht angelogen haben, weil du dich nicht an das erinnern kannst, was sie mir berichtet haben.«

»Was, was haben die denn berichtet?«

»Ihnen sind Dinge eingefallen, die ich jetzt von dir bestätigt bekommen will, das ist alles.«

»Geht es um das Taxi?«

»Erzähl mir mehr davon.«

»Dass wir das Taxi gesehen haben, das da am Eulenkopf gestanden hat und wo einer reingesprungen ist. War es das, was sie erzählt haben?«

»Was war genau mit dem Taxi?«

»Oh Mann, als wir an der Bushaltestelle bei der Lincolnstreet waren, da meine ich, wäre ein Taxi an uns vorbeigefahren, das vorher am Eulenkopf gehalten hat.«

»Sicher, dass es am Eulenkopf gehalten hat oder könnte es auch gewesen sein, dass es an der Ampel zur Grünberger Straße gehalten hat?«

»Das kann auch sein. So genau kann ich mich nicht mehr erinnern.«

»Und das ist dir jetzt eingefallen?«

»Ja, das ist mir jetzt eingefallen.«

»Und vorhin hattest du nicht mehr daran gedacht?«

»Richtig, vorhin hatte ich nicht mehr daran gedacht.«

»Und was gibt es sonst noch, woran du dich vorhin nicht mehr erinnert hast?«

»Eh, ich habe jetzt alles gesagt, mehr gibt es nicht, verdammt.«

»Okay, dann werde ich jetzt mal rübergehen zu deinen Kumpels und die fragen, was sie zu dem Taxi zu sagen haben, ob sie sich jetzt vielleicht auch daran erinnern.«

Dann gingen sie raus. Ich war müde, müde wie Sau.

WINTERZEIT

Regina Maritz, Kriminaloberkommissarin, Gießen:

7:56 zeigte mein Wecker. Er hatte nicht geklingelt. Verdammte Kacke. Ich wollte um acht ich im Präsidium sein, beziehungsweise ich sollte um acht dort sein. In meinem Kopf klang Worstedts Stimme: »Frauen mit ihrem permanenten Zuspätkommen ...«

Das würde Wasser auf seine Mühlen sein. Verdammt, verdammt, verdammt. Mit einem Satz stand ich im Bad. Katzenwäsche und ein Kaffee für im Auto, mehr war nicht drin. Dabei wollte ich mir eigentlich noch die Haare waschen und einen richtig guten Start in die Woche hinlegen. Und jetzt das.

Die Treppe runter ging immer noch nur rückwärts, und dann stand da auch noch meine Mutter, ob ich daran dächte, dass am Freitag die Leute vom medizinischen Dienst kämen wegen ihrer Pflegestufeneinstufung.

Nach einem ziemlich ungelenken Schweinsgalopp vom Parkplatz ins Präsidium musste ich mich noch mal kurz sammeln, bevor ich in unser Büro reintoben konnte. Ein letztes Mal sprach ich zu mir die Begrüßungsformel, die ich mir zurechtgebosselt hatte: »Sorry, es hilft nichts drumherumzureden, ich habe schlichtweg verpennt.«

Dann war noch mal tief Luftholen angesagt, Runterdrücken der Türklinke und rein in die Höhle des Löwen. Und dann …

Ja, was dann? Dann verschlug es mir die Sprache. Denn das Büro war leer. Kein Schwein da. Was war passiert? Oh Gott, im nächsten Moment fiel es mir wie Schuppen von den Augen. Ich hatte vergessen, dass gestern die Uhren umgestellt worden waren. Jedes Jahr am Tag des Frankfurt-Marathons wurden die Uhren umgestellt. Oh, geliebte Winterzeit, Gott sei's gepfiffen und getrommelt, dachte ich und hatte noch fünfunddreißig Minuten, bis die anderen eintreffen würden. Saugut.

Nachdem ich mir eine Zeitlang die Urkunden an der Wand betrachtet hatte, die von Worstedts zurückliegenden Erfolgen als Karatekämpfer kündeten, traf zunächst Seipp ein und dann auch Wagenbach. Als sie mitbekamen, dass ich mich für die sportliche Vergangenheit unseres Chefs interessierte, entfuhr Seipp ein trauriges: »Lang, lang ist's her«, woraufhin Wagenbach entgegnete: »Aber noch nicht vorbei.«

Worstedt kam als Letzter von uns vieren. Als ich ihn mit der Frage begrüßte, warum er am Abend zuvor Frau Laim nichts von dem Ehering gesagt habe, den wir im Auto ihres Mannes gefunden hatten, sah er mich an, als müsste er sich erst einmal erinnern, wer ich überhaupt war. Ganz offensichtlich hatten die Bierbüchsen, die er sich an der Tankstelle geholt hatte, ein gewisses Schoppenfieber nach sich gezogen.

Nachdem er sich zwei Brause-Aspirin in Wasser aufgelöst hatte und vergegenwärtigte, wo er sich befand, kommentierte er den vergessenen Ehering mit den Worten: »Taktik.«

Wir anderen konnten uns nur stumm anschauen und der Dinge harren, die da kommen sollten.

Noch in der Nacht waren wir die Unterlagen durchgegangen, die der tote Harald Laim in seinem Auto liegen hatte. Darunter war eine Liste mit den Teilnehmern des letzten Seminars. Die galt es heute vorrangig abzuarbeiten. Jeder der acht Leute musste dafür aufgesucht und befragt werden. Ebenfalls mussten wir den anderen Chef von *Get-Up-Educa-*

tion aufsuchen, und Lindenstruth mit dem Ergebnis seiner Obduktion stand auch noch auf dem Programm.

Seipp und Wagenbach sollten sich darum kümmern, was die Presseaktion ergeben hatte und den Taxifahrer ausfindig machen, den Worstedt dem Mano-Rapper aus den Rippen geleiert hatte. Ansonsten sollten sie sich schlaumachen, was es mit dem am Tatort gefundenen Kapodaster auf sich hatte und ob jemand von den Anwohnern des Eulenkopfs vielleicht was mitgekriegt hatte, was uns weiterhelfen konnte.

Die Spurensicherung hatte auf der Fahrerseite von Laims Wagen nur seine Fingerabdrücke ausmachen können. Auf der Beifahrerseite und im Rest des Wagens waren eventuelle Fingerabdrücke offensichtlich abgewischt worden. Außerdem konnten keine verwertbaren DNA-Spuren sichergestellt werden, die uns hätten weiterhelfen können.

Während wir mit dem Terminieren der uns bevorstehenden Befragungen beschäftigt waren, stand Worstedt plötzlich von seinem Stuhl auf und erklärte, er habe gerade bei einer Firma *Janus Vacuumtechnik* in Flörsheim angerufen, die einen Klaus Bill zu dem Seminar angemeldet hätten, der in der Firma allerdings gänzlich unbekannt sei.

VIEL GELD

Arno Blaschke, Geschäftsführer
Get-Up-Education, ***Wetzlar:***

Verdammt noch mal, wer konnte so was nur getan haben? Harald Laim hatte so vielen Menschen zu ihrem Erfolg verholfen. Alle, die mit ihm zu tun hatten, haben davon profitiert – beruflich wie privat. Er war eine absolute Kapazität auf dem Gebiet der Aktivierung eigener Ressourcen zur Selbstverwirklichung. Wer es satthatte, auf dem Standstreifen durchs Leben zu eiern, dem hat er geholfen, auf die Überholspur zu wechseln. Ihm haben wir es zu verdanken, dass unsere Seminare ein Qualitätsprodukt darstellten und entsprechend ihren Preis haben. Er war auf diesem Gebiet ein absoluter Crack, ein Klassemann. Ich sage »war«, obwohl ich es noch gar nicht glauben kann, dass er nicht mehr da sein soll.

Niemand sonst hat unser Unternehmen so sehr mitgestaltet wie er. Wir sind Marktführer in Sachen Erfolgskonsolidierung durch das Eliminieren von Hemmnissen auf dem Weg zum pesönlichen Erfolg. Als Harald Laim bei uns anfing, war er gerade mal drei Monate zuvor aus der DDR gekommen. Das war nicht leicht für ihn, denn er musste gegen eine Menge Ressentiments ankämpfen, die damals gegen die Menschen aus den neuen Bundesländern bestanden.

Er kam aus Leipzig, war da aufgewachsen, zur Schule gegangen, Abitur, Studium, alles. Dann war er für fünf Jahre Lehrer auf Kuba. Als er zurückkam in die DDR, ging es gerade los mit den Unruhen, die dann zum Untergang des Landes führten. Er war dann nach Prag in die deutsche Botschaft geflohen. Da haben seinerzeit fast dreitausend DDRler darauf gewartet, in den Westen ausreisen zu können.

Dann gab es die legendäre Rede von Genscher am 30. September ´89, woraufhin noch in der gleichen Nacht die ersten Züge mit DDRlern in die BRD losgefahren sind. Er kam mit Nichts in Gießen an, wo er wie alle Flüchtlinge erst einmal im Notaufnahmelager untergebracht wurde. Von da aus hat er sich dann losgemacht, Arbeit zu suchen und nach und nach hier im Westen Fuß zu fassen.

Zu uns ist er aufgrund einer Anzeige in der FAZ gekommen. Wir hatten eine Stelle als Dozent für unsere Seminare ausgeschrieben, bevorzugt mit psychologischer oder pädagogischer Ausbildung. Eigentlich hätten wir ja lieber einen promovierten Psychologen gefunden, aber bei Harald hat uns seine unkonventionelle, originelle Art überzeugt. Er hatte einfach angerufen und mich sprechen wollen. Unsere Sekretärin damals hat ihn gefragt, um was es denn ginge. Daraufhin hatte er nur gesagt: »Um sehr viel Geld.«

Damit hatte er unsere Sekretärin natürlich auf dem falschen Fuß erwischt. Die hatte mir gesagt, da sei jemand am Telefon, der wolle mich sprechen und sage, es ginge um sehr viel Geld. Da habe ich ihn mir natürlich durchstellen lassen, und als ich ihn dann gefragt habe, was denn das viele Geld sei, um das es ginge, hat er geantwortet, das sei das Geld, das er bei mir verdienen wolle.

Irgendwie hat der Typ mich interessiert. Also habe ich ihn zum Essen eingeladen, in ein Steakhouse. Und als der Kellner gefragt hat, wie er sein Steak wolle, hatte er geantwortet: »Large.«

Das hat mir einfach gefallen. Also hatten wir uns auf ihn eingelassen. Es hat gerade mal ein paar Monate gedauert, da war sein sächsischer Akzent, über den wir uns anfangs ganz schön lustig gemacht hatten, kaum noch wahrnehmbar.

Damals waren wir mit unserer Firma noch in Kelsterbach bei Frankfurt. Da war er fast täglich im Büro und hat sich super auf seine Seminare vorbereitet. Als es anstand, hierher nach Wetzlar in den Gewerbepark Spilburg umzuziehen, war er von der Idee nicht gerade begeistert gewesen. Er wollte lieber in der Nähe von Frankfurt bleiben.

Weil ich ihn auf keinen Fall verlieren wollte, hatte ich ihm damals angeboten, mein Teilhaber zu werden. Das hat ihm schon gefallen, aber wichtiger war ihm fast, von seiner Anwesenheitspflicht freigestellt zu werden. Deshalb kam er nach dem Umzug nur noch sehr sporadisch ins Büro. Aber letztendlich war das auch nicht nötig. Er hielt alle vier Wochen sein Seminar und erledigte die Vor- und Nachbereitungen zu Hause oder über Internet.

Die Seminare finden in unserem Waldhaus in der Nähe von Ulrichstein statt. Wir nennen diesen Ort »Die Hütte«.

Wer das Seminar erfolgreich absolviert, darf hinterher von sich behaupten, dass er »auf der Hütte« war. In immer mehr Unternehmen gilt dies mittlerweile im Personalbereich als Prädikat.

Die Seminare laufen nach dem von uns entwickelten, bewährten Muster ab. Die Teilnehmer treffen donnerstags um 10:00 Uhr vor dem Bahnhof in Gießen zusammen. Von dort werden sie mit unserem Kleinbus abgeholt und zu der Hütte in den Vogelsberg gebracht.

Ich hatte gestern Abend noch mit ihm sprechen wollen. Wir telefonieren immer kurz, wenn wir eine Veranstaltung hinter uns haben. Das war gegen zehn. Da war bei ihm nur die Mailbox dran. Ich hätte ihn schon etwas früher anrufen sollen, aber weil ich wusste, dass er mit seinen Teilnehmern immer nach dem Seminar nach Ulrichstein ins Gasthaus *Zipp* geht, wollte ich ihm nicht die Nase lang machen. Denn ich war den ganzen Abend mit meiner Frau und zwei befreundeten Paaren in Friedberg bei André Großfeld gewesen, um uns mit einem Fünf-Gänge-Menu verwöhnen zu lassen. Wir hatten den Abend schon vier Monate zuvor gebucht. So viel zu meinem Alibi.

Aber egal. Jeder, der einmal bei Harald Laim auf der Hütte war, profitiert davon für den Rest seines Lebens, jeder.

TAUSEND LEICHEN

Dr. Ansgar Lindenstruth, Justus-Liebig-Universität Gießen, Institut für Rechtsmedizin:

Keine Ahnung, wie viele Leichen im Laufe der Jahre schon auf meinem Tisch gelandet sind. Einige Tausend können das schon gewesen sein. Die Wenigsten davon natürlich Mordopfer. Zu einer Obduktion kommt es immer dann, wenn eine Todesursache ungeklärt ist oder eine Einäscherung bevorsteht. Im letzteren Fall ist eine Obduktion nötig, weil danach keine Möglichkeit mehr gegeben ist, nachträglich noch eine Todesursache festzustellen.

Wenn ich Außenstehenden erzähle, was ich beruflich mache, kann ich mich in der Regel nicht mehr vor Fragen retten: »Ist das nicht belastend, wenn man nach Feierabend heimgeht?«, »... stumpft man nicht ab mit der Zeit?« und so weiter und so fort. Auf alle Fälle gucken sie einen an, als käme man von einem anderen Stern.

Wenn meine Frau und ich im Urlaub jemanden kennenlernen und die Sprache auf meinen Beruf kommt, habe ich mir angewöhnt, einfach zu sagen, ich sei kaufmännischer Angestellter. Das habe ich von jemandem übernommen, der eigentlich Filmproduzent war.

Und wenn mich was wirklich über die unmittelbare pathologische Arbeit hinaus interessiert, so ist es in erster Linie, was dieser Mensch, der da vor mir liegt, als Letztes wahrgenommen hat, bevor die Lebenskräfte ihn verlassen haben. Dieser Gedanke bewegt mich auch am meisten, wenn ich daran denke, wie es wohl sein wird, wenn ich selbst sterben werde. Was wird das Letzte sein, das meine Augen zu sehen bekommen, bevor es mit mir zu Ende geht?

Als Roman Worstedt den Sektionsraum betrat, war ich gerade mit der äußeren Obduktion fertiggeworden und hatte meinen Bericht diktiert. Danach war ich sicherheitshalber noch mal die Checkliste durchgegangen, ob ich auch alle Stationen der äußeren Leichenschau berücksichtigt hatte.

»Ich freue mich, dass Ihnen wieder eine Ermittlung übertragen wurde«, begrüßte ich ihn.

»Danke, ich freue mich auch«, antwortete er.

»Sie sollen wissen, dass es mir sehr leid getan hat, was mit Ihrer Tochter passiert ist. Sie wissen, dass ich ihr seinerzeit die Proben für das Abstammungsgutachten entnommen habe«, fuhr ich fort.

»Ich weiß«, entgegnete er, »aber ich beabsichtige nicht, darüber zu reden.«

In dem Moment war spürbar, wie tief der Schmerz über den Tod seiner Tochter und die nachfolgende Nachricht, dass er gar nicht ihr Erzeuger gewesen sein sollte, noch in ihm steckte. Wir wanderten gemeinsam mit unseren Blicken zu der Leiche von Harald Laim.

»Sportlicher Typ«, begann ich meine Ausführungen, »78 Kilo bei 1,80 Meter, gepflegte Erscheinung, 58 Jahre alt, am Hals eine zwölf Zentimeter lange und an der tiefsten Stelle zwei Zentimeter tiefe, an den Rändern leicht gefranste Wunde. Ein Schnitt mit einem scharfen Gegenstand, etwa einem Messer, kann ausgeschlossen werden. Vielmehr wurde die Verletzung offenbar mit einer Drahtschlinge herbeigeführt. Also, jemand hat sie ihm wohl von hinten um den Hals gezogen und dann mit viel Kraftaufwand hin und her gezerrt, bis die Blutversorgung des Gehirns lange genug unterbrochen und der Tod eingetreten war.«

»Also war er schon tot, als er in den Gully gesteckt wurde?«

»Davon kann ausgegangen werden. Endgültige Gewissheit aber erst nach der inneren Obduktion, wenn ich mir die Lunge und das Herz angeschaut habe. An der Hüfte hat er eine größere Narbe. Da werde ich auch mal nachschauen, was sich dahinter verbirgt und natürlich Mageninhalt und was sonst noch so ansteht.«

»Bis wann kann ich mit dem Ergebnis rechnen?«

»Im Laufe des Nachmittags. Ich gehe jetzt was frühstücken und danach mache ich mich gleich an die Arbeit.«

»Okay, dann rufen Sie mich an, ja.«

»Ja, aber eins noch.«

»Ja?«

»Es gab da noch gewisse Spuren von Kot.«

»Kot, und wo?«

»Unter seiner Vorhaut.«

»Was heißt?«

»Was heißt, dass er offensichtlich kurz vor seinem Ableben noch Analverkehr hatte.«

ACHT

Sebastian Dern, Vertriebsleiter
Spritzgusstechnik Wagner, *Dillenburg:*

Wir waren zu acht. Das war die Teilnehmerzahl, die auch in dem Prospekt von *Get-Up-Education* genannt wurde, als optimale Besetzung, um möglichst effektiv von dem Seminar zu profitieren. Fünf Männer und drei Frauen. Ich hatte den Prospekt von unserem Personalchef bekommen, drei Monate zuvor, bei unserem letzten Personalgespräch. Er hatte gesagt, dass bei uns schon ein gutes Dutzend Vertriebler an einem solchen Seminar teilgenommen und ganz hervorragend davon profitiert hätten.

»Gerade in der heutigen Zeit«, hatte er gesagt, »wo das Geld nicht mehr so locker sitzt, kann man es immer weniger dem Zufall überlassen, ob ein Vertrag zustande kommt oder nicht. Zumal wir ja in erster Linie für die Autoindustrie tätig sind und da die Luft von Jahr zu Jahr dünner wird.«

Ich kenne diese Sprüche. Das ist jedes Mal dasselbe bei den Personalgesprächen, ein Ritual, dem man sich nicht entziehen kann, ohne Schaden zu nehmen. Dabei geht es immer nur um eines: Umsatz, Umsatz und noch mal Umsatz. Immer mehr, immer schneller, immer skrupelloser.

»Würde es Ihnen nicht gefallen, sich auch mal zwischendurch was leisten zu können, was andere nicht haben?«, war so eine hinterfotzige Standardfloskel, der dann in der Regel die Verbrüderungseinlullung folgte: »Und was meinen Sie, wie wir das hinkriegen können?«

Natürlich wusste ich selbst am besten, wie ich das hinkriegen könnte. Ich musste einfach nur mehr Umsatz einfahren, mehr Termine machen und mehr Freude an meiner Arbeit haben.

Stattdessen aber habe ich von Jahr zu Jahr mehr Abscheu gegen meine Arbeit – und auch mehr Angst vor meinen Kunden. Manchmal lassen die einen bei einem Termin stundenlang warten, um sich dann mit irgendwelchen fadenscheinigen Entschuldigungen rauszureden: Man müsse sich das alles erst noch mal überlegen, ich solle mich in vier Wochen noch mal melden und so weiter und so fort.

Oder, was mir auch schon passiert ist, sie sagen knallhart, dass man einen Abschlag von 50 Prozent einräumen soll, weil man ansonsten raus sei aus dem Geschäft. Darüber kann man in einem Personalgespräch natürlich kein Wort sagen, sonst heißt es gleich, man sei den Anforderungen an sein Tätigkeitsprofil nicht mehr gewachsen.

Also erzählt man was von Schwierigkeiten in der Familie und so weiter, dass selbige jetzt aber überwunden seien und man sich wieder voll auf seine Arbeit konzentrieren könne … bla, bla, bla … also in Zukunft mehr Termine machen und entsprechend auch mehr Umsatz einfahren kann; getreu dem alten Außendienstler-Motto: »Nur wer schießt, kann auch treffen.«

Als unser Personalchef mir also von diesem Seminar erzählte, willigte ich ohne weitere Überlegung ein, ein solches absolvieren zu wollen. Schließlich wollte ich auf keinen Fall bei einer eventuell anstehenden »personellen Verschlankung« unseres Betriebes oben auf der Liste stehen.

Ich füllte also das dem Prospekt beigefügte Anmeldeformular noch am gleichen Tag aus und übergab es dem Personalchef; nicht ohne noch mal voll schleimend darauf hinzuweisen, wie ganz besonders es mich freuen würde, unserer Firma so viel Wert zu sein, an einer solchen Maßnahme teilnehmen zu dürfen.

Drei Wochen später bekam ich Nachricht von *Get-Up-Education*. Es wurde mir der Termin mitgeteilt, an dem ich mich am Gießener Bahnhof einfinden sollte. Von dort, so hieß es in der Anmeldungsbestätigung, würde ich gemeinsam mit den anderen Teilnehmern zu einer Hütte in der Nähe von Ulrichstein im Vogelsberg gebracht, wo das Seminar bis zum Sonntagabend stattfinden sollte.

Als ich aus dem Bahnhofsgebäude trat, stand dort bereits eine Gruppe von fünf Leuten. Zwei Frauen und drei Männer. Eine übergewichtige Mittdreißigerin, von der später zu erfahren war, dass sie Inge hieß, hatte rote Korkenzieherlocken und gefiel sich in der Rolle der Ulknudel.

Die andere Frau, Heidrun, versprühte den nassforschen Charme einer burschikosen Kneifzange, während die drei Männer sich nur wenig unterschieden. Klaus machte den Eindruck eines durchtrainierten Ruhepols, Martin war ein stämmiger Anpacker mit einem schwarzen Pork-Pie-Hut, wie Gene Hackman ihn in *French Connection* als »Popeye« Doyle trug. Dann war da noch der glatzköpfige Stefan, der die Unnahbarkeit eines Wachsoldaten der englischen Queen zur Schau stellte.

Nachdem ich mich zu ihnen gestellt hatte, rankten die Gespräche um Belanglosigkeiten, woher man kam und was uns auf der Veranstaltung wohl erwartet. Dann trafen noch eine Frau und ein Mann ein. Der Mann war eine Frohnatur, der zum Besten gab, dass er von Hanau aus angereist sei und noch gar nichts gefrühstückt habe. Er ließ seinen Trolly bei uns stehen und erklärte, dass er sich im Bahnhof kurz was zum Reinbeißen holen wolle.

Die Frau kam nicht aus dem Bahnhofsgebäude, sondern über den Bürgersteig, der zum Bahnhof führte. Sie stellte sich als Marianne vor und ließ erfahren, dass sie ihr Auto in der Nähe geparkt habe. Ansonsten war sie eher unscheinbar und darauf bedacht, nicht unnötig im Mittelpunkt zu stehen.

Unmittelbar darauf fuhr ein weißer Kleintransporter vor, dem ein kleiner, gedrungener Mann mit rotem Blouson entstieg, auf den *GUE* gedruckt war – offenbar die Initialen von *Get-Up-Education*.

Ohne weitere Begrüßung trat er zur Heckklappe des Transporters, um sie wortlos zu öffnen. Jemand hatte dem Mann zur Begrüßung die Hand reichen wollen, was dieser aber mit den Worten von sich wies, man solle sich gefälligst beeilen, weil dort, wo er stand, eigentlich nicht angehalten werden dürfe und er nicht scharf darauf sei, einen Strafzettel zu kassieren.

Als daraufhin jeder hastig sein Gepäck ins Heck des Wagens gewuchtet hatte und es ans Einsteigen ging, sagte jemand, dass da noch einer im Bahnhof sei, auf den wir warten müssten.

Da hatten wir die Rechnung aber ohne den Wirt, sprich den Fahrer des Kleintransporters gemacht, der später »Borsig« genannt wurde. Der setzte sich nämlich einfach hinter das Steuer und fuhr los. Als ich dann noch mal sagte: »Eh, da ist noch jemand, der mitmuss«, entgegnete er nur: »Meine Anweisung heißt: Abfahrt Punkt zehn Uhr. Wenn da jemand nicht rechtzeitig da ist, hat er Pech gehabt, fertig ab.«

Und als daraufhin Madame Kneifzange noch nachlegte, das Gepäck des Mannes stehe jetzt unbeaufsichtigt vor dem Bahnhof, war sein Kommentar nur: »Sein Bier.«

Unsere Stimmung bewegte sich von da an Richtung Null. Diesem Mann hinter dem Steuer war offensichtlich nicht beizukommen. Er war getrieben von einem völlig humorlosen, gnadenlosen Kadavergehorsam. Ich hatte mir nur gedacht: Verdammte Scheiße, wo bist du hier hingeraten?

Was dann aber den Ablauf des Seminars anging, so hatte ich zwischendurch ganz schön zu knapsen, aber im Endeffekt hatte es mir echt was gebracht.

Und zu der Tatzeit kann ich nur sagen, dass ich da entweder noch im Bahnhof in Gießen war oder bereits im Zug unterwegs nach Dillenburg. Als wir nämlich nach dem Seminar am Sonntagabend mit dem GUE-Bus am Bahnhof ankamen, war es ungefähr Viertel nach acht. Da war mein Zug, der um 20:09 Uhr ging, gerade weggefahren. Ich habe dann meine Frau angerufen und ihr gesagt, dass ich den nächsten Zug nehmen würde. Der ging um 21:09 Uhr und kam um 21:38 Uhr in Dillenburg an.

Sie hatte zu der Zeit gerade *Tatort* geguckt. Ich habe gesagt, sie bräuchte mich nicht am Bahnhof abholen, ich könnte mir ein Taxi nehmen, die Firma würde das ja bezahlen. Das hatte ich dann auch getan.

DRECKSAU

Heidrun Völzing, Jobcenter Job4U, *Offenbach:*

Als Erstes nach unserer Ankunft an der Hütte stand auf dem Programm, dass wir Aufstellung nehmen sollten. Das hieß, dass wir wie bei der Bundeswehr in einer Reihe stramm stehen sollten. Dann hat der Harald Laim sich als Leiter des Seminars vor uns aufgebaut und die Anweisung erteilt, dass wir uns für die Dauer des Seminars duzen sollten.

Nicht, dass ich prinzipiell was gegen Duzen hätte – über kurz oder lang wäre man wahrscheinlich eh dazu übergegangen –, aber dass so eine Vertraulichkeit als Muss angeordnet wurde, das fand ich doch eher befremdlich. Aber weil niemand sonst einen Einwand hatte, habe ich auch nichts gesagt.

Bevor es dann weiterging, traf ein Taxi ein mit dem Andreas an Bord. Das war der Typ, der in Gießen am Bahnhof zurückgeblieben war. Nachdem er das Taxi bezahlt hatte und mit seinem Trolly zu uns anderen getreten war, hat der Harald Laim ihn mit den Worten begrüßt: »Wann und wo war unser Treffpunkt?«

»Um zehn Uhr vor dem Bahnhof in Gießen«, gab Andreas zur Antwort.

»Aha, und warum warst du nicht da, um zehn Uhr am Portal des Bahnhofs in Gießen, wie es vereinbart war?«

»Ich war ja da. Ich bin nur noch mal kurz rein in den Bahnhof, um mir was zu essen zu holen.«

Es war schon sehr befremdlich, wie sich da ein erwachsener Mann auf derart erniedrigendem Niveau rechtfertigen musste.

»Du warst nicht da, das ist ja wohl Fakt, sonst wärst du mit den anderen in den Bus gestiegen und rechtzeitig hier gewesen. Warum warst du nicht da?«

»Weil ich mir noch ein Baguette geholt habe. Was soll das denn?«

»Was das soll? Ich werde dir sagen, was das soll. Das soll, dass es dir offenbar nicht wichtig war, die zwischen uns getroffene Vereinbarung einzuhalten. Das soll das.«

»Das war doch nicht so gemeint. Ich habe doch gedacht, dass die anderen ...«

»Die anderen? Ist das deine Art, mit Verantwortung umzugehen, indem du sie auf andere abwälzt? Geht es hier um dich und das, was du aus dir machen willst, oder geht es um die anderen? Wärst du auch nicht da gewesen, wenn du pünktlich um zehn Uhr einen Koffer mit einer Million Euro darin bekommen hättest?«

»Na ja, vielleicht wäre ich dann schon da gewesen.«

»Aha, aber wenn es darum geht, dass du endlich deinen beruflichen Erfolg realisieren kannst, dann bist du nicht da? Ist dir dein beruflicher Erfolg etwa nicht mehr wert als eine Million Euro?«

Im dem Moment konnte man fast hören, wie der Andreas eingeknickt ist. Ihm blieb nur ein kaum hörbares, entschuldigendes »Doch«, um sich aus der Schusslinie zu bringen.

Harald Laim schritt erneut die Front ab, bevor er sich an uns wandte mit den Worten: »Hat jemand anders noch was dazu zu sagen?«

Keine Reaktion.

Als Nächstes wurde uns eine Liste von Regeln vorgegeben, die Harald Laim auswendig vortrug, während er vor uns auf und ab lief wie ein Feldwebel beim Bund.

Diese Regeln waren eine Litanei von mehr oder weniger fragwürdigen Einschränkungen, die einem kaum noch die Luft zum Atmen ließen.

So war es verboten, außerhalb der Mahlzeiten Getränke oder Essen zu sich zu nehmen – außer Wasser. Es durfte während des gesamten Seminars nicht geraucht oder Alkohol konsumiert werden; Tabletten durften nur eingenommen werden, wenn sie ärztlich verschrieben waren; jegliche sexuelle Aktivitäten inklusive Selbstbefriedigung waren verboten; Kommunikation außerhalb des Seminar-Raums war außer in Notfällen ebenfalls verboten; Kommunikation innerhalb des Seminar-Raums war nur erlaubt, wenn sie von dem Seminarleiter geführt würde. Plaudern und Flüstern war strengstens verboten.

Hinzu kamen jede Menge weitere Verhaltensregeln, mit denen auf einen Schlag unsere anfängliche Klassenfahrtstimmung in die Mutmaßung umschlug, sich in einem Bootcamp der amerikanischen Marines zu befinden:

Sei innerhalb von fünfzehn Minuten nach dem morgendlichen Signal an dem angegebenen Ort, vollständig angezogen in Sportkleidung; sei immer pünktlich; achte darauf, dass das Badezimmer und die Toiletten immer ordentlich und sauber sind und so weiter und so fort.

Als er mit der Vorgabe dieser Regeln fertig war, fragte er, ob das jeder verstanden habe. Er fragte nicht, ob wir mit den Regeln einverstanden seien oder sie für sinnvoll hielten. Das setzte er mit seiner Frage implizit voraus. Damit war der erste Schritt in die Unterordnung und Abhängigkeit vollzogen. Es war klar, dass nach der so erfolgten Etablierung dieser Regeln jeder Abweichler oder Kritiker sofort unter Gruppendruck geraten würde.

Danach wurden wir aufgefordert, uns in den Schlafraum zu unseren Betten zu begeben. Jeder sollte dann eine Reihe von Dingen, sofern er sie dabei hatte, ordentlich auf sein Bett legen, wobei die Kleidung und das, was man gerade anhatte, mitgezählt werden sollte.

Bei den Dingen handelte es sich unter anderem um fünf Paar Socken, drei waschbare Hemden oder Blusen, fünf Paar Unterwäsche, zwei Paar Schuhe, eine Gesichtscreme, Tampons oder Binden, ein Sportanzug sowie Wasch- und Rasierzeug.

Andere Sachen, die man noch dabei hatte wie Brieftasche, Wagenschlüssel, Uhren, Handy, Hut, Schmuck, Make-Up und so weiter sollten sodann in die Koffer oder Taschen verstaut werden und diese wurden in einen Nebenraum verschlossen.

Nach diesem Durchgang war ich doch ziemlich geplättet. Und wenn es heute darum geht, dass der Harald Laim umgebracht worden ist, kann ich nur meinen, dass den bestimmt eine Menge Leute nur zu gerne um die Ecke gebracht hätten.

Hinzu kam noch, dass er jemand war, der, wie man so schön sagt, Wasser gepredigt und Wein getrunken hat. Damit meine ich, dass er schon am zweiten Abend dazu übergegangen war, mich anzubaggern. Ich hatte mich abseits von den anderen auf eine Bank gesetzt, als er zu mir kam.

»Ich habe dich heute den Tag über genau beobachtet, Heidrun«, hatte er sich einschleimen wollen, »könnte es sein, dass es dir schwerfällt, während des Seminars auf sexuelle Aktivitäten zu verzichten?«

Diese Drecksau, hatte ich nur gedacht und ihn abblitzen lassen. Dafür hat er mich am nächsten Tag besonders hart rangenommen.

Aber egal. Als wir mit dem Transporter vor dem Bahnhof in Gießen abgeliefert worden waren, bin ich zusammen mit dem Klaus und dem Andreas nach Frankfurt gefahren. Unser Zug ging kurz nachdem wir am Bahnhof in Gießen eingetroffen waren, vielleicht fünf Minuten später.

In Frankfurt hat der Andreas sich gleich verabschiedet und ist weitergefahren nach Hanau. Der Klaus und ich haben in einem Bistro im Bahnhof noch ein Gläschen Wein getrunken und sind dann auch weiter nach Hause.

ACTION

Andreas Schick, Schauspieler, Hanau:

Als ich an der Hütte ankam und der Harald mich zur Sau gemacht hat, hat das die anderen schon ziemlich mitgenommen. Wie immer. Ich kannte diese Situation. Dafür wurde ich ja schließlich bezahlt. Das war mein Job. Ich war dafür da, die gesamte Veranstaltung über einen Teilnehmer zu spielen, der permanent auf die Mütze kriegt.

Immer, wenn ich was gemacht habe, das nicht im Sinne von Harald Laim war, konnte er mich bis aufs Blut zur Sau machen, ohne Gefahr zu laufen, dass sich jemand gegen ihn stellte. Meine Rolle war dann immer, klein beizugeben. Ich war sozusagen das Instrument, mit dem er seine Machtposition etablieren und mit dem Verlauf des Seminars zusehends mehr manifestieren konnte.

Für mich als Schauspieler war das ja eher keine so große Herausforderung, zumal das, was ich abliefern musste, ja bei jedem Seminar immer das Gleiche war. Nach meiner Ankunft am Bahnhof stand immer auf dem Programm, mir kurz vor der Abfahrt noch was zu Essen zu holen, um bei der Abfahrt nicht rechtzeitig wieder da zu sein. Danach, bei meiner Ankunft auf der Hütte musste ich mich dann zur Sau machen lassen, dass den anderen schon im Ansatz jeder Gedanke verging, vielleicht aufzumucken.

Ich weiß natürlich, dass so eine Rolle nicht gerade das Gelbe vom Ei ist. Ich hätte auch lieber in Berlin an der Schaubühne gespielt oder mal eine Episodenhauptrolle in *Ein Fall für zwei* oder so was. Aber stattdessen muss ich mich mit Taxifahren über Wasser halten und mich freuen, wenn ich mal in einem Schulungs- oder Imagefilm einen Auftritt habe. Von daher war ich absolut froh, dass ich diesen Job hatte.

Wenn der Harald Laim jetzt nicht mehr da ist, weiß ich gar nicht mehr, was in Zukunft werden soll. Wir waren ja ein total aufeinander eingespieltes Team. Immer, wenn er meinte, dass jemand seine Seminarleitung angraben wollte, brauchte er sich nur mit dem Mittelfinger seiner rechten Hand an der Schläfe kratzen. Das war dann für mich das Zeichen, eine provozierende Bemerkung loszulassen, auf die hin er mich fertigmachen konnte.

Meinen großen Auftritt hatte ich immer am dritten Tag des Seminars, am Samstagvormittag. Da wurde eine Übung durchgeführt, die als »Elektrischer Stuhl« gefürchtet war.

Da wurde in die Verbindungstür zwischen dem Seminarraum und der Küche in die Anreichklappe eine schalldichte Glasscheibe eingesetzt. Dann wurde ich als Bestrafung für vorangegangene Aufsässigkeit in der Küche auf einen Stuhl festgebunden und bekam an den Armen Elektroden befestigt, die an einen Elektroschock-Apparat im Seminarraum angeschlossen waren. Die anderen im Seminarraum konnten mich durch die schalldichte Scheibe sehen und es wurde jemand ausgewählt, der mir in Abständen von 30 Sekunden Elektroschocks von 15 bis 450 Volt in Stufen von jeweils 15 Volt verabreichen sollte. Natürlich war das alles gefaked und ich musste die vermeintlichen Stromschläge spielen. Das Ganze lief wie damals bei dem bekannten Experiment Anfang der Sechzigerjahre in New Haven. Aber das wussten die anderen Teilnehmer ja nicht. Für die kam das voll echt rüber.

Beim letzten Seminar wurde der Stefan ausgesucht, mir die getürkten Stromschläge zu verabreichen. Nachdem er sukzessive bei 75 Volt angelangt war, konnte er erste Geräusche von mir durch die Wand hindurch vernehmen. Bei 120 Volt fing ich an, Schmerzen zu simulieren, und bei 150 Volt begann ich laut zu schreien: »Aufhören, lasst mich hier raus!«

Da hat der Stefan zum ersten Mal gemeint, dass er lieber aufhören würde. Der Harald Laim hat ihm dann aber ins Gewissen geredet, dass er nicht aufhören könne, weil das Gelingen des Experiments davon abhinge, dass er weitermacht.

Bei 270 Volt schlug ich, so gut es ging, um mich, um bei 300 Volt dann einfach stumm zusammenzubrechen. An diesem Punkt waren die Teilnehmer im Seminarraum schon leichenblass, und der Stefan hat sich mit Händen und Füßen gewehrt, mir weitere Stromstöße zu verabreichen.

Harald Laim hatte dann aber gemeint, dass er es niemals zu etwas bringen könne, wenn er immer auf andere Rücksicht nehme. Daraufhin hat er mir dann noch jeweils einen Schlag von 315 und 330 Volt gegeben. Dann hat der Martin die Leitung zu dem Drehkondensator aus der Wand gerissen und das Experiment schlagartig beendet. Ich wurde dann ins Bett gelegt und konnte mich drei Stunden nicht mehr rühren, bevor ich wieder im Seminarraum auftauchte.

Ebenfalls kam es in jedem Seminar auch vor, dass ich mich sperren musste, wenn es darum ging, dass die Teilnehmer Auskunft über ihre ureigensten Lebenskrisen geben sollten. Es war dann an mir, die Offenbarung von Lebensbeichten, zum Beispiel über Selbstmordversuche, Ehekrisen oder Suchtabhängigkeiten, als sehr belastend und zu intim zu empfinden. Daraufhin wurde ich dann von Harald Laim in die Mangel genommen, wie ich es wohl jemals zu etwas bringen wolle, wenn ich mich nicht zu dem bekenne, was ich erlebt hätte und über das Geheimhalten dieser Krisen stets angreifbar bleiben würde.

Dies war aber letztendlich nur eine vorgeschobene Schutzbehauptung, denn im Wesentlichen ging es nur darum, die Knackpunkte der einzelnen Teilnehmer zu erfahren, um diese in späteren Situationen zur Diskriminierung und Entwertung benutzen zu können.

So hatte im letzten Seminar zum Beispiel diese dicke Inge erzählt, dass sie sich während eines Urlaubs in der Dominikanischen Republik einen jungen Schwarzen als Geliebten gehalten habe, der sie mehr und mehr ausgenommen hatte. Und als sie irgendwann nicht bereit gewesen sei, ihm einen Anzug zu kaufen, den er so schick fand und so gerne von ihr geschenkt bekommen hätte, habe er sie als dicke, hässliche Frau beschimpft, die überall Titten hätte, wo man sie anfasst.

In dem Moment, als ich das hörte, hatte ich nur gedacht, mein Gott, warum erzählt die das hier. Denn ich wusste, dass der Harald Laim dieses Eingeständnis gnadenlos gegen die etwas mollige, aber ansonsten total patente Frau einsetzen würde.

Dazu kam es dann auch gleich am nächsten Tag, als es darum ging, welche Äußerlichkeiten man bei geschäftlichen Auseinandersetzungen als Angriffsfläche bot. Da hatte die Inge eher unbedarft gemeint, sie sei sich einer solchen Angriffsfläche nicht bewusst, woraufhin der Harald Laim dann gnadenlos darauf rumgeritten ist, ob sie schon vergessen hätte, überall Titten zu haben, wo man sie anfasse.

Die anschließende Heulorgie nahm kein Ende. Die Arme hat mir in dem Moment unendlich leid getan. Aber ich hatte es ja geahnt.

Außerdem war dieser Eiertanz um die Preisgabe von Lebensbeichten dem Harald Laim ausgesprochen hilfreich, um Zeit herauszuschinden. Denn im Prinzip war der Verlauf des Seminars schon eine sehr langatmige Angelegenheit, was natürlich noch dadurch verstärkt wurde, dass man ja nicht miteinander reden durfte.

Die Rolle von Harald Laim bei der Veranstaltung war überaus ambivalent. Während er im Rahmen des Seminars eher gefürchtet und verhasst war, wurde er bei dem regelmäßig im Wirtshaus *Zipp* in Ulrichstein stattfindenden Abschiedsessen über den grünen Klee gelobt. Dieser Stimmungsumbruch war mit dem Kalkül konzipiert, die Teilnehmer für Folgeveranstaltungen zu gewinnen.

Besonders die Damen verfielen am Ende regelrecht in Euphorie darüber, den Anforderungen gerecht geworden zu sein und erblödeten sich nicht, von Stund an Harald Laim anzuhimmeln. Er kam einem dann vor wie der klassische Busfahrer, der bei Klassenfahrten knallhart rumkommandiert, aber dann doch die Lehrerin flachlegt.

Während des letzten Seminars war es die Heidrun, die voll auf ihn abgefahren war. Es blieb zwar unklar, was da zwischen den beiden gelaufen ist, aber auffällig war das schon, obwohl sie hinterher nur noch über ihn abgelästert hat, was für ein Stinkstiefel er doch sei.

Das war hinterher im Zug nach Frankfurt. Der Klaus war da auch noch dabei. Die beiden sind dann in Frankfurt noch zusammen was trinken gegangen. Ich bin gleich weitergefahren nach Hanau, da hat meine Freundin mich vom Bahnhof abgeholt und wir sind zu ihr nach Seligenstadt gefahren. Sie kann das bezeugen.

Ich weiß jetzt ehrlich gesagt nicht, wie es für mich weitergehen soll ohne den Harald.

DEIN HUND

Klaus Bill, Landeskriminalamt, Wiesbaden:

»Ich war dein Hund«, hatte ich ihm gesagt, »erinnerst du dich nicht, ich war dein Hund.«

Ich hatte schon vom Fenster aus gesehen, wie er angekommen war. Und ich muss gestehen, es war für mich – wie man so sagt – ein innerer Reichsparteitag, diesem Drecksack so gegenübertreten zu können. Deshalb ließ ich ihn erst einmal eine halbe Stunde warten, bevor ich ihn in mein Büro kommen ließ. Ich bot ihm den Platz gegenüber von mir an, ohne von der Akte aufzublicken, die ich mir wichtigtuerisch zurechtgelegt hatte. Dann hatte ich ihn angesprochen.

Es war nicht auszumachen, ob er wirklich keine Ahnung hatte, wovon ich sprach, oder ob er nur so tat. Um ihm auf die Sprünge zu helfen, legte ich nach: »Mensch Roman, alte Sacknaht, du wirst doch nicht vergessen haben, was für einen Spaß du früher mit mir hattest. Wir haben in Gießen auf dem Oberen Hardthof gewohnt. Mein Vater war dort als Biologe tätig. Mein Bruder und ich sind auch auf die Schillerschule gegangen, und wenn wir in die Stadt wollten, mussten wir über die Gummiinsel. Da haben du und deine Freunde uns oft am Bismarckturm abgefangen und eure Spielchen mit uns gemacht. Ich war der Billie, weißt du nicht mehr?«

»Doch, mir dämmert da was«, war seine Antwort.

»Du hast mir meist eine Wurstkordel als Hundeleine um den Hals gelegt, und dann musste ich deinen Hund spielen. Ich musste auf allen vieren neben dir herlaufen, und wenn du es wolltest, musste ich nach anderen Menschen schnappen oder Stöckchen holen. Als ich elf war, sind wir dann nach Darmstadt gezogen.«

Es schien, als ob er sich langsam erinnern konnte. Er sagte: »Wenn es in der Vergangenheit Dinge gab, mit denen ich Ihnen wehgetan haben sollte, so tut mir das aufrichtig leid.«

»Eh, was soll denn das«, entgegnete ich, »wir sind doch Freunde aus der Kindheit, da duzt man sich doch.«

»Okay, wenn es Dinge gab in der Vergangenheit, mit denen ich dir …«

»Schwamm drüber, Roman, schön, dass wir uns wiedersehen. Ich hatte aus der Ferne schon mitgekriegt, dass du es zur Polizei geschafft hast. Glückwunsch.«

»Danke.«

»Was kann ich für dich tun?«

»Es geht um Harald Laim. Er ist vergangene Nacht umgebracht worden. Auf der Teilnehmerliste seines letzten Seminars stand dein Name, allerdings als Mitarbeiter der Firma *Janus Vacuumtechnik.*«

»Das ist richtig. Der Thomas Janus ist ein Freund von mir. Er hat mir den Gefallen getan, mich über seine Firma zu dem Seminar anzumelden.«

»Warum das?«

»Wir haben *Get-Up-Education* schon eine ganze Zeit lang im Visier. Der Sektenbeauftragte der Hessisch-Nassauischen Kirche hat sich an uns gewandt, dass es Hinweise gebe, in den Seminaren würden die Teilnehmer mit Scientology-Methoden Gehirnwäschen unterzogen. Ich wollte rauskriegen, was in diesem Seminar auf der Hütte passiert.«

»Was für Methoden sollen das sein?«

»Vor einem halben Jahr war ein Auto mit hundertzwanzig durch die Frankfurter Innenstadt gerast und hat acht rote Ampeln überfahren. Als der Wagen endlich gestoppt wurde, hat der Fahrer sich mit Händen und Füßen gewehrt festgenommen zu werden. Alles, was er von sich geben konnte, war, dass er auf gar keinen Fall zu spät kommen dürfe. Er wurde in eine geschlossene Abteilung eingeliefert und wie sich nach Tagen ergab, hatte er diese Amokfahrt auf sich genommen, weil er Angst hatte, zu spät zu einer Veranstaltung von *Get-Up-Education* zu kommen. Dieser Termin war eine Anschluss-Veranstaltung an das Erfolgs-Seminar auf der Hütte im Vogelsberg.«

»Was habt ihr bisher herausbekommen können?«

»Das lässt sich so noch nicht sagen. Denn es geht ja nicht nur um die Seminare von Harald Laim, sondern um die gesamten Aktivitäten von *Get-Up-Education*. Nur solltest du von vornherein wissen, dass der Fall für dich eine Nummer zu groß ist.«

»Was soll das heißen?«

»Na, was schon, dass von jetzt an wir die Ermittlungen übernehmen.«

»Der Mann ist bei uns in Gießen aufgefunden worden, und wie es aussieht, ist Gießen auch der Tatort. Was euren Verdacht angeht, die *Get-Up-Education* arbeite mit Scientology-Methoden, so könnt ihr dem ja trotzdem nachgehen. Die Firma gibt es ja noch.«

»Roman, wenn das LKA einen Fall von einer untergeordneten Behörde übernehmen will, dann wird es ihn übernehmen. Und das ist auch gut so. Denn wir haben die besten Fallanalytiker, die besten Psychologen, die besten Kriminalisten. Also ...«

»Hör zu, Billie, deine Teilnahme an dem Seminar war weder durch eine Notwendigkeit gerechtfertigt noch rechtlich zulässig. Aber egal. Ich weiß, ich habe keine Handhabe, euch von dem Fall fernzuhalten. Ich kann dich deshalb nur bitten, die Ermittlungen weiter bei uns zu belassen. Es ist sehr wichtig für mich.«

Irgendwie hatte es etwas Entwaffnendes, wie er sich mir gegenüber da die Brust aufgerissen hat. Ich blickte ihn eine kleine Weile stumm an.

Dann sagte ich: »Ich gebe dir drei Tage. Drei Tage und keine Sekunde mehr. Haben wir uns verstanden?«

Wir hatten uns verstanden.

SATAN

Inge Mack, Zentrup-Technologies, *Limburg:*

Ich kann nicht mehr, ich bin krank, ich bin am Ende. Bei dem Abschiedsessen in dem Gasthof, da hatte ich gedacht: »Saugut, du hast es hinter dir, du hast es geschafft.«

Als ich dann aber mit dem Stefan im Zug nach Limburg saß, konnte ich nur noch daran denken, was mich wohl am nächsten Tag auf der Arbeit erwartet. Was würde wohl passieren, wenn der Stefan weitererzählt, was ich da während des Seminars über mich erzählt habe? Und es wurde mir mehr und mehr klar, dass er es weitererzählen würde. Die Gedanken an das, was mir bevorstand, zerfraßen mein Hirn. Wir saßen uns die gesamte Fahrt über nur noch stumm gegenüber, mit starrem Blick in verschiedene Richtungen.

Immer lauter hörte ich in meinem Innern die Sätze, die uns vorgelegt worden waren, die mit Erlebnissen aus unserem Leben weiterformuliert werden sollten: »Mehrere sexuelle Beziehungen zu haben bedeutet für mich ...«, »ich fühle mich sexuell unzulänglich, wenn ...« und ausgerechnet ich musste mich dazu hinreißen lassen, preiszugeben, wie ich von diesem niederträchtigen Typen da auf der Domrep gedemütigt worden war. Mir war zum Kotzen.

Als ich dann endlich zu Hause die Tür hinter mir zugemacht hatte, konnte ich nur noch losheulen. Auf was hatte ich mich nur eingelassen? Ich habe den Tag verflucht, an dem ich dieses verdammte Anmeldeformular ausgefüllt hatte. Was hatte mich nur geritten, dass ich meinte, mehr Erfolg in mein Leben bringen zu müssen.

Ich hatte meinen Job immer gut gemacht. Ich hatte immer genug verdient. Ich hatte meine Freunde und bin zweimal im Jahr in Urlaub gefahren. Okay, seit meiner Scheidung vor acht Jahren habe ich es nicht mehr zu einer Beziehung mit einem Mann gebracht, aber was heißt das schon?

Mittendrin in meinem Geflenne habe ich dann die Gertrud angerufen, meine beste Freundin. Die war dann auch gleich gekommen und hat einen Freund mitgebracht, der Arzt ist. Der hat gleich erkannt, dass ich einen Nervenzusammenbruch hatte und hat mir eine Beruhigungsspritze gegeben. Ich glaube, ich habe fast zwei Stunden am Stück nur geheult.

Dann wurde rumtelefoniert und schließlich haben sie mich gegen Mitternacht hierher nach Weilmünster in die Psychiatrie gebracht. Ich weiß nicht, wie ich die Nacht hinter mich gebracht habe. Es war die Hölle. Wenn es nun heißt, jemand hätte den Harald Laim umgebracht, was soll ich dazu sagen? Wenn ich ehrlich bin, muss ich sagen, das geht mir kalt am Arsch vorbei.

Dieser Typ war eine ausgemachte Drecksau, und wer was anderes behauptet, weiß nicht, wovon er redet. Wenn ich mich dadurch, dass ich das sage, verdächtig mache, ist mir das egal. Schließlich kann ich ihn ja nicht umgebracht haben. Zu dem Zeitpunkt nämlich, als er abgemurkst wurde, war ich mit dem Stefan unterwegs im Zug nach Limburg.

Was dieser Mensch mir angetan hat, ist nicht wiedergutzumachen. Er war ein Satan und er kann froh sein, dass er schon tot ist, sonst hätte ich mich losgemacht und ihn umgebracht. Ich weiß zwar nicht wie, aber ich hätte es getan. Hundert Prozent.

HÜTTE ADIEU

Martin Gerlach, Geschäftsführer
Rollenbau Amend, *Gießen:*

Zum großen Knall war es gekommen, als ich das Kabel des Elektroschock-Apparats kurzerhand aus der Wand gerissen hatte. Damit war nicht nur das Experiment zwischen Andreas und Stefan beendet, sondern auch meine Teilnahme an dem Seminar.

Für mich war das nicht das erste Persönlichkeitstraining, an dem ich teilgenommen habe, aber bis dahin hatte ich es noch nie erlebt, dass Menschen derart massiv und verantwortungslos an die Grenzen ihrer emotionalen Belastbarkeit manövriert wurden, um dann ohne jede psychologische Hilfestellung sich selbst überlassen zu werden.

Was in diesem Seminar praktiziert wurde, war Gehirnwäsche der übelsten Art. Zunächst wurde durch verschiedene Methoden eine physiologische Desorientierung der Teilnehmer herbeigeführt. Dazu gehörten Schlaf- und Essensentzug sowie Kommunikationsverbot. Die daraus erwachsende Kontrolle war darauf ausgelegt, ein Klima herzustellen, in dem die Beeinflussung auch auf anderen Ebenen leichter funktionieren sollte.

Als Nächstes sollte dann eine Informationskontrolle etabliert werden. Äußerungen und damit jede Form von Kritik wurden untersagt. Damit sollte jeder Meinungsaustausch unterbunden werden, damit der Einzelne mit seinen Zweifeln alleine blieb und schwieg. Sollte dennoch die eine oder andere kritische Äußerung erfolgen, so wurde sie als Unfähigkeit des Kritisierenden ausgelegt, sich auf den Prozess und den damit einhergehenden Seminarerfolg einzulassen.

Im nächsten Schritt wurden die Teilnehmer dann dazu gebracht, zentrale Aspekte ihrer bisherigen Lebenserfahrung und ihres früheren Verhaltens als negativ zu bewerten. Das alles zielte darauf ab, das Selbstkonzept einer Person, ihre Realitätswahrnehmung und ihre zwischenmenschlichen Beziehungen grundlegend infrage zu stellen und zu verändern.

Damit wurde die Fähigkeit der betreffenden Personen reduziert, unabhängig zu entscheiden. Gleichzeitig wurden sie ohne ihr Wissen und ohne ihre Zustimmung zu Handlangern der Organisation und sollten künftig in deren Sinne handeln. Im Prinzip konnte jeder froh sein, der das Seminar nicht oder wenigstens nicht bis zum Ende über sich ergehen lassen musste. Denn die Befürchtung war berechtigt, dass man hinterher nicht mehr wusste, wer man war und schlimmste psychische Schäden davontragen konnte.

Als ich das Kabel aus der Wand riss, konnte Harald Laim sich nicht mehr einkriegen. Wie ein HB-Männchen ist er durch den Seminarraum gefegt und hat rumgebrüllt, was mir einfiele, den Erfolg des Seminars zu gefährden und die anderen, ernsthaften Teilnehmer um ihren persönlichen Erfolg zu bringen.

Ich hatte in dem Moment nur noch den einzigen Wunsch, an meine Klamotten zu kommen und so schnell wie möglich diesen Ort zu verlassen. Deshalb hatte ich gesagt, dass bei dem Ablauf des Seminars für mich kein psychologischer beziehungsweise psychotherapeutischer Hintergrund erkennbar sei. Eher sei das alles eine Mischung aus Militär, Scientology und Kloster mit verschärftem Abschnappeffekt.

Daraufhin hat der Harald nur noch rumgebrüllt: »Du scherst dich augenblicklich von diesem Grundstück!«, und ich hatte zurückgebrüllt: »Nichts lieber als das. Den Rest regelt mein Anwalt!«

Eigentlich hätte ich schon viel früher einen Schlussstrich unter die Angelegenheit ziehen sollen, nämlich als uns eine Liste mit Aussagen vorgelegt wurde, wo wir ankreuzen sollten, was wir unseren Freunden sagen könnten, wenn wir von dem Seminar erzählen würden. Da hieß es zum Beispiel: *Das Seminar verhilft zu Klarheit und größerer Zielsicherheit zur Erlangung meines Lebenszieles* oder *Unterstützt durch Übungen und indirekte Fragen werden die eigenen Ziele, Werte, Stärken und Bedürfnisse erarbeitet.*

Ich hatte an dieser Stelle den Einwurf gebracht, warum man meine, dass Führungskräfte eine Hilfestellung bräuchten, was sie ihrem Partner oder Freunden über das Seminar erzählen sollten. Außerdem wollte ich wissen, warum diese Hilfestellungen allesamt nicht nur als Tatsache formuliert waren, sondern auch noch als Suggestionen und Unterstellungen daherkamen.

Da war dann die Kacke schon mal am Dampfen und eigentlich der Punkt erreicht, dass ich das Seminar hätte verlassen sollen. Irgendwie hat es sich dann aber wieder eingerenkt, weil Harald Laim hinterfragt hat, warum ich mich so gegen der Erfolg des Seminars sperren und wo im Körper ich diese Sperre spüren würde. Danach ging es dann gut bis zu dem endgültigen Knall.

Ich habe mir dann vom Bahnhof in Mücke ein Taxi bestellt. Das war nicht ganz einfach, denn ich brauchte einen Fahrer, der was mit der geografischen Ortung anfangen konnte, die ich ihm von meiner Navy-App übertragen musste.

Was den Sonntagabend angeht, als der Harald Laim dann umgebracht wurde, da war ich mit meiner Frau in der Kongresshalle in Gießen bei *Schwanensee*. Das war eine Aufführrung des russischen Staatsballetts aus Moskau. Wir hatten in der Pause Freunde getroffen, mit denen wir hinterher noch in das neue Lokal neben dem Kino gegangen sind. Dort hatten wir uns dann gegen halb eins losgemacht nach Hause.

RATTENKÖNIG

Stefan Jackwerth, Zentrup-Technologies, Limburg:

Ich weiß, dass ich meiner Frau sehr wehgetan habe, meiner Frau und meinen Kindern. Schon die gesamte Fahrt über mit der Inge zurück nach Limburg konnte ich an nichts anderes mehr denken. Ich wusste, dass ich nie in meinem Leben das würde umsetzen können, was in mir steckt, wenn ich nicht aus dieser ganzen Enge ausbreche, wenn ich mich nicht zu dem bekenne, was ich eigentlich erreichen will im Leben.

Während des Seminars auf der Hütte gab es die Übung »Elektrischer Stuhl«. Es war fürchterlich. Meine Rolle bestand darin, Stromschläge auszulösen, die daraufhin dem Andreas verabreicht wurden. Als wir bei 120 Volt angelangt waren, habe ich durch eine Scheibe sehen können, wie der Andreas anfing, sich vor Schmerzen zu krümmen. Als er dann bei 150 Volt anfing zu schreien, dass ich aufhören solle, wollte ich auch aufhören. Ich fand es fürchterlich, jemand anderem solche Schmerzen zuzufügen.

Dann hat der Harald mir aber ins Gewissen geredet und nicht lockergelassen, wie ich es jemals zu etwas bringen wolle, wenn ich immer auf andere Rücksicht nehme. Mir ist fast der Kopf geplatzt. Ich wollte es nicht mehr hören, bis es auf einmal bei mir »Klick« gemacht hat und ich gedacht habe: »Warum eigentlich nicht?«

Also habe ich den nächsten Schlag mit 165 Volt ausgelöst und den nächsten und den nächsten. Und irgendwie habe ich gespürt, wie es mich gepackt hat und ich richtiggehend Spaß daran bekommen habe. Ich hatte plötzlich nur noch vor Augen, dass auf mich ja auch niemand Rücksicht nimmt im Leben und habe die Spannung hochgefahren bis auf 330 Volt. Da ist der Martin plötzlich aufgesprungen und hat das Kabel aus der Wand gerissen.

Zu dem Zeitpunkt war ich so weit, dass ich die Spannung bis auf 450 Volt hochgefahren hätte, egal, was passiert wäre. Ich hatte mich in dem Moment daran erinnert, wie man früher auf Schiffen gegen Ratten vorgegangen ist. Dass man nämlich möglichst viele Ratten eingefangen und in einen Käfig gesperrt hat, wo die sich dann nach und nach gegenseitig aufgefressen haben.

Die Ratte, die dann am Ende übrig blieb, war der Rattenkönig. Er war nicht nur besonders groß und stark, sondern auch völlig skrupellos, andere Ratten töten und fressen zu können. Der Rattenkönig wurde dann auf dem Schiff losgelassen, um seine Artgenossen zu vernichten.

So hatte ich mich dann gefühlt, wie ein Rattenkönig, der endlich ohne Rücksicht auf andere zusieht, wo er bleibt. Denn bis dahin habe ich mein Leben lang immer nur Rücksicht genommen. Auf meine Mutter, meinen Vater, meine Geschwister, alle. Ich habe immer alles gemacht, dass sie mich nur lieb hatten.

In dem Moment da auf der Hütte hatte ich mit einem Schlag die Schnauze voll davon. Es sollte mir scheißegal sein, ob die mich lieb hatten oder nicht. Ich wollte von diesem Moment an nur noch für mich da sein. Und das war ein ganz mächtiges Gefühl auf einmal. Ich war in dem Moment vollkommen davon überzeugt, dass ich es im Leben zu etwas bringen würde.

Und auf der Fahrt nach Hause wurde mir auch klar, wie mich das alles belastet, was mir zu Hause abverlangt wird.

Dieses ganze Einkaufen von Sachen, die man – wie es so schön heißt – nicht braucht, mit Geld, das man nicht hat, um Leuten zu imponieren, die man nicht mag. Auf einmal war mir klar, dass ich das alles so verdammt satthatte und dass das alles nur ein einziger Ballast ist, von dem ich mich befreien musste.

Als ich dann bei uns zu Hause ankam, war die Schwester meiner Frau mit ihrem Mann auf Besuch. Die saßen lustig zusammen im Esszimmer. Wie ich reingekommen bin, haben sie mich gar nicht größer bemerkt. Die haben einfach nur »Hallo« gesagt und sich weiter unterhalten und getrunken.

Ich bin dann hoch ins Schlafzimmer und habe mir einen Koffer mit meinen nötigsten Sachen gepackt. Dann bin ich die Treppe wieder runter und habe leise die Haustür hinter mir zugemacht. Die haben das gar nicht gemerkt, dass ich plötzlich fort war. Ich habe sie noch gehört, wie sie da vor sich hingelacht haben.

Unterwegs in die Stadt ging dann mein Handy und meine Frau war dran. Die hat gefragt, was denn los sei. Ich habe ihr dann gesagt, was los war, dass ich sie und die Kinder verlassen hätte.

Ich hoffe, dass sie das eines Tages verstehen werden, auch wenn es im Augenblick wehtut. Aber es führt kein Weg dran vorbei. Ich will es in meinem Leben noch zu was bringen.

PFINGSTREGATTA

Marianne Kreilig, Geschäftsführerin
Baustoffe Schneider, *Lollar:*

Meine Freundin Annemarie hatte mir davon erzählt, Annemarie Ortlieb. Wir kennen uns schon seit der Jugend. Da haben wir zusammen gerudert, bei der Hassia in Gießen. Letztes Jahr, als wir uns bei der Pfingstregatta an der Lahn getroffen haben, hatte sie mir gesagt, dass sie an so einem Seminar teilgenommen habe und ich das unbedingt auch machen soll. Die Annemarie ist Chefin einer Spedition in Allendorf mit 120 Mitarbeitern. Sie ist ziemlich erfolgreich in ihrem Bereich.

Weil sie mir das so eindringlich empfohlen hat, habe ich Kontakt zu der Firma aufgenommen, die diese Seminare veranstaltet. Nach meiner Anmeldung hat es eine ganze Weile gedauert, bis ich einen Platz bekommen habe. Die Kurse sind sehr gefragt. Für Führungskräfte, sagt man, ein regelrechtes Muss.

Ich wollte dieses Seminar unbedingt machen. Ich war als Chefin von meinem Laden an einem Punkt angelangt, an dem ich Hilfe nötig hatte. Dass der Harald Laim jetzt zu Tode gekommen ist, tut mir natürlich leid, obwohl ich schon so meinen Schaff mit ihm hatte.

Besonders was ausgemacht haben mir diese Spielchen, wo man den Anfang eines Satzes oder einer Geschichte vorgegeben bekam, den man dann weiter ausformulieren sollte, etwa »meine sexuellen Vorlieben in Bezug auf Ort, Tageszeit, Stellungen, Rituale sind ...« oder »meine gleichgeschlechtlichen sexuellen Erfahrungen sind ...«.

Es waren schon zwei Leute vor mir dran gewesen, die Sätze weitergebildet hatten, was ihnen nicht gerade leicht fiel, weil sie damit Dinge offenbarten, die doch sehr ins Persönliche gingen. Als ich dann an der Reihe war, hieß der Satz, den ich weiter formulieren sollte: »Den größten Schmerz, den ich in meinem bisherigen Leben ertragen musste, war …«

Ich hatte zuerst gedacht, ich hätte nicht richtig gehört und hatte deshalb gesagt, das wäre ja doch wohl eine Spur zu intim, so ein Thema öffentlich auszubreiten. Als ich das gesagt hatte, hätte man in dem Raum eine Stecknadel zu Boden fallen hören. Es war von einem Moment auf den anderen totenstill.

Der Harald war daraufhin zu mir getreten, hat sich vor mir aufgebaut und gefragt, ob ich vielleicht den Erfolg des Seminars infrage stellen wolle. Einen anderen Grund könne es ja wohl kaum dafür geben, dass ich mich gegen diese Übung wehrte. In dem Moment war ich wie vor den Kopf gestoßen. Ich hatte keine Ahnung, was ich machen sollte.

Mein Gott, ich leite ein Unternehmen mit 80 Mitarbeitern und bin es gewohnt, dass das gemacht wird, was ich sage. Am liebsten hätte ich in dem Moment gesagt, er könne sich die Ziele seines Seminars sonst wo hinstecken, aber ich hatte noch im Ohr, wie er mit dem Andreas umgegangen war. Der war schon ein paar mal ungespitzt in den Boden gerammt worden. Ich wollte nicht, dass mir so etwas auch passierte. Deshalb habe ich klein beigegeben und mich dran gemacht, den Satz zu Ende zu führen.

Ich habe erzählt, dass das Schlimmste, was ich bisher in meinem Leben erlebt hatte, der Tod meines Bruders gewesen sei. Es dauerte nicht lange, bis mir die Tränen liefen. Ich habe gesagt, wie wahnsinnig traurig ich damals darüber gewesen sei, weil er noch sein ganzes Leben vor sich gehabt habe.

Irgendwie war das, was ich darüber erzählte, so traurig, dass die anderen fast auch anfangen mussten zu heulen.

Als ich mit meiner Schilderung fertig war, war rundherum plötzlich Stille, bis Harald Laim ganz leise meinte: »Na prima.«

Dann fragte er mich, wie ich mich nun fühlte. Ich konnte es nicht sagen, es war ein Gefühl von Nacktheit, das ich in dem Moment empfand.

Harald sagte dann aber, dass es doch ein ungeheuer erlösendes Gefühl sein müsse, etwas gemacht zu haben, was man sich niemals zugetraut, niemals für möglich gehalten hätte.

Ich konnte nichts anderes sagen, als dass es in dem Moment dann tatsächlich so war. In dem Moment, als ich das gesagt hatte, habe ich tatsächlich ein wahnsinniges Gefühl von Stärke in mir aufsteigen gespürt. Ich hatte mir gedacht, wenn ich so etwas erzählen konnte und mir nichts passierte, brauchte ich auch vor all den anderen Dingen, vor denen ich mich ansonsten im Leben fürchtete, keine Angst mehr zu haben.

Nach unserer Ankunft am Bahnhof in Gießen war ich über die Fußgängerbrücke rüber zum Alten Wetzlarer Weg gegangen und weiter in die Crednerstraße. Dort hatte ich mein Auto geparkt.

Zu Hause angekommen, habe ich mir erst mal ein Bad einlaufen lassen. Als ich dann in der Wanne lag, habe ich die Annemarie angerufen. Die wird das jederzeit bestätigen können.

CHINAKRACHER

Dr. Ansgar Lindenstruth, Justus-Liebig-Universität, Institut für Rechtsmedizin, Gießen:

Neben dem, was wohl das Letzte war, das jemand gesehen hat, bevor er gestorben ist, interessiert mich am meisten, welches Geheimnis jemand in sich trägt und vielleicht mit in den Tod nimmt. Ich bin mir sicher, dass jeder so ein Geheimnis in sich trägt, mindestens eins. Manchmal könnte das nur eine Kleinigkeit sein, manchmal aber auch ein riesiges, bösartiges Tier, ein Ungeheuer, das uns auf Schritt und Tritt verfolgte, das abends mit uns ins Bett geht und morgens mit uns erwacht.

Dieses Geheimnis findet uns immer und überall. Es hat Schlüssel für jede Tür, dringt durch alle Mauern, weht übers Meer, steht, wenn es zwischendurch mal weg war, auf einmal plötzlich wieder hinter uns.

Wir wünschen uns so sehr, über dieses Geheimnis mit jemandem reden, uns anvertrauen zu können, aber im letzten Moment machen wir doch kehrt, würden wir uns eher verbrennen lassen als uns wirklich jemandem anzuvertrauen.

Manchmal habe ich den Eindruck, dass ich bei meiner Arbeit bisweilen einem Geheimnis auf die Spur komme, das jemand in sich trägt, wenn er da auf dem metallenen Untersuchungstisch vor mir liegt.

So ging es mir auch mit Harald Laim: »Was mag wohl dein Geheimnis sein, Harald Laim?«, hatte ich gesagt und dann mit dem Skalpell einen ersten, langen Schnitt seinen Brustkorb hinunter geführt.

Die innere Obduktion hat fast zweieinhalb Stunden gedauert. Im Wesentlichen hat sie ergeben, dass Harald Laim nicht ertrunken war. Seine Lunge war nicht überbläht, und es gab keine Einatmungsherde von Schmutz, was der Fall hätte sein müssen, wenn er zum Zeitpunkt des Eintauchens noch gelebt hätte.

Im Magen habe ich ein Jägerschnitzel mit Pommes sowie Alkohol gefunden. Dem Geruch nach zu urteilen, hätte er wohl kaum mehr Auto fahren dürfen.

Die weitere Öffnung des Leichnams ergab, dass er erhebliche innere Verletzungen im Darmbereich hatte. Diese Verletzungen waren darauf zurückzuführen, dass in seinem Enddarm eine Detonation stattgefunden haben musste. Offensichtlich war ihm post mortem ein Sprengkörper in der Form eines Silvesterkrachers in den After eingeführt worden. Für diese Annahme sprachen Reste der Papphülsen und Reste von Schwarzpulver, die zur Herstellung solcher Kracher verwendet werden.

Die Narbe in seiner Hüftgegend kam von einer Hüftoperation. Ihm war irgendwann ein künstliches Hüftgelenk implantiert worden.

Wie es aussah, hatte die Leichenöffnung kein Geheimnis zutage gebracht, das Harald Laim in sich trug. Als ich fertig war mit dem Diktieren meines Befunds, rief ich Worstedt an und teilte ihm mit, was sich ergeben hatte.

Er sagte, dass die Spurensicherung untersuchen solle, ob es sich bei dem Kracher um einen solchen handelte wie die vier Chinakracher, die im Handschuhfach von Laims Auto gefunden wurden.

BLACK MAGIC

Regina Maritz,
Kriminaloberkommissarin, Gießen:

Black Magic, was oder wer soll das denn sein?«, hatten die Kollegen Seipp und Wagenbach die Kinder am Eulenkopf gefragt, die da an Teppichstangen zwischen den Wohnblocks beim Spielen waren.

Vorher hatten die beiden wegen des Taxis herumtelefoniert, von dem die Mano-Rapper erzählt haben. Das war allerdings ebenso wenig erfolgreich wie eine Stippvisite bei den Kutschern am Bahnhof. Weder die Funkzentrale noch die Kutscher vor Ort wussten was von einem Kollegen, der zu dieser Zeit am Eulenkopf eine Fuhre angenommen haben soll.

Und als die beiden sich dann am Eulenkopf losgemacht haben, Anwohner zu befragen, ob sie was mitgekriegt hätten, haben sie dort eine Begrüßung der Extraklasse beschert bekommen. Bei ihrer Ankunft hat ihnen ein Mann in ärmellosem Feinripp-Unterhemd von einem der Balkone heruntergerufen, ob sie nach dem Mörder suchen, der den Typ in den Gully gesteckt hat.

»Ja, wieso?«, war Wagenbachs Reaktion in dem Moment.

Daraufhin hatte der Typ zurückgerufen. »Weil ich das war, ich habe den Typ da reingesteckt!«

Unsere Kollegen waren erst mal baff, weil sie gar nicht einordnen konnten, was sie da zu hören bekamen. Aber im nächsten Moment stand auch schon ein anderer Typ auf einem anderen Balkon und brüllte herunter: »Quatsch, ich war's, ich habe den Typen da reingesteckt!«

Und so kam es, dass innerhalb kürzester Zeit von einem halben Dutzend der Balkone das Gleiche heruntergebrüllt wurde, bis den beiden zu verstehen gegeben wurde, dass sie unerwünscht seien und verschwinden sollten.

Anschließend haben sie die Türen in der Siedlung abgeklappert. Sie hatten das Foto von Laim dabei, das seine Frau uns mitgegeben hatte. Aber von allen Anwohnern, mit denen sie sprechen konnten, will niemand den Toten vorher schon mal gesehen haben. Deshalb war die Befragungsaktion erst mal ein ziemlicher Schuss in den Ofen. Einziger Trost war ein Typ an einer Bushaltestelle, der sie angeraunzt hat, sie sollten sich doch gefälligst an »Black Magic« wenden, der wisse doch immer, was in der Siedlung passiert.

Mehr konnte und wollte er wohl nicht von sich geben und war in einen abfahrenden Bus gesprungen. Anschließend haben die beiden dann von Kindern erfahren, dass es sich bei Black Magic um einen Pfarrer handeln sollte, der offenbar auch »Pater Braun« genannt wird und aus unerfindlichen Gründen aus der Uckermark hierher an den Eulenkopf gezogen sei. Was arbeiten würde er offensichtlich nicht und sich vielmehr als Chronist des Manischen verstehen. Seine Haupttätigkeit sei daher, alles aufzuschreiben, was am Eulenkopf passiert. Und zu erkennen sei er sehr leicht daran, dass er immer ganz in Schwarz gekleidet sei mit einem schwarzen Hut auf dem Kopf und einem voluminösen Vollbart.

Die Kinder haben unsere Kollegen dann noch zu dem Haus geführt, wo Black Magic wohnt. Auf seinem Klingelschild stand *Volker Braun*. Aber er war nicht da oder wollte nicht aufmachen.

Roman wollte nicht hinnehmen, dass man diesem Typen nicht beikommen konnte. Also sind wir nach Einbruch der Dunkelheit zu dem Haus gefahren und haben gesehen, dass in der Wohnung im zweiten Stock, wo Pater Braun wohnte, Licht brannte.

»Was willst du machen?«, fragte ich Roman.

»Was hättet ihr denn in Wiesbaden gemacht?«, fragte er dagegen, »Ein SEK angefordert und die Wohnung gestürmt?«

»Hmm«, sagte ich, »vielleicht hätten wir erst mal geklingelt.«

»Gute Idee, und wenn dann nichts passiert wäre?«

»Hätten wir immer noch ein SEK anfordern können.«

»Gut, ich würde gerne, bevor das SEK kommt, die Sache auf meine Art regeln. Ist das okay?«

»Okay«, sagte ich und war gespannt, was der alte Bär vorhatte.

Worstedt betrachtete sich die Klingelschilder, bevor er bei *Schlangenzahl* im dritten Stock drückte. Kurz darauf meldete sich am anderen Ende der Sprechanlage eine Frauenstimme mit einem dünnen »Hallo«, zu der Roman sodann sprach: »*Pizza-Mouse,* ich habe eine Lieferung für Kloos im zweiten Stock. Die haben bei der Bestellung gesagt, dass ihre Klingel kaputt ist und jemand anders mich reinlassen soll. Wenn Sie so freundlich wären.«

Im nächsten Moment wurde der Summer betätigt und wir waren in dem Haus. Worstedt zog seine Maglite hervor und bedeutete mir, dass ich das Flurlicht nicht anknipsen soll. Dann ging er die Treppe hinunter in den Keller. Ich folgte ihm rückwärts.

Es dauerte ein bisschen, bis wir den Sicherungskasten für die Braun'sche Wohnung im zweiten Stock ausfindig gemacht hatten. Dann rief Worstedt mich von seinem Handy auf meinem Handy an.

»Wir halten jetzt die Verbindung. Ich gehe hoch und wenn ich sage ›Jetzt‹, drehst du die Sicherung für seine Wohnung raus und wartest, bis ich sage, dass du sie wieder reindrehen kannst. Dann kommst du auch hoch. Alles klar?«

»Alles klar«, bestätigte ich.

Dann ging er los. Aus meinem Handy konnte ich hören, wie er die Treppe hochging, bis es still wurde und er sagte: »Jetzt.«

Ich drehte die Sicherung raus und konnte kurz darauf aus meinem Handy das Öffnen einer Wohnungstür hören.

»Eh, was ist denn das? Was soll der Scheiß?«, hörte ich sodann eine Männerstimme fluchen, die ganz offensichtlich Black Magic gehörte. Dann erklang Worstedts Stimme: »Wieder reindrehen.«

Ich drehte die Sicherung wieder rein und machte mich die Treppe hoch zu der Wohnung im zweiten Stock. Diese Wohnung, das war bereits auf den ersten Blick nicht zu übersehen, wurde von einem Messi bewohnt. Rechts und links von schrittweit auseinanderliegenden Trittflächen, in die gerade mal ein einzelner Schuh passte, war der Unrat an den Wänden schluchtenähnlich hochgewachsen. Technische Geräte, gebrauchte und neue Wäschestücke, Essensreste, Verpackungen, Zeitungen, Gürtel, geöffnete und ungeöffnete Briefe, Flaschen und Dosen. Die Atmosphäre dieser Wohnung konnte es mit jeder Müllhalde aufnehmen. Sie war ein einziger Schrei nach Müllcontainern und Sagrotan.

Bevor ich zu Worstedt und Black Magic ins Wohnzimmer kam, warf ich einen kurzen Blick in die Küche. Die Decke des Raums war übersät mit Mehlmotten. Der offene Kühlschrank war von einer schwarzen Schicht unergründlichen Ursprungs überzogen. Mein Blick ins Schlafzimmer blieb an einem Bettlaken hängen, das sich im Bereich des unteren Rückens aufgelöst hatte, genauso wie die darunter befindliche Schaumstoffmatratze. Dieses Bett war augenscheinlich seit Jahren nicht mehr frisch bezogen worden.

Im Wohnzimmer thronte Black Magic wie ein Inkakönig in einem Ohrensessel, der irgendwann mal mit einem Blümchenmusterstoff bespannt gewesen sein musste. Black Magics Gesicht war fast zugewachsen von einem Bart wie eine australische Fußmatte.

»Entschuldigen Sie«, sagte er, »ich hatte am Samstag eine kleine Party und bin noch nicht zum Aufräumen gekommen.«

»Kein Problem«, entgegnete Worstedt, »das ist meine Kollegin, Kriminaloberkommissarin Maritz.«

»Nehmen Sie Platz«, war Pater Brauns Kommentar. Ich wäre seiner Einladung ja gerne nachgekommen, aber es gab schlichtweg keinen Platz, den ich hätte nehmen können. Also blieb ich stehen, genau wie Worstedt, der die Unterhaltung mit den Worten begann: »Haben Sie mitbekommen, dass gestern Abend hier ein Toter in einem Gully gefunden wurde?«

Ohne auf Romans Frage einzugehen, spitzte Black Magic seine Nase und begann in meine Richtung zu schnuppern. »Was ist das? Was riecht da so?«

Ich konnte mich gerade noch beherrschen, dass es mir angesichts der Gerüche in dieser Wohnung nicht hochkam. Von Rechts wegen hätten wir Schutzanzüge und Atemmasken tragen müssen.

Dann fuhr er fort: »Das ist Franzbranntwein. Ist das Franzbranntwein, junge Frau?«

»Ja, das kann sein«, musste ich widerwillig eingestehen.

»Das ist ein wunderbarer Geruch. Langstreckenläufer arbeiten gerne damit, um ihren geschundenen Gliedern Linderung zu verschaffen. Sind Sie Läuferin, vielleicht Marathon-Läuferin?«

Wieder musste ich zustimmen.

»Wir können uns ja ein andermal ausführlicher darüber unterhalten. Im Moment sind Sie ja hier wegen des Toten, der da in dem Gully gefunden wurde. Wie kann ich Ihnen da weiterhelfen?«

»Wir suchen denjenigen, der den Mann da reingesteckt hat.«

»Das ist bestimmt nicht einfach. Denn so, wie es aussieht, scheint es sich ja um ein Verbrechen zu handeln. Und diejenigen, die ein Verbrechen begehen, tun in der Regel ja alles, dass man ihnen nicht auf die Schliche kommt. Ist das richtig?«

Diesmal war Roman dran: »Ja, das ist richtig.«

»Haben Sie denn schon eine Vermutung, wer es getan haben könnte?«

»Nein, das haben wir nicht. Und ehrlich gesagt, sind wir sehr auf die Unterstützung der Anwohner hier angewiesen. Aber die boykottieren unsere Ermittlungen doch sehr.«

»Was Sie sich ja letztendlich selbst zuzuschreiben haben. Sie wissen, was ich meine?«

»Nein, was meinen Sie damit?«

»Sie haben sich die Suppe selbst eingebrockt. Es war nicht richtig, die Tschü Tschekker so zu verarschen. Die drei, das sind Propheten hier, die sind voll korrekt. Wenn ihr in die Stadt geht, könnt ihr hören, wie feine Bürgersöhnchen ihre Lieder auswendig können. Das sind Leitwölfe und das einzig und alleine, weil sie Klartext reden, weil sie das, was hier in unserem Land scheiße läuft, beim Namen nennen und sich nicht von den Versprechen irgendwelcher machtversessener Politiker einlullen lassen. Wenn die singen, dass die Kassen für unsere Leute, denen es schlecht geht, längst leer sind und wir uns das, was die Politiker da an Einwanderungspolitik betreiben, gar nicht mehr leisten können, dann nennen sie das beim Namen, was die Menschen in unserem Land bewegt. Genauso, wenn es darum geht, dass die im Jobcenter nur noch Angst haben vor dem, was da auf sie zukommt und deshalb schon nicht mehr wollen, dass man sie überhaupt anrufen kann.

Die Tschü Tschekker, die reiten voran, wenn es darum geht, uns nicht länger verarschen zu lassen und junge Leute, weil ihnen die Perspektive fehlt, auf irgendwelche Hassprediger reinfallen, die sie vom Schulhof weg in den Dschihad nach Syrien oder sonst wohin anheuern können. Die sind jedenfalls keine BWL-Rapper, die menschenunwürdige Lebensbedingungen ausschlachten, um daraus fett Kohle zu machen und ihre narzisstischen Störungen zu befriedigen mit aufgesetztem Gangster-Rapp um Knarren, Titten und teure Felgen. Die drei, das sind Propheten, apokalyptische Reiter, und sie sprechen unsere Sprache. Irgendwann wird es das Manische nicht mehr geben. Dann wird das eine Sprache sein, die nicht mehr rekonstruierbar ist. Deshalb bin ich auch da, um alles aufzuschreiben, was das Manische ausmacht, um dieses Wissen an nachfolgende Generationen weiterzugeben.«

»Zurück zu dem Toten in dem Gully«, versuchte Roman wieder zum Grund unseres Besuches zurückzukehren, »was wissen Sie über diesen Mann?«

»Ich weiß nichts über ihn. Aber ich denke, er wird seinen Grund gehabt haben, Kontakt aufzunehmen.«

»Kontakt? Was für einen Kontakt?

»Es gibt immer mehr Menschen, die erkennen, dass Ratten von ihrer Intelligenz her dem Menschen weit überlegen sind und es nur eine Frage der Zeit ist, wann sie die Weltherrschaft übernehmen werden. Und deshalb wollen sie jetzt schon Kontakt zu den künftigen Herrschern der Welt aufnehmen.«

»Als wir die Leiche geborgen haben«, warf Roman ein, »war keine einzige Ratte in dem Gully.«

»Das ist doch klar. Da haben sie sich zurückgezogen. Ratten sind wahnsinnig sensibel. Die merken sofort, wenn sie sich besser zurückziehen sollen. Man möchte sich jetzt zum

Beispiel nicht vorstellen, dass noch vor wenigen Minuten mehr als vierzig Ratten hier in meinen Räumen ihren Spaß hatten. Damit war sofort Schluss, als Sie hier aufgetaucht sind. Nun sitzen sie in ihren Verstecken und tun so, als wären sie nicht da. Dabei verfolgen sie alles, was zwischen uns passiert. Und wahrscheinlich sind sie ziemlich irritiert von dem Franzbranntwein-Geruch, weil sie den nicht kennen. Aber keine Sorge, ich werde es ihnen schon alles erklären, wenn Sie wieder weg sind.«

»Hören Sie, Herr Braun«, versuchte Roman erneut auf unser Thema zu kommen, »sagen Sie mir doch bitte, wo Sie gestern Abend waren zwischen zwanzig und zweiundzwanzig Uhr?«

»Bei dem Regen? Natürlich bei den Ratten.«

»Sie meinen, hier in der Wohnung.«

»Nein, natürlich nicht hier; hier hat es ja nicht geregnet. Ich war an der Lahn bei den Ratten. Einer musste sich ja um sie kümmern und sie beruhigen bei dem Regen. Die waren ja völlig aus dem Häuschen.«

»Sie meinen, Sie waren gestern den gesamten Abend an der Lahn und haben sich dort um Ratten gekümmert?«

»Habe ich doch gesagt. Diese armen Tiere, völlig verstört waren sie und hatten Angst, dass sie fast verrückt geworden sind. Meine Aufgabe besteht darin, sie zu beruhigen und ihnen das Heil Christi nahezubringen. Schließlich habe ich ja in meiner Jugend Theologie studiert, bevor ich ...« Er brach ab, um sich die Nase zu schnäuzen. Mit ein bisschen Phantasie mochte man meinen, dass er selbst aussah wie eine Ratte.

»Und wo, wo waren Sie da an der Lahn?«, wollte Roman weiter wissen.

»Da, wo ich immer bin. An dem Wehr in der Schlachthofstraße. Da, wo diese Metallverwertungsfirma ist, wenn Sie die kennen.«

»*Schnaubelt*?«

»Ja, genau. So heißen die.«

»Hat Sie da vielleicht jemand gesehen. Ich meine, könnte das jemand bezeugen, dass Sie da waren?«

»Hmm, das kann ich nicht genau sagen. Damit meine ich, dass da plötzlich jemand aufgetaucht war. Oben, an der Reeling. Aber weder konnte ich richtig erkennen, wie die Person aussah, noch hatte ich irgendeine Ahnung, wer das war.«

»Na gut«, steuerte Roman das Ende des Gesprächs an, »dann sollten Sie das mal schleunigst rauskriegen. Nicht, dass am Ende noch Sie in Verdacht geraten, den Mann in den Gully gestopft zu haben.«

Als wir das Haus verließen, verspürte ich den unbändigen Wunsch, mir die Hände und die Lippen waschen zu wollen. Ich konnte es nicht erwarten, meine Klamotten in die Wäsche zu geben und mich zu duschen.

Roman meinte, wir sollten noch durchsprechen, was für den nächsten Tag auf dem Plan stand. Er schlug vor, dass wir dafür kurz in die Badewanne gingen.

»Bitte, wohin?«, wollte ich wissen, als ich seinen Vorschlag gehört hatte, »in welche Badewanne?«

»Das ist meine Kneipe«, erklärte er mir, »also nicht ›meine‹ Kneipe, sondern die Kneipe, wo ich manchmal abends noch hingehe, wenn ...«

Die *Badewanne* war ziemlich genau das, was man sich unter dem Namen vorstellen konnte. Nachdem wir uns auf unsere Zusammenarbeit und zur Desinfektion unserer Speiseröhre einen unerträglich sprittigen Grappa zu unseren obligatorischen Bieren zugeführt hatten, gab der Wirt, ein gewisser Heini, uns zu verstehen, dass gerade etwas im Fernsehen lief, das uns sicher interessieren würde.

Wir lenkten unseren Blick auf die Flimmerkiste, die in einer

Ecke hinter dem Tresen stand, in der *Hessenschau kompakt*, die Spätausgabe der HR3 Nachrichtensendung lief. Auf dem Bildschirm war ein Interview mit Staatsanwalt Enno Unnützer zu sehen, das mit Aufnahmen unterschnitten war, die das HR-Team am Vorabend am Eulenkopf gedreht hatte.

Von Unnützer waren nur die letzten Worte zu hören: »Wir werden alles Menschenmögliche tun, um den Mörder zu überführen. Aber jetzt haben Sie bitte Verständnis, dass wir derzeit noch keine weiteren Informationen herausgeben können, um nicht die laufenden Ermittlungen zu gefährden.«

»Hey, damit hat er uns gemeint«, rief Worstedt in die Runde, »darauf trinken wir noch einen: Heini, noch mal zwei Lawinche!« Mit entsprechender Geste gab er dem Wirt zu verstehen, dass er noch mal zwei Bier zapfen sollte.

Ich legte meine flache Hand auf mein Glas: »Nein danke, für mich nicht mehr.«

HÄTTE, HÄTTE …

Horst Borsig, Fahrer Get-Up-Education, *Wieseck:*

Hätte, hätte, hätte … natürlich hätte ich noch mal anhalten können bei der Abfahrt in Gießen, klar. Genauso wie ich hätte merken können, dass meine Marion über Jahre hinweg meinem besten Freund, dem Fred, die Büchse hingehalten hat. Dann hätten sie mir nicht wegen Suff den Lappen wegnehmen können und ich wäre immer noch Busfahrer bei der Stadt. Schlampe, elende.

Ich bin jedenfalls heilfroh, dass ich diesen Job habe. Ich fahre gerne Auto. In meinem Alter kann man sich keine großen Gedanken mehr machen, ob etwas Sinn macht oder nicht. Wenn es da heißt, um zehn wird abgefahren, dann wird um zehn abgefahren. Ende Gelände.

Und was da auf der Hütte passiert, was die sich da von dem Laim gefallen ließen, da kann ich nur zu sagen, die waren doch alle krank. Für so einen Scheiß so viel Zaster hinzublättern, da konnte man sie ja nicht mehr alle an der Glo cke haben. Die haben es doch nicht besser verdient.

Außerdem war es ja so, dass es sich bei dem Typen, der da nicht mitgenommen wurde, um den Andreas gehandelt hat, der ja praktisch mit zu dem Verein gehörte. Es ging also garnicht darum, dass der nicht mitgekommen war, sondern darum, dass die anderen, die im Wagen saßen, einen ersten Eindruck davon kriegen sollten, wie es bei uns zuging. Dass nämlich Schluss war mit lustig, wenn man während des Seminars nicht parierte.

Was mich anging, hatte ich da schon schwer was zu verantworten. Ich war dafür zuständig, dass nichts wegkam, wenn die alles in ihre Koffer steckten. Einmal hat mir eine einen Fuffi zugesteckt. Sie hat gesagt, ihre Tochter hätte Geburtstag und sie würde ihr so gerne gratulieren, ob ich sie nicht ganz kurz an ihr Handy lassen könnte.

Als ich dann aber die Tür zu dem Raum, wo die Sachen eingeschlossen waren, einen Spalt weit geöffnet hatte, habe ich schon gecheckt, dass das keine gute Idee war. Denn in dem Raum war der Laim gerade mit einer der Teilnehmerinnen eindeutig zugange. Im nächsten Moment hatte ich die Tür wieder zu und der Frau gesagt, dass sie auf ihr Handy verzichten müsse.

Der Laim hat immer irgendwas mit Teilnehmerinnen am Laufen gehabt. Er war da nicht zimperlich. Ein Wunder, dass seine Frau das all die Jahre so mitgemacht und sich nicht einen anderen gesucht hat.

Im Prinzip ging es ihm bei den ganzen Übungen, wo Sätze mit sexuellem Ansatz weiterformuliert werden sollten, nur darum, herauszukriegen, was mit wem los war und ob für ihn was zum Löten drin war.

Manchmal hatte ich mir schon gewünscht, auch so wie der Laim jede pflücken zu können, die einem gefällt. Nach meiner Scheidung von der Marion habe ich mich darauf beschränkt, nur noch im Urlaub mit Weibern rumzumachen. Weil ich aber bald gemerkt habe, dass die Damen nicht besonders begeistert sind, wenn sie hören, dass sie es mit einem Busfahrer zu tun haben, bin ich irgendwann dazu übergegangen, mich als Brückenbauingenieur vorzustellen.

Dazu war es gekommen, weil ich mal an einer Endhaltestelle eine Ruhezeit hatte und dabei den Bus durchgegangen war und auf einem der Sitze ein Buch mit dem Titel *Brückenbau mit Stahlbeton und Spannbeton* gefunden hatte. Eher aus Langeweile habe ich dann angefangen darin zu schmökern.

Und als ich bald darauf in einer Runde mal zum Besten gegeben hatte, was ich mir da angelesen hatte, hat jemand gemeint, ob ich wohl Brückenbauingenieur sei.

Daraufhin hatte ich mir dann gedacht, warum eigentlich nicht, und habe mich fortan im Urlaub als Brückenbauingenieur ausgegeben. Da ist man ziemlich sicher, dass keine unnötigen Fragen über die Arbeit gestellt werden und gleichzeitig macht man gut was her in Sachen Status und so.

Mit dieser Tour habe ich auch eine Zeit lang gute Erfolge gehabt, bis ich eines Tages auf Malle eine gewisse Brigitte kennengelernt hatte. Die wollte sich an einem Abend mit einer Freundin treffen und mich zu diesem Treffen mitnehmen. Natürlich hatte ich nichts dagegen, bis die Freundin zu dem Treffen dann aber mit einem Typen aufgekreuzt war, der sich seinerseits auch als Brückenbauingenieur vorgestellt hat.

Ich weiß heute nicht mehr, wie ich den Abend überstanden habe, aber wir unterhielten uns derart intensiv übers Brückenbauen, wie sich nur zwei Busfahrer darüber unterhalten können, wenn sie vorgeben, Brückenbauingenieure zu sein.

FIXE FAHRER

Jörg Zipp, Gastwirt, Ulrichstein:

Die sind immer sonntags gekommen. Alle vier Wochen. Immer so zwischen sechs und sieben. Und dann haben sie bevorzugt Jägerschnitzel gegessen. Der Laim hat immer schon vorher gesagt, hier gebe es das beste Jägerschnitzel zwischen Gießen und der polnischen Grenze. Wir hatten uns schon immer vorher drauf eingestellt und einen Tisch für zehn Personen eingedeckt. Das waren immer die acht Teilnehmer von den Seminaren, dann der Laim und der Borsig, sein Kalfaktor.

Vor dem Essen gab es immer ein Glas Schampus zum Anstoßen, dann wurden die Urkunden verteilt. Jeder der Teilnehmer bekam so eine Urkunde, mordsverschnörkelt, als Nachweis dafür, an dem Seminar teilgenommen zu haben. Soviel ich mitkriegen konnte im Laufe der Jahre, waren die Seminare nicht ohne. Da ging es offenbar schon gut zur Sache, jede Menge Tränen und Gebrüll, aber hinterher dann immer große Verbrüderung und jeder froh, dass er es geschafft hatte.

Weil die ja alle, bis auf den Borsig, nicht mehr Auto fahren mussten, brauchten sie sich mit dem Alkohol nicht zurückhalten. Der Laim war manchmal auch mit dem Auto da. Dann hat er sich entweder zurückgehalten oder aber auch schon mal hier übernachtet. Wir haben ja auch Fremdenzimmer. Manchmal haben auch andere aus den Seminaren hier übernachtet, aber das war eher die Ausnahme. Am letzten Sonntag war der Laim mit seinem eigenen Auto da und hat sich mit dem Alkohol einigermaßen zurückgehalten.

Als ich zwischendurch mal kurz draußen war und wieder reinkam, waren wir uns im Eingangsflur begegnet. Er hatte sich gerade ein Foto angeguckt, das da hängt. Auf diesem Foto ist unser Haus in der Nachkriegszeit drauf und davor der Friedel Daubertshäuser mit seinem damals neuen Motorrad.

Der Laim hatte mich gefragt, ob ich das sei auf dem Motorrad. Ich hatte ihm daraufhin erklärt, dass es sich bei dem jungen Mann nicht um mich, sondern um den Friedel Daubertshäuser handele, den Sohn des seinerzeit größten Bauern hier in der Gegend, dem Adolf Daubertshäuser. Ich hatte ihm dann erzählt, dass wir hier zu der Zeit, als das Foto entstanden war, eine Bedienung hatten, die Erika hieß und eine echte Fackel war, wie man damals sagte. Hinter der waren sie alle her hier in der Gegend, und wie es hieß, soll sie es auch für Geld gemacht haben. Uns war das egal, solange der Umsatz gestimmt hat. Und der hat damals Eins-A gestimmt, weil einfach jede Menge Kerle nur wegen ihr zu uns ins Wirtshaus kamen.

Unter denen, die mit der Erika verschärft rumgemacht und wahrscheinlich auch dafür bezahlt haben, war auch der alte Daubertshäuser, der Adolf. Was der aber nicht wusste, war, dass die Erika total auf seinen Sohn stand, den Friedel. Ob sie sich ausgemalt hat, vielleicht mal in den Hof reingeheiratet zu werden? Man weiß es nicht.

Jedenfalls war der alte Daubertshäuser ein verdammt neugieriger Hund. Und weil er gerne wissen wollte, was die Leute über ihn dachten, hat er der Erika extra was zugesteckt, damit sie ihm erzählen sollte, was man am Stammtisch so über ihn redet, wenn er nicht dabei ist.

Das hat die Erika dann aber dem Friedel weitererzählt, und als der alte Daubertshäuser dann das nächste Mal bei ihr war, hat sie gesagt, die Männer hätten sich erzählt, er sei so arm, dass er nicht mal seinem Sohn ein Motorrad kaufen kann.

So kam es, dass der alte Daubertshäuser zwei Tage später den Friedel geschnappt hat und die beiden zuerst mit dem Bus nach Mücke und dann weiter mit dem Zug nach Gießen gefahren sind, wo sie beim *Steinbach* ein Motorrad gekauft haben, und anschließend stolz wie Oskar hier angefahren kamen.

Das war eine NSU-Fox-98. Wir hatten hier ganz lange ein Emailleschild mit so einem Motorrad drauf. Ein schnittiger Typ mit einer Superblondine auf dem Sozius waren darauf und untendrunter stand: *Fixe Fahrer fahren Fox.*

Ansonsten war mir an dem Sonntag nur aufgefallen, dass es keine acht Teilnehmer waren wie sonst, sondern nur sieben.

Ach ja, und dann war da doch noch was. Als ich etwas später auf dem Klo war, war das Oberlicht offen, und da habe ich gehört, wie der Laim im Hof am Telefonieren war. Nicht, dass es meine Art ist, andere zu belauschen, aber jetzt, wo alles wichtig ist,kann ich es ja ruhig sagen.

Also, er hat mit seinem Handy telefoniert und es hat sich angehört, als wäre er mit seiner Frau am Sprechen gewesen und hätte ihr gesagt, dass er eine Autopanne hätte. Er hat gesagt, dass er zwischen Stumpertenrod und Kestrich stehe und der ADAC aber gleich da sei.

Na ja, das ist ja seine Sache gewesen, aber ich hatte manchmal auch mitgekriegt, dass das nicht immer ganz koscher war, was da abgelaufen ist, wenn er nach einem Seminar mal hier übernachtet hat und andere von dem Seminar auch.

RAVIOLI

Ingrid Laim, Ehefrau des ermordeten Harald Laim, Bad Nauheim:

Zuerst habe ich gedacht, der ist doch nicht ganz dicht. Es ist noch keine zwei Tage her, dass er mir die Nachricht vom Tod meines Mannes überbracht hat, da steht er mit einer Dose Ravioli in der Hand vor der Tür. Ob ich vielleicht einen Öffner hätte, er habe den ganzen Tag noch nichts gegessen.

Es war unübersehbar, dieser Mann befand sich in einem Stadium fortschreitender Verwahrlosung. Nicht nur, dass er eingestandenermaßen am Verhungern war, mochte man auch meinen, dass er schon seit Längerem seine Kleidung nicht mehr gewechselt hatte.

»Haben Sie wenigstens etwas schlafen können?«, fragte ich ihn.

Er antwortete: »Schon, aber im Moment geht es nur um die Ermittlung. Es gibt ein ungeschriebenes Gesetz: Wenn ein Mord nicht in den ersten 72 Stunden nach Bekanntwerden der Tat aufgeklärt wird, kann es sehr lange dauern, bis der Täter überführt wird. Deshalb wollen wir im Moment nichts anbrennen lassen.«

»Anbrennen lassen« war für mich das Stichwort, um ihm eine Kasserolle aus dem Karussellschrank zu holen, während er die Dose öffnete und sogleich anfing, mit einer Gabel daraus zu spachteln.

Ich sagte: »Wollen Sie sich das nicht warm machen?«

Er verneinte mit vollem Mund und erklärte, dass es ein Irrglauben sei, den Nährwert von Ravioli durch Aufwärmen erhöhen zu können. Außerdem spare man auf diese Weise Energiekosten.

Ich wusste nicht, ob diese Betrachtung mich abschrecken oder belustigen sollte. Immerhin war sie einigermaßen originell.

Während er weiter in sich hineinschaufelte, ließ er mich wissen, dass er den ADAC kontaktiert und erfahren hat, dass Harald gar keine Panne gehabt hätte. Jedenfalls sei bei der Pannenhotline nichts unter seiner Mitgliedsnummer verzeichnet.

Ich musste in dem Moment überlegen, was er wohl damit meinen konnte. Er hielt nicht hinterm Berg.

»Sagen Sie, Frau Laim«, fragte er, ohne sein Ravioli-Spachteln zu unterbrechen, »könnte es sein, dass Ihr Mann Ihnen da was erzählt hat, ich meine ...«

»Was, was meinen Sie?«, wollte ich wissen.

»Na, sagen wir mal, ob er vielleicht anderweitig seinen Spaß gehabt haben könnte.«

»Ob er eine andere hatte?«

»Wenn Sie so wollen, ja.«

»Das denke ich nicht«, antwortete ich, »und wenn es so wäre, dann wäre das ja wohl keine Erklärung dafür, dass er umgebracht wurde.«

»Nein, natürlich nicht, ich habe ja nur gefragt.«

»Und warum? Gibt es eine Veranlassung zu dieser Vermutung?«

»Ich hatte bei unserem ersten Besuch ganz vergessen zu sagen, dass wir im Handschuhfach seines Wagens auch seinen Ehering gefunden haben. So etwas machen in der Regel nur Ehemänner, wenn sie auf der freien Wildbahn als ledig unterwegs sind.«

»Davon habe ich schon gehört. Haben Sie denn auch schon eine Spur, wer meinen Mann umgebracht hat?«

»Nein, leider noch nicht. Wir haben sämtliche Teilnehmer seines letzten Seminars vernommen. Aber es ist wenig dabei herausgekommen.«

Im nächsten Moment hätte er fast gerülpst. Ich fragte ihn, warum er überhaupt zu mir gekommen sei. Doch wohl nicht nur, um seine Ravioli zu essen.

»Nein«, sagte er, »ich würde Sie gerne mitnehmen nach Gießen, in die Rechtsmedizin, damit Sie ihren Mann identifizieren.«

Ich hatte zwar damit gerechnet, dass ich Harald würde identifizieren müssen, aber als es dann tatsächlich anstand, wurde es mir doch etwas mulmig. Ich stellte mir vor, wie es sein würde, wahrhaftig mit seinem toten Körper konfrontiert zu werden.

Während der Kommissar in der Küche weiterhin die kalten Ravioli in sich reinstopfte, zog ich mir einen kurzen Mantel an und steckte mir vorsichtshalber die am Abend zuvor angebrochene Flasche Grappa in die Handtasche.

Unterwegs nach Gießen hat er kurz nach der Auffahrt auf die Autobahn gesagt: »Darf ich Ihnen eine private Frage stellen, Ingrid? – Sie haben doch nichts dagegen, dass ich Sie Ingrid nenne?«

»Was ist die Frage?«

»Wie haben Sie und Ihr Mann sich eigentlich kennengelernt?«

»Ist das von Wichtigkeit für Ihre Ermittlung?«

»Ehrlich gesagt nicht, nein«, antwortete er, »eher ist das so ein grundsätzliches Interesse. Kennen Sie das nicht, dass Sie so etwas auch gerne erfahren?«

»Das stimmt«, musste ich eingestehen, »aber ich habe immer gedacht, das wäre eher eine weibliche Eigenschaft.«

»Na ja, vielleicht ist das ja der weibliche Teil in mir, der sich da zu Wort meldet.«

»Er hat mich abgeschleppt.«

»Bitte?«

»Abgeschleppt. Er hat mich abgeschleppt. Ich hatte eine Panne mit meinem Auto. Damals hatte ich einen roten Alfa Spider Cabrio, ansonsten ein klasse Auto. Aber an dem Tag ging plötzlich gar nichts mehr. Und als ich da am Straßenrand am Verzweifeln war, hielt er an. Er machte sich daran, einen Fehler unter der Motorhaube zu suchen. Aber ohne Erfolg. Dabei erzählte er mir, dass in der ADAC-Zeitschrift »Motorsport« schon mal ein Pannentipp von ihm abgedruckt worden sei und er dafür sogar ein Honorar bekommen habe. Da sei er mit seiner Mercedes-Heckflosse, die er mal hatte, liegen geblieben, weil die Benzinpumpe ihren Geist aufgegeben habe. Um weiterfahren zu können, habe er Sprit in den Behälter für das Scheibenreinigungswasser gefüllt. Dann habe er die Verbindungsschläuche so umgestöpselt, dass die Pumpe für das Scheibenreinigungswasser zur Benzinpumpe umfunktioniert wurde.

»Eine super Idee«, kommentierte Worstedt die Geschichte und meinte, dass er das beurteilen könne, schließlich sei er gelernter Kfz-Mechaniker.

»Mit meinem Auto hatte mein Mann leider weniger Glück«, sagte ich, »aber wenigstens hat er mich zur nächsten Alfa-Werkstatt abgeschleppt und hinterher nach Hause gefahren. Unterwegs haben wir unsere Telefonnummern ausgetauscht, weil wir uns wiedersehen wollten. Ich war zu der Zeit noch mit meinem ersten Mann verheiratet.«

In der Rechtsmedizin hat uns ein Student zu dem metallenen Untersuchungstisch geführt, auf dem Haralds Leiche lag. Als wir den Raum betraten, war sein Körper mit einem weißen Einwegtuch bedeckt. Worstedt hatte mich angeschaut und gefragt, ob ich bereit sei. Ich nickte kurz, dann schlug er das Tuch zurück.

Obwohl ich mir die gesamte Fahrt über permanent vorgestellt hatte, wie es sein würde, Harald tot zu sehen, war es in dem Moment doch völlig anders. Ich war froh, dass der Herr Worstedt mir sofort unter die Arme griff, als ich in den Knien wegzuknicken drohte.

Erst nachdem wir den Raum wieder verlassen hatten und er mich ganz förmlich fragte, ob es sich bei der toten Person, die ich da auf dem Untersuchungstisch gesehen hatte, um meinen Mann gehandelt habe, konnte ich eingestehen: »Ja, das war mein Mann.«

Als wir wieder im Auto saßen und losfuhren, fiel mir die Flasche Grappa in meiner Handtasche ein. Im nächsten Moment hatte ich den Korken herausgerissen und einen kräftigen Schluck genommen. Das musste sein. Egal, was der Kommissar von mir dachte.

»Was ist mit Ihnen, sind Sie im Dienst?«, fragte ich mit entsprechender Geste, ihm andernfalls einen Schluck anbieten zu wollen.

»Ja«, antwortete er, »ich bin im Dienst, noch.«

»Den sollten Sie sich nicht entgehen lassen«, fuhr ich fort, ihm die Einzigartigkeit dieses Grappas näherzubringen: »Das ist ein echter Levi.«

»Ein was?«, entgegnete er.

»Levi, oder besser gesagt Levi Serafino ist eine Distilleria in einem kleinen Ort im Piemont, in Neive, ein paar Kilometer südlich von Alba. Und Chef dieser Distilleria, die so etwas ist wie ein Wallfahrtsort für Grappatrinker rund um den Erdball ist beziehungsweise war, war der alte Romano Levi, ein absolut seltsamer Typ. Er hatte nicht einmal Telefon. Wenn man ihn sprechen oder telefonisch eine Bestellung aufgeben wollte, konnte man nur bei seiner Nachbarin anrufen. Was die dem schrulligen Romano dann aber weitergab, war unergründlich.

Denn Romano Levi hatte unumstößliche Prinzipien. Wer seinen Grappa wollte, sollte gefälligst zu ihm kommen. Und pro Besuch und Person gab es immer nur eine einzige Flasche. Und auch diese eine Flasche zu bekommen, war manchmal gar nicht so einfach. Dann nämlich, wenn zwar abgefüllte Flaschen auf Lager waren, er aber keine Etiketten hatte. Die mussten dann nämlich erst von Hand gemalt werden. Denn seit 1962 hat Romano Levi für jede einzelne seiner Flaschen das Etikett selbst mit der Hand gemalt, also richtige Unikate angefertigt, meist mit der ›donna selvatica‹ drauf, einer sagenumwobenen Frau aus den Wäldern des Piemont.«

Ich zeigte ihm die Zeichnung auf der Flasche, die ich dabei hatte, bevor ich noch einen Schluck nahm. Davon, wie es dazu kam, dass ich die Flasche am Abend zuvor geköpft hatte, habe ich nichts erzählt.

»Wenn wir zurück sind bei mir, müssen Sie unbedingt einen Schluck probieren«, habe ich gesagt, »unbedingt; das ist die letzte Flasche, die wir noch haben. Wir sind fast jedes Jahr da hingefahren zu dem alten Levi, Gott hab ihn selig. Prost.«

Nach diesem Schluck signalisierte mein Handy den Eingang einer SMS. Die Nachricht kam von meiner Schwester in Darmstadt. Sie schrieb, dass sie es nicht schaffe, heute zu mir zu kommen. Im nächsten Augenblick konnte ich nur noch heulen. Was war nur passiert? In meinem Kopf wurde alles zusammengewürfelt, was in den letzten Stunden passiert war. Der tote Harald auf dem Seziertisch, die Nachricht, dass er vielleicht etwas mit einer anderen hatte, die Ravioli, alles. Ich konnte auf einmal nur noch heulen.

Es ging mir hundeelend und ich hatte totale Angst vor der Nacht. Schon die Nacht zuvor hatte ich nicht schlafen können. Ich wusste, dass es in dieser Nacht noch schlimmer werden würde. Ich hatte furchtbare Angst davor, alleine zu sein.

WOHIN

Regina Maritz,
Kriminaloberkommissarin, Gießen:

Suchen Sie nach jemandem«, erklärte Lars Borrmann, der Kriminalpsychologe des Polizeipräsidiums Mittelhessen, »dem Harald Laim sehr schlimmen Schaden zugefügt hat.«

Borrmann hatte die Lockerheit eines Buchhalters aus dem vergangenen Jahrhundert. Seine gepunktete Fliege ließ ihn zehn Jahre älter aussehen, also wie Mitte dreißig. Es war klar, dass dieser Mann es noch mal weit bringen würde.

Er hatte die Berichte über unseren Fall vor sich liegen und blätterte sich langsam vorwärts, während er zu uns sprach, ohne aufzublicken. »Dieser schlimme Schaden könnte vielleicht bedeuten, dass er unseren Täter oder jemanden, der ihm nahesteht oder stand, gesellschaftlich vernichtet oder gar umgebracht hat.«

Nachdem er eine Stelle eingehend in Augenschein genommen hatte, sprach er weiter: »Und verlieren Sie dabei nicht aus dem Blick, dass die gesamte Tatort-Inszenierung letztendlich nur als Ablenkungsmanöver gesehen werden muss. Nichts, was wir tun, ist völlig unwillkürlich. Versuchen Sie anhand der Informationen, die über die unmittelbare Tötung hinausgehen, die Botschaft zu erkennen, die der Täter uns mitteilen will. Es könnte sich zum Beispiel um jemanden handeln, der seine ganze bürgerliche Existenz verloren hat, weil Harald Laim ihn öffentlich der Insolvenz bezichtigt hat. Oder es könnte auch jemand sein, dessen Frau Opfer eines Unfalls wurde, weil Harald Laim die Radmuttern ihres Autos nicht richtig angezogen hat. Das sind alles nur Beispiele. Aber in diese Richtung sollten Sie Ihren Blickwinkel orientieren.«

Nachdem er die Akte geschlossen hatte, fasste er zusammen: »Harald Laim muss seinem Täter so sehr wehgetan haben, dass es dem nicht reichen wollte, ihn einfach umzubringen. Nein, er musste ihn mehrfach umbringen. Vielleicht, um auf Nummer sicher zu gehen, dass er nicht vielleicht doch überlebt, vielleicht, um ihn auch über den Tod hinaus noch zu demütigen.«

Wir waren zu sechst: Krokoczinski, Bornemann, Seipp, Wagenbach, Worstedt und ich.

Als Nächster war Wagenbach dran. Er hatte herausgekriegt, dass Harald Laims Girokonto in der Nacht von Sonntag auf Montag um 5.000.- Euro erleichtert worden war: »Der Täter hat zuerst an einem Geldautomat in der Grünberger Straße und anschließend in der Innenstadt jeweils 1.000.- Euro abgehoben, bis das Tageskontingent erschöpft war. Als er es in den frühen Morgenstunden nochmals probierte, war die Karte bereits gesperrt. Auf den Fotos der Überwachungskameras ist ein Typ zu sehen, der sein Gesicht in der Kapuze seines Sweatshirts versteckt«, führte Wagenbach aus.

Seipp hatte von der Spurensicherung erfahren, dass der Kracher in Laims Hintern aus der gleichen Serie stammte wie die Kracher, die im Handschuhfach gefunden wurden. Wagenbach konnte berichten, dass auf dem Kapodaster Fingerabdrücke sichergestellt werden konnten, die aber nicht mit denen von Laim übereinstimmten und nicht in der Kartei erfasst waren.

Außerdem sei aufgefallen, dass die Minox-Kamera aus dem Handschuhfach zwar ein Modell der Baureihe *Jupiter* sei, allerdings nicht der gängigen Größe entspreche. Deshalb sei die Kamera auseinandergenommen worden. Man habe darin einen nachträglich eingebauten USB-Stick gefunden. Um zu sehen, was sich darauf befindet, muss der Zugangscode geknackt werden. Da seien die Techniker jetzt dran, meinte Seipp.

Dann wollte Krokoczinski wissen, was bei unseren Befragungen herausgekommen sei.

Worstedt antwortete: »Im Moment sind daraus noch keine nennenswerten Anhaltspunkte erwachsen, aber ...«

Krokoczinski sagte ganz ruhig, ohne uns anzuschauen: »Die vom LKA haben angerufen. Die sind dabei, uns den Fall abzujagen. Wisst ihr, was das bedeutet?«

Uns war klar, dass wir wie die begossenen Pudel dastehen, wenn das LKA uns tatsächlich ausbooten würde. Es war unser Fall, das war in dem Moment so klar wie ein unberührter Bergsee. Es ging ums Ganze.

Worstedt setzte erneut an, seinen bereits begonnenen Satz weiterzuführen: »... aber ein Taxifahrer hat sich gemeldet, er hat gesagt, dass er am Sonntagabend kurz vor neun einen Fahrgast am Eulenkopf aufgelesen habe. Wie er meinte, hätte der sich recht seltsam verhalten.«

»Was heißt das, seltsam verhalten?«, wollte Krokoczinski wissen.

»Wissen wir noch nicht. Es hieß nur, dass er mehrmals das Fahrziel geändert habe, bevor er schließlich zur Gummiinsel gebracht werden wollte.«

»Und vorhin hat jemand im Fundbüro die Brieftasche von Harald Laim abgegeben. Ich bin gleich hin und habe sie geholt. Hier ...« Ich hielt unserem Chef die Brieftasche entgegen, teures Schweinsleder, im Inneren Perso, Führerschein, alles, aber keine Geldscheine.

»Und wo? Wo ist sie gefunden worden?«

»Im Kropbacher Weg. In der Nähe der Nummer 29«, sagte ich.

»Ist das das Hochhaus?«, fragte Krokoczinski.

»Ja, das ist das Hochhaus«, mischte Roman sich ein, »da, wo der Zahnrad-Ebi wohnt.«

»Zahnrad-Ebi?«

ZAHNRAD-EBI

Eberhard Kraft, Musiker, Gießen:

Jetzt aber mal begoni, ja. Bin ich der einzige Stricher in Gießen oder was? Immer, wenn einem Schwulen was angehängt werden soll, heißt es gleich, da haben wir doch unseren Eberhard, so ist es doch!

Beim Stadtlauf jedes Jahr, wenn da paar scharfe Transen gebraucht werden, um Spendengelder einzufahren, da heißt es, die Schwulen sind doch auch Menschen. Aber am nächsten Tag ist das dann auch schon wieder vorbei, da sind wir nur noch Schwuchteln, Hinterlader und was nicht noch alles.

Ich stehe dazu, dass ich schwul bin. Genauso wie der langjährige Regierende in Berlin und unser Ex-Außenminister.

Ich habe mit alledem nichts zu tun. Und dass ich mir bisweilen was dazuverdiene, was soll das? Bin ich deshalb ein Verbrecher? Ich mache schließlich Menschen glücklich. Ganz im Gegenteil zu euch. Ihr seid die Geißel Gottes. Ihr macht keine Menschen glücklich.

Mein Revier ist das Schiffenberger Tal. Da setze ich mich an die Bushaltestelle gegenüber von der Wurst-Anna und warte. Meine Kunden wissen genau, wo sie mich finden können. Wenn dann einer kommt, dann fahren wir zum Parkplatz vom Eisen Bieber. Die Firma heißt zwar mittlerweile anders, aber bei uns ist das immer noch der Eisen Bieber. Dahin fahre ich, wenn einer mich haben will.

Manchmal stelle ich mich auch in die Frankfurter, aber das ist schon gefährlich. Da stehen oft auch irgendwelche Professionelle, und wenn man da hinkommt, machen die Typen von denen einen fertig.

Bei mir zu Hause auf der Gummiinsel mache ich nichts. Ich will nicht, dass meine Nachbarn mich beim Anschaffen erleben. Es ist so schon schlimm genug, permanent irgendwelchen Beschimpfungen ausgesetzt zu sein. Deshalb ist mein Revier das Schiffenberger Tal.

Ein Spaß ist das nicht, diese Arbeit. Ich hätte auch lieber eine schöne, feste Beziehung mit einem netten, hübschen Kerl, das könnt ihr mir glauben. Mit einem, der ordentlich arbeiten geht, gutes Geld verdient und dem ich schön was zu essen machen würde, wenn er abends heimkommt.

Klar, manchmal würde ich ihn auch mit meinem Nachtschwester-Latex-Kleidchen empfangen, aber wie gesagt nur manchmal. Denn das mit dem Sex ist mir gar nicht so wichtig. Ich will einfach nur geliebt werden. Wie jede andere anständige Frau auch. Das ist alles.

Am Sonntagabend war ich auch im Schiffenberger Tal. Ich war mit einem Taxi dahingefahren, weil es so wahnsinnig geregnet hat. Das war die lausigste Nacht, die ich je erlebt habe, absolut lausig. Ich hatte von halb acht bis halb zehn gewartet, nix. Zwischendurch war ich bei der Worscht-Anna am Wagen und hatte eine Currywurst gegessen. Da war es auch voll mau.

Viertel vor zehn ungefähr kam dann ein Mercedes an, ein richtiger Superschlitten. Hinter dem Steuer ein junger Typ, den ich noch nie gesehen hatte, sah aus wie ein Gymnasiast. Er hat mich gefragt, was ich nehme.

Ich sagte: »Dreißig für Französisch, Extras kosten extra, aber nur mit Gummi.«

»Gut, steig ein«, hat er daraufhin gesagt und so sind wir nach hinten gefahren, zum Eisen Bieber. Weil der Bengel so total süß war, habe ich voll gegen meinen Grundsatz darauf verzichtet, vorher zu kassieren. Das hatte ich noch nie gemacht und hätte es mal besser tun sollen. Denn als ich es ihm mündlich besorgt hatte und abkassieren wollte, hat er auf einmal angefangen zu flennen. Ich hatte gedacht: »Eh, was soll denn der Scheiß?«

Dann ist er mit der Sprache rausgerückt: »Ich habe kein Geld.«

Na super, in dem Moment bin ich ja voll vom Glauben abgefallen. »Und der fette Daimler hier, was ist damit?«, ist mir die Hutschnur hochgegangen, »wie kommst du zu so einem Schlitten, wenn du keine Kohle hast?«

»Der gehört nicht mir«, hat er dann geschluchzt, »der ist meinem Stiefvater. Ich habe mir heimlich den Schlüssel genommen. Wenn er erfährt, dass ich das gemacht habe, schlägt er mich tot.«

Verdammte Kacke, habe ich dann gedacht. Ich war stinksauer. »Du fährst mich jetzt auf der Stelle nach Hause, verstanden?«, habe ich ihn angeherrscht.

»Okay«, hat er dann gesagt, »aber was ist, wenn mein Stiefvater schon gemerkt hat, dass sein Auto weg ist und die Polizei verständigt hat, dass die uns vielleicht anhalten?«

»Dann wirst du dir verdammt noch mal was einfallen lassen, was du denen erzählst, dass sie uns weiterfahren lassen. Und jetzt los!!!«

So sind wir dann durch die Stadt gefahren bis zu mir in den Kropbacher Weg. Als wir da angekommen waren, war er auf einmal schon wieder am Flennen.

»Oh, Mann, was soll denn das denn jetzt schon wieder?«, fragte ich.

Dann hat er gesagt: »Es war so schön« und im nächsten Moment war er auch schon dabei, mir an die Wäsche zu wollen.

»Eh, was soll denn das? Noch mal oder was?«

»Au ja, bitte«, hat er dann gebettelt, total niedlich.

In dem Moment hatte ich all die Bilder im Kopf, was mich erwartet, wenn ich hoch in meine Wohnung komme, die ganzen ungeöffneten Briefe, die kalte Heizung, der Abwasch, die Unordnung überall. Und in diesem Auto war alles so sauber, so ordentlich und draußen kam es immer noch runter wie Sau. Mir war, als würde ich am liebsten für immer in diesem Auto bleiben wollen.

Deshalb hatte ich gesagt: »Na gut, aber jetzt du«, und habe ihm das Fläschchen gegeben, und er hat das Fläschchen gleich genommen.

Und mittendrin, als er da auf Tauchstation an mir zugange war, kam auf einmal ein Taxi an. Ich konnte das alles wie in Cinemascope durch diese Wahnsinns-Windschutzscheibe sehen.

Das Taxi hielt an, dann stieg hinten ein Typ aus, der einen blauen Müllsack und zwei Pizzaschachteln dabei hatte. Als er mit dem einen Bein ausgestiegen war, setzte der Wagen sich langsam in Bewegung, woraufhin der Typ im hohen Bogen auf seinem Arsch landete, weil er mit dem anderen Bein noch in dem Wagen war.

Während der eine Pizzakarton aufging und die Pizza auf dem verregneten Bürgersteig landete, blieb der andere Karton unversehrt. Der Typ lief kurz schimpfend hinter dem Taxi her, bevor er die im Dreck gelandete Pizza wieder in den Karton verfrachtete. Dann holte er seine Brieftasche hervor. Soweit ich das dann erkennen konnte, holte er sein Geld heraus und steckte es in die Gesäßtasche seiner Hose. Dann hat er die Brieftasche im hohen Bogen in ein Gebüsch geworfen.

Ich hatte den Eindruck, dass es sich bei dem Typ um den neuen Macker von der zahnlosen Renate im vierten Stock handelte, der ihr Gadsch im Knast sitzt.

Mehr konnte ich nicht erkennen, weil mir langsam die Gehirnschale am Hochklappen war. Das war einfach ein verdammt einzigartiger Job, den der Bengel mir da besorgte.

Und was den Kapo angeht, ob das meiner ist, kann ich ganz klar sagen: Nein, ist er nicht. Außerdem spiele ich Stromgitarre, da werden solche Dinger so gut wie nie eingesetzt, die sind eher was für Wanderklampfen. Obwohl Joan Baez und Emmylou Harris ja auch mit solchen Dingern arbeiten. Viel wichtiger aber ist, dass das Teil gar nicht für Gitarren ist, sondern für Ukulelen. Für Gitarren die Kapos sind einfach eine Nummer größer. Wenn ihr da mehr erfahren wollt, solltet ihr am Samstag ins Kino *Traumstern* nach Lich kommen. Da findet nämlich ein Open-Stage-Abend für Musiker der Region statt, wo auch die *Ukulele Stringband Ramblers* spielen. Die kennen so ziemlich jeden in der Szene, der was mit Ukulele am Hut hat, von hier bis Bagdad. Und außerdem gebe ich da ganz nebenbei auch meinen ersten Auftritt als *Konschitta Flaaschworscht*.

GOODBYE GUMMIINSEL

Siegfried Wallstein, Taxifahrer, Gießen:

Normalerweise nehme ich nachts niemanden auf, der unterwegs am Straßenrand winkt. Ich stehe eher auf reguläre Aufträge mit richtiger Abholanschrift und Zieladresse. Aber bei dem Scheißwetter an dem Abend war das anders. Da war das Geschäft ja voll tot. Da war ja wirklich keiner vor die Tür gegangen, der nicht unbedingt musste. Ich war froh, dass ich nach zweieinhalb Stunden Rumstehen am Bahnhof wenigstens eine Fuhre nach Rödgen bekommen hatte. Diese Nacht war eine von den Schichten, wo man besser zuhause geblieben wäre.

Auf der Rückfahrt von Rödgen war mir klar, dass wenn ich zum Bahnhof zurückkomme, dort bestimmt zehn Kollegen vor mir an der Reihe waren. Verdiensttechnisch war diese Nacht eine einzige Katastrophe.

Dann war mir zum Glück aber eingefallen, dass ich in der Zeitung was gelesen hatte von einer Veranstaltung in der Kongresshalle. Russisches Ballett oder so. Also hatte ich mir gesagt, da fährst du hin und wartest, bis die fertig getanzt haben, um wenigstens von dort aus vielleicht noch was abzukriegen. Wahrscheinlich wäre es nur eine Fuhre um ein paar Ecken gewesen, weil die, die zu solchen Kulturveranstaltungen gehen, meistens aus dem Stadtgebiet kommen. Es bestand also keine Gefahr, mich in dieser Nacht tot zu verdienen. Ganz im Gegenteil.

Also habe ich gedacht, als ich die Rödgener Straße am Eulenkopf entlanggefahren bin und der Typ mir gewunken hat: Komm her, nimmst ihn halt mit.

Der hat mir schon was leid getan, wie er da voll im Regen am Rumwuseln war mit einem blauen Müllsack, den er bei sich hatte.

Während er zu mir gelaufen kam, hat er sich die Kapuze von seinem Sweatshirt über den Kopf gezogen. Das hat ihm was Unheimliches gegeben, und ich war unsicher geworden, ob es eine so gute Idee war, ihn mitzunehmen. Denn irgendwie sah er näher betrachtet schon recht abgerissen aus.

Um auf Nummer sicher zu gehen, habe ich meinen Sicherheitsgurt losgemacht. Das mache ich immer, wenn bei mir einer einsteigt, von dem ich meinte, dass er nicht ganz koscher sein könnte. Denn wenn dann was passiert, wäre ich wenigstens schnell raus dem Wagen.

Als er dann eingestiegen war und ich fragte, wohin er wolle, hatte er nur gesagt: »Erstemoo bei die *Pizza-Mouse.*«

In dem Moment war mir klar, dass es sich um einen Mano handelte, einen Manischen. Denn dieses langgezogene »O« sprechen nur Manos so aus.

Gleichzeitig hatte ich gedacht: Ach du Scheiße, am Ende will der sich nur eine Pizza holen und dann zurück zum Eulenkopf. Das hätte bedeutet, dass der Taxameter nur vor sich hingekrochen wäre und ich es knicken konnte, an der Kongresshalle noch eine Fuhre abzukriegen.

Deshalb fragte ich: »Und wohin geht es hinterher?«

»Das werde ich dir dann schon sagen, mein Freund«, war seine Antwort.

Das hörte sich verschärft nach Ärger an. Und darauf hatte ich in dieser Nacht nicht auch noch Bock. Deshalb habe ich mein Pfefferspray in der Jackentasche in Bereitschaft gebracht und mich nach hinten zu dem Mano gewandt: »Hör zu, ich bin nicht dein Freund, du Penner. Und wenn du glaubst, dass du hier den Mogo geben kannst, hast du dich geschnitten, verstanden. Also, wohin geht es hinterher weiter?«

Ich hätte es besser wissen müssen. Wenn einem am Eulenkopf einer ins Auto springt, kann davon ausgegangen werden, dass es sich um einen Mano handelt. Wenn es also Ärger geben sollte, dann wollte ich ihn gleich hier an Ort und Stelle hinter mich bringen und nicht erst irgendwo in einer dunklen Ecke mit zwanzig, dreißig Euro auf der Uhr.

Was sollte ich machen? Es war nicht erlaubt, einen Fahrgast einfach so auf die Straße zu setzen. Der einzige Grund, warum man eine Fahrt ablehnen kann, ist der, dass der Fahrgast nicht nachweisen kann, genug Geld dabeizuhaben, um die Fahrt bezahlen zu können. Also habe ich ihn angemacht: »Hast du überhaupt Geld dabei?«

»Was soll das heißen? Sehe ich aus wie einer, der tschü lowi hat oder was?«, war seine empörte Antwort, und im nächsten Moment hatte er seine Brieftasche hervorgeholt und hielt sie mir unter die Nase.

Ich wollte meinen Augen nicht trauen, was da zu sehen war. Fett voll mit Scheinen: Hunderter, Zwanziger, Zehner, Fünfer.

»Zufrieden?«

Aus der *Pizza-Mouse* kam er nach drei Minuten wieder raus und stieg ein: »Die brauchen fuffzehn Minuten. Wir fahren solange zum nächsten Geldautomat.«

Ich dachte, was will der noch am Geldautomat bei der Marie, die er da in seiner Brieftasche hat? Aber ich fuhr ohne Kommentar los, derweil er mit seinem Handy am Rummachen war. Der nächste Geldautomat war ein paar Hundert Meter weg Richtung Waldstadion.

Ich konnte von außen sehen, dass er ziemlich am Rummachen war an dem Geldautomat, bevor er zurückkam. Dann ging es wieder zur *Pizza-Mouse*.

Als er diesmal rauskam, hatte er zwei Pizza-Kartons dabei und zwei Flaschen Rotwein. Eine Flasche hatte er schon auf und war auf dem besten Weg, sie noch während der Fahrt leerzuschlucken.

»Jetzt geht's in die Schlachthofstraße, kennst du die?«, fragte er.

»Beim Stadtreinigungsamt?«

»Richtig, da fahren wir jetzt hin.«

Ich hatte mir gedacht, dass er ja vielleicht dahin wollte, weil er dort auf die Arbeit musste. Denn ansonsten ist die Straße ja nur Industriegebiet. Aber komisch kam es mir trotzdem vor.

Als wir dann in der Schlachthofstraße auf Höhe der Metallverwertung *Schnaubelt* waren und er meinte, dass ich jetzt stoppen soll, ging mir der Arsch doch ziemlich auf Grundeis.

»Warum denn das?«, fragte ich, »was ist denn hier?«

»Hier ist, dass ich mal *sihle* will«, sagte er schnippisch.

Dann stieg er aus, überquerte die Straße in Richtung der Lahn, wo er zu der Reling ging, unterhalb der sich das Wehr befindet.

Drei Minuten später kam er zurück und wollte, dass wir nun weiterfuhren in den Kropbacher Weg.

Aha, Gummiinsel, dachte ich und fragte nach der Hausnummer im Kropbacher Weg.

»Die werde ich dir schon sagen, wenn wir da sind«, sagte er.

So fuhren wir in den Kropbacher Weg, wo er dann meinte, dass er zur Hausnummer 29 wolle.

Ich wusste, dass das das Hochhaus war, das ein wenig zurückgesetzt von der Straße steht. Als ich stoppte und von der Uhr ablas: »18,80 Euro«, kramte er aus seiner Brieftasche einen Zwanzig-Euro-Schein: »Hier, stimmt so.«

Ich weiß nicht mehr, was ich ihm zum Abschied gesagt habe, aber ich war so was von heilfroh, als ich den endlich los war.

GROSSES KINO

Robert Olemotz, Eulenkopf-Anwohner, Gießen:

Sie so: »Ich bin so dick, ich bin so dick.«

Ich so: »Wassen Stuss, du hast 'ne super Figur.«

Sie so: »Die Heidrun aus der Nummer 17, die hat 'ne super Figur. Die wird jeden Tag angebaggert, wenn sie beim Aldi am Schaffen ist.«

Ich so: »Ja und? Willst du auch blöd angemacht werden wie die *Butsch* von irgendwelchen Kerlen? Du hast doch mich.«

Sie so: »Jooo.«

Ich so: »Na siehst du. Komm mal her.«

Und batsch, war sie wieder *besi*, hatte wieder 'n Braten in der Röhre, Scheiße.

Und jetzt, jetzt haben sie mich am Arsch, nur weil ich so gutmütig bin.

In Handschellen haben sie mich im Kropbacher Weg bei der Renate aus der Wohnung abgeholt. Wo die doch gar nichts mit alldem zum Tun hat. Keine Rücksicht darauf, was die Leute von ihr denken.

Ich kann zu all dem nichts sagen. Ich kann nur immer wieder sagen: »Warum, verdammte Scheiße noch mal, soll ich diesen Typen umgebracht haben? Ich kann es nur immer wieder sagen: Ich habe mit dem Tod von dem nichts am Hut. Ich war das nicht.«

Dann wieder die ganze Geschichte. Dass ich an dem Abend auf dem Balkon gestanden habe, weil die Liz mal wieder am Rad gedreht hat, dass bei ihr in der Wohnung nicht geraucht werden darf und so – ich nenne sie immer noch Liz, weil sie früher mal der Elisabeth Taylor so ähnlich sah, wohlgemerkt, der jungen Elisabeth Taylor, als sie noch durch die Türen gepasst hat – jedenfalls hat sie voll nervig rumgeplärrt, bis ich dann zum *Plotze* raus bin auf den Balkon.

Und wie ich da so stehe und in den Regen gucke, bleibt mein Blick an irgendwas hängen, was da auf der Wiese liegt und irgendwie aussieht wie eine Brieftasche.

Da habe ich mir gedacht, bevor da jemand vorbeikommt und sich die vielleicht einsteckt, gehe ich mal lieber selbst runter und gucke nach, wie sich das verhält. Also habe ich meine Kippe vom Balkon geschnipst, bin zurück in die Wohnung und habe meine Jacke angezogen.

Da war die Liz gleich wieder am Kreischen, ich könnte auch ruhig gefälligst meine Dreckwäsche mitnehmen zu dieser Schlampe, weil sie die nämlich sonst vom Balkon werfen würde.

Weil ich weiß, dass die zu so einem Scheiß fähig ist, habe ich mir einen Müllsack geschnappt und im Schlafzimmer den Haufen, wo meine Dreckwäsche lag, da reingestopft. Als ich dann zur Tür raus bin, hat sie mir noch nachgebrüllt, dass ich gleich da bleiben könne bei der Renate, dieser Schlampe.

Dabei waren die Liz und die Renate bis vor einem halben Jahr noch die besten Freundinnen. Und die Liz hatte auch gesagt, dass man unbedingt was machen muss, wenn der Renate ihr Gadsch wieder aus dem Knast kommt, dass er ihr nichts antut. Und als ich dann angefangen habe, mich um sie zu kümmern, war die Liz nur noch am Zetern, dass wir uns so gut verstehen.

Aber so ist es nun mal. Manchmal können wir uns stundenlang über irgendwelchen Scheiß unterhalten, ohne dass uns langweilig wird. Das finde ich echt klasse. So was hat es zwischen der Liz und mir nie gegeben. Die Liz wollte immer nur Kinder kriegen. Das war ihr immer das Wichtigste.

Deshalb hat sie mir an dem Abend noch an den Kopf geworfen, dass ich eine verdammte Drecksau sei, weil ich zu dieser *Butsch* auf die Gummiinsel fahre und sie hier alleine schwanger zurücklasse. Das habe ich mir natürlich nicht gefallen lassen. Deshalb habe ich ihr gesagt, von wem sie denn schwanger sein will, von mir jedenfalls nicht. Dann habe ich die Tür hinter mir zugepfeffert und weg war ich.

Unten auf der Wiese war es dann so, dass da tatsächlich eine Brieftasche lag. Und als ich nachgucken wollte, was da so drin war, hat mich ja fast der Schlag getroffen. Die war so was von fett gestopft mit Scheinen, Kreditkarten und allem, dass ich sie ganz schnell wieder zugemacht und mich erst mal umgeschaut habe, ob irgendwo eine Kamera steht von *Verstehen Sie Spaß*.

Dabei ist mir ein Handy aufgefallen, das da auch auf dem Rasen lag. Das habe ich dann auch erst mal eingesteckt. Und dann habe ich blitzschnell reagiert, als ein Taxi auf der Rödgener Straße angefahren kam, und habe gewunken. Ich hatte mir gedacht, bei der Marie, die ich da gefunden hatte, müsste so eine Taxifahrt allemal aus dem Finderlohn drin sein.

Ich bin dann erst mal zur *Pizza-Mouse* gefahren und habe da zwei Pizzas bestellt. Der Taxifahrer war ein ziemlicher Arsch. Der wollte dafür, dass er auf mich wartet, einen Pfand. Da habe ich ihm einen Fuffi gegeben. Weil die Pizzas 15 Minuten dauern sollten, sind wir zwischendurch zum nächsten Geldautomat auf der Grünberger. Ich hatte schon unterwegs in dem Telefonbuch von dem Handy einen Eintrag gefunden auf den Namen *Edward Connor*.

Das hatte ich mal im Fernsehen als Tipp gesehen, dass man unter den Anfangsbuchstaben E und C seine Geheimnummer für die EC-Karte abspeichern soll, um sie immer für den Fall griffbereit zu haben, falls man sie mal vergessen hat.

Weil die Zahl hinter der Vorwahl aus vier Ziffern bestand, war ich mir ziemlich sicher, dass es sich dabei um die Geheimzahl handelte.

Und so war es auch.

Deshalb habe ich an dem Geldautomat in der Grünberger erst mal 1.000 Euro abgehoben. Dann habe ich die Pizzas abgeholt und bin mit dem Taxi zu dem Wehr von der Lahn gefahren, wo ich die SIM-Karte aus dem Handy ins Wasser geworfen habe, um nicht eventuell geortet werden zu können.

Als ich da an der Reling stand und die SIM-Karte ins Wasser geworfen habe, habe ich auf einmal unter mir den Black Magic aus der Nummer 27 gesehen, wie der einen ziemlichen Zirkus mit den Ratten da veranstaltet hat. Das kam mir erst einmal vor wie eine Fata Morgana. Aber dann hatte ich ihn wirklich erkannt. Er muss da schon eine ganze Weile zugange gewesen sein, denn seine Klamotten waren nass bis auf die Haut. Voll ekelhaft war das, wie der da mit den Ratten zugange war.

Am Ende der Fahrt im Kropbacher Weg habe ich dem Taxifahrer zwanzig Euro gezahlt. Als ich dann am Aussteigen war, ist mir plötzlich wieder mein Pfand-Fuffi eingefallen. In dem Moment, als ich das dem Typ gesagt habe, war ich aber schon mit einem Fuß auf der Straße, und weil dieser Drecksack dann einfach losgefahren ist, hat es mich mit dem ganzen Zeug, das ich dabei hatte, voll brutal im hohen Bogen auf die Straße geknallt.

Ich habe dann nur schnell meine Sachen zu der Renate hochgebracht und bin anschließend noch durch die Stadt von Geldautomat zu Geldautomat, um jeweils 1.000 Euro abzuheben, weil mehr ja auf einmal nicht geht. Insgesamt bin ich auf 5.000 Euro gekommen, bevor angezeigt wurde, dass weiteres Abheben nicht möglich sei.

Und dass ich mich dann am nächsten Tag losgemacht und beim Elektro-Müller den Plasma gekauft habe, dazu kann ich nur sagen, dass das schon immer mein größter Traum war. Ich wollte auch mal ein Stück Großes Kino in meinem Leben haben. Deshalb kam mir das Ganze vor wie ein Geschenk Gottes. Ich bin nämlich ein gläubiger Mensch und ich weiß nicht, wie lange ich schon gebetet habe: »Lieber Gott, schenke mir doch bitte auch so einen schönen fetten Plasma, wie ihn das ganze Gesocks bei uns im Viertel hat.«

Und dass ich jetzt einen habe, der noch größer ist als die meisten Geräte hier in der Siedlung, und dass die sich jetzt alle das Maul darüber zerreißen, das passt zu denen. Die sind doch nur neidisch, dass sie sich so was nicht leisten können.

Ich weiß, dass ich einen Fehler gemacht habe. Ich hätte gleich mit der Brieftasche zur Polizei gehen sollen oder zum Fundbüro. Aber mit dem Toten im Gully habe ich nichts am Hut. Ich habe den ja nicht mal gesehen, als ich da auf die Wiese kam. Der lag ja auf der anderen Seite hinter seinem Auto.

Und von dem Paternoster oder wie das Ding da heißen soll, habe ich auch nichts gesehen. Ich weiß ja noch nicht mal, was das für'n *Tschundekrempel* überhaupt sein soll.

Ich hab' den Gadsch abgetschurt, das stimmt, aber ich hab' ihn tschü mulo gemacht.

PLASMA

Elisabeth Wallner, Eulenkopf-Anwohnerin, Gießen:

Ich will nicht, dass bei mir in der Wohnung geraucht wird. Da bin ich eigen. Und da ist es mir auch egal, wenn der Olemotz meint, die Renate wäre da nicht so pingelig. Da kann ich nur sagen, die braucht ja auch keine Rücksicht nehmen auf ihre drei Kinder, die sind ja alle in Pflegefamilien. Ich denke, dass ich das meinen Kindern schuldig bin. Ich bin keine schlechte Mutter. Wer das sagt, lügt.

Mein Großer sagt immer, er ist voll froh, dass er ins Heim gekommen ist. Dabei hat der Olemotz, als er zu mir gekommen war, ihn ja erst mal voll akzeptiert. Aber dann ist das halt alles anders geworden, irgendwie wie in der Tierwelt. Da fressen die Männchen ja auch die Kinder auf, die von einem anderen sind. So ungefähr war es bei uns dann auch.

Jedenfalls jetzt ist der Justin total froh, dass er im Heim ist. Ich bin ja manchmal ein bisschen traurig, wenn ich dahin komme und sehe, wie sein Zimmer aussieht. Da liegt nichts rum, aber auch absolut nichts. Ich weiß nicht, wie die das hinkriegen, aber in den Zimmern von den Kindern, da sieht es immer aus wie geleckt.

Meine Kleine, die Shakira, sagte ja manchmal, dass sie am liebsten auch im Heim wäre. Aber das meint sie nicht so, da ist nichts dahinter. Die sagt dann auch, dass es da wenigstens ordentlich zugeht und nicht so wie bei uns. Dabei hat sie ja wirklich keinen Grund zum Klagen. Sie hat ein eigenes Zimmer und kriegt genug zu essen und alles.

Trotzdem macht sie immer Terz. Meistens brüllt sie dann den Olemotz an, wenn der meint, dass er mich mal wieder verwamschen muss. Und wenn es ganz schlimm ist, dann geht sie auch auf ihn los und schlägt nach ihm. Dann muss ich irgendwann dazwischen gehen und sagen: »Hör endlich auf, das ist doch dein Vater.«

Obwohl sie erst neun ist, hat sie einfach eine Wahnsinns-Energie. Wenn ich abends manchmal voll in den Seilen hänge, dreht die erst richtig auf, fängt an zu kreischen und haut auf alles drauf, was sich bewegt, auf mich, den Olemotz, den Kleinen. Manchmal habe ich schon gedacht, ob wir nicht einen Exorzisten holen sollen.

Und auch, wenn sie von einem Lied nur ein paar Takte hört, fängt sie gleich an, das nachzuträllern. Manchmal ist das nicht zum Aushalten, ehrlich wahr. Die ist nachts nicht müde zu kriegen. Manchmal fängt sie noch um elf an, hier rumzutanzen. Dann spinnt sie rum, sie wäre Balletttänzerin. Die steht da irgendwie total drauf. Immer, wenn wir in der Stadt sind, müssen wir neben der Sparkasse zu so einem Schaukasten von einer Ballettschule. Da guckt sie sich die Fotos an von den Kindern, die da am Machen sind und sagt, dass sie das auch will.

Ich habe da auch schon mal angerufen und gefragt und so. Da hat es gehiessen, dass es im Monat vierzig Euro koste. Das habe ich der Kleinen dann gesagt und dass sie so was knicken kann. Wo soll ich vierzig Euro hernehmen im Monat? Ich bin ja schon froh, dass ich mir grad so Tabak zum Selberdrehen kaufen kann. Nee, so was ist nicht drin.

Der Kleine, der Marlon, ist da ganz anders. Der will nur in Ruhe seine Spiele machen. Der sitzt ganz ruhig vor dem Fernseher und macht ein Spiel nach dem anderen – und gut ist. Den muss ich manchmal richtig antreiben, dass er mal vor die Tür geht. Aber dann ist er auch gleich wieder zurück und setzt sich wieder vor den Fernseher. Mit dem gibt es nur immer dann Stress, wenn wir auch mal richtig fernsehen wollen. Da müssen wir voll mit ihm um die Zappe kämpfen.

Und jetzt, wo wir den Plasma haben, ist es ja ganz schlimm. Die sind ja richtig ausgeflippt, die beiden. Der deckt ja fast die ganze Wand von unserem Wohnzimmer zu, so groß ist der, 65 Zoll.

Als die von Elektro-Müller mit dem Teil anmarschiert kamen, hing ja das ganze Haus an den Fenstern. Die haben alle gleich gecheckt, was uns da angeliefert wurde, stand ja auch fett genug drauf. Ich habe ja nur gedacht: Uiuiuiuiui, Olemotz, was hat dich da wieder geritten.

Und als er heimkam, habe ich gleich gesagt: »Hast du sie noch alle? Wo hast du die Patte her, so ein Ding zu kaufen, du Vollidiot?«

Mir war klar, dass das Ding vorneweg fuffzehnhundert Euro gekostet hat. Ich meine, ich habe ja nicht prinzipiell was gegen Fernsehen. Für die Kinder ist das sowieso eine tolle Sache, damit sie was lernen können. Und für uns ist es auch nicht schlecht, dass man beim Essen was hat, wo man hingucken kann. Nur finde ich, dass man für so ein Teil nicht in irgendwelche Schwulitäten geraten soll.

Als der Olemotz in die Wohnung reinkam und die Kinder ihm vor Freude an den Hals gesprungen sind, hat er erst mal voll sparsam geguckt. Ich hatte gedacht, was soll das denn, freut der sich nicht oder was. Dann habe ich aber mitgekriegt, wie er vom Balkon aus bei Elektro-Müller angerufen und rumgekrischen hat, dass das Gerät gefälligst zu dieser Schlampe in den Kropbacher Weg hätte geliefert werden sollen. Und die ist eine Schlampe.

Bis vor einem halben Jahr war sie ja immer hier und hat rumgejammert, weil ihr Typ, der Heinz, ihr die Zähne rausgehauen hat, bevor er in den Knast gewandert ist. Und einen

Abend hat sie hier angerufen und war ganz aus dem Häuschen, weil ihr jemand gesagt hat, er wäre wieder raus aus'm Bau. Da hatte sie voll Schiss, dass er bei ihr aufschlagen könnte. Deshalb hatte ich dem Olemotz gesagt, er soll doch zu ihr fahren und gucken, dass da nichts abgeht. So ist das dann zwischen denen zum Laufen gekommen.

Ich hatte ja gedacht, wenn ich wieder in anderen Umständen wär, dann würde sich das auch geben zwischen uns, dass er endlich aufhört mit der Renate und so, aber egal, der Plasma bleibt hier.

So ein Gerät hätte ich uns ja niemals kaufen können. Wovon denn? Ich würde ja gerne was arbeiten gehen, aber das ist nicht so einfach. Ich habe ja schon versucht, beim Aldi an die Kasse zu kommen, aber als ich den Personalbogen soweit ausgefüllt hatte, hat der Chef mich gleich an die Seite genommen und gefragt: »Sie sind vom Eulenkopf, ja?«

Dann konnte ich den Job knicken.

Da kommt man sich ja vor wie ein Neger im eigenen Land.

Im Jobcenter hat der Herr Günter gesagt, ich soll nicht immer das »O« so lange sprechen, da würde man sofort hören, dass ich manisch bin. Manchmal rutscht es mir eben raus, dass ich zum Beispiel sage »goooor net«. Da hat der Herr Günter gesagt, ich soll mir angewöhnen, »gar nicht« zu sagen. Ich versuch´s ja.

Wenn ich den Olemotz frage, was diese Ische da im Kropbacher Weg hat, was ich nicht habe, sagte er, er könne sich so gut mit ihr unterhalten, sie wären auf einer Wellenlänge. So'n Stuss. Was will denn der mit Wellenlänge? Wenn die eine Wellenlänge haben, dann doch nur wegen ihrer blanken Felgen im Maul, da soll mir doch keiner was erzählen.

Wenn das Kind, das ich jetzt kriege, mal so drei oder vier ist, kann die Kleine ja drauf aufpassen, die ist dann zwölf.

Und dann kann ich ja vielleicht doch was annehmen bei Aldi an der Kasse oder so. Das würde mir schon gefallen, weil da kriegt man auch so ein schönes Uniformhemd in blau. Das finde ich, sieht richtig schnittig aus. Und es sieht auch gleich jeder, dass man zu denen gehört wie zu einer großen Familie.

Die Heidrun aus der Nummer 17, die hat es geschafft, die ist beim Aldi an der Kasse. Die hat sich bei ihrem Onkel in Wieseck angemeldet, damit sie nicht gleich auf dem Personalbogen als Anschrift angeben musste *Eulenkopf*.

So werde ich das auch machen. Und ich werde dann nur antworten, wenn ich gefragt werde und aufpassen, dass ich nicht unnötig irgendwelche lang gezogenen »O's« spreche, dass man nicht merkt, dass ich manisch bin. Ich bin mir sicher, ich kriege das hin.

Und dann hat das Leben auch wieder einen Sinn. Obwohl ich mir manchmal wünsche, dass ein riesiger Wasserwerfer daherkommt und den ganzen Eulenkopf in einen Gully spült, damit von all dem Elend und dem ganzen Scheiß nichts mehr da wäre.

Jedenfalls, als der Olemotz an dem Sonntagabend bei uns aus der Wohnung abgehauen ist, bin ich gleich danach raus auf den Balkon. Da habe ich gesehen, wie er mit seinem blauen Müllsack zu einem Taxi gelaufen ist, das da gestoppt hat. Ich habe ihm noch hinterhergerufen, dass er so eine wie mich nie wieder kriegt in seinem Leben. Aber das hat er schon nicht mehr gehört, da war er schon drin in dem Taxi.

Verdammte Scheiße, hatte ich da gedacht, wo hat diese Drecksau nur das Geld her, dass er sich ein Taxi leisten kann?

KOORDINATEN

Regina Maritz,
Kriminaloberkommissarin, Gießen:

Zahnrad-Ebi hatte seine Stromgitarre umhängen und sang ein Lied, dass man in Romans Nähe bloß kein Streichholz entzünden soll, weil seine Alkoholausdünstung eine Explosion verursachen könnte.

Black Magic predigte den Ratten, dass Kommissar Worschtfett seine ungelösten Fälle eher wiegen als zählen kann und Ingrid Laim plärrte in einem ordinären roten Fummel herum, dass Roman ihr gefälligst bei der Vernichtung ihrer Alkoholvorräte helfen soll, während der das ausgerissene Futter seiner Jacke mit einem Tacker reparierte: Tack, Tack, Tack, ...

Von diesem Geräusch aus meinem Traum gerissen, entpuppte sich das Tackern als Klopfen meiner Mutter mit einem Besenstiel an die Zimmerdecke. Ich hatte nicht die geringste Ahnung, was sie wollen könnte, ließ sie aber erst mal weiterpoltern, bis ich hinaus in den Flur rief: »Was ist?«

»Halb zehn!«, war ihre Antwort.

»Oh nein, oh nein, oh nein … nicht schon wieder.«

Im Präsidium sollten wir sofort zu Krokoczinski kommen: »Was habt ihr Neues?«

Roman machte keine Anstalten, um den heißen Brei herumzureden: »Es sieht schlecht aus«, sagte er.

»Die Teilnehmer des Seminars haben allesamt Alibis«, fügte ich hinzu, »nur diese Marianne Kreilig sagt, sie hätte mit ihrer Freundin Annemarie Ortlieb telefoniert, die ihr das Seminar empfohlen hat, das müssen wir noch überprüfen; ansonsten waren alle anderen mit jemandem zusammen, der das bezeugen kann.«

»Und der Typ mit der Brieftasche, der ist zwar ein Schwein, aber kein Mörder. Der hat kein Motiv. Und alles, was man sich vorstellen kann, wäre unsinnig. Das macht alles keinen Sinn«, sagte Worstedt.

»Wer immer diesem Laim einen Chinakracher in den Arsch gesteckt hat«, übernahm Kroko das Wort, »wird dafür einen Grund gehabt haben; ob der edel war oder hinterfotzig, egal, er hatte einen Grund. Und diesen Grund müssen wir herauskriegen, sonst ...«

»Was sonst?«, wollte Roman wissen.

»Sonst geht der Fall ans LKA. Wir haben noch zwei Tage. Die scharren schon mit den Hufen.«

»Hör zu, Kroko ...«, wollte Roman einwenden, aber Kroko hatte keinen Humor.

»Zwei Tage! Sie haben vorhin noch mal angerufen und ich habe rausgeschlagen, was rauszuschlagen war. Also, was sind die Koordinaten dieses Falls, wo gibt es Verknüpfungspunkte der kleinen, bunten Fäden, die ihr da in die Hand genommen habt?«

Es folgte eine Pause, in der wir fünf noch mal alles Revue passieren ließen, was bisher ermittelt worden war.

Dann sagte Roman: »Das Einzige, was mir bisher aufgefallen war, ist, dass wir ein paar Mal Bundeswehr gehört hatten und dass es ein paar unwichtige Dinge gibt, die wir noch überprüfen müssen.«

»Ich sage nur: zwei Tage. Und jetzt Abmarsch«, war Krokos Verabschiedung.

Als wir in unser Büro kamen, war Krumbholz von der Spurensicherung da. Er hatte die Minox-Kamera mit dem USB-Stick von Laim dabei.

»Ihr glaubt nicht, was sich da auf dem Stick befindet«, empfing er uns.

»Sag es uns«, entgegnete Roman.

»Voll mit kinderpornografischem Material: Schnappschüsse, gekauftes Material, Harmloses, strafrechtlich Relevantes, alles.«

»Und was soll uns das weiterhelfen?«, fragte Roman resigniert nach. »Der Mann ist tot; wir werden ihm das nicht mehr anhängen können.«

»Das ist richtig«, entgegenete Krumbholz, »aber vielleicht ist es ja doch für irgendwas gut.«

»Ja, aber auch nur vielleicht.«

DINNER FOR TWO

Ingrid Laim, Ehefrau des ermordeten Harald Laim, Bad Nauheim:

Irgendwann hatte ich einfach angerufen und einen ziemlichen Terz veranstaltet: Hier, so und so, hatte ich gesagt, was ist denn jetzt mit dem Auto von meinem Mann, wann kriege ich das endlich zurück und so. Da haben sie gesagt, dass sie sich drum kümmern und sich wieder melden würden. Na, da bin ich mal gespannt, hatte ich gedacht.

Aber eine halbe Stunde später hat dann tatsächlich der Kommissar Worstedt zurückgerufen und gemeint, dass er mir den Wagen vorbeibringen würde. Aber erst nach Feierabend, so in drei, dreieinhalb Stunden, früher würde es nicht gehen bei ihm. Das hat mich irgendwie total gerührt. So sehr, dass ich anfangen musste zu weinen. Ich kann gar nicht sagen, warum. Wahrscheinlich nur deshalb, weil da mal jemand war, der was für mich tun, für mich da sein wollte.

Ich hatte schon den ganzen Tag über immer wieder heulen müssen. Es war einfach nicht zu begreifen, dass der Harald auf einmal nicht mehr da sein sollte. Als er noch da war, hatte ich mir manchmal gewünscht, dass ich gerne allein wäre, dass ich gerne ohne ihn leben würde. Aber jetzt war auf einmal alles anders. Ich hatte keine Ahnung, wie mein Leben ohne ihn weitergehen sollte.

Am Nachmittag hatte ich mich ins Auto gesetzt und war nach Wetzlar gefahren. Keine Ahnung, warum. Auf dem Gelände des Gewerbeparks Spilburg habe ich mich dann zuerst so hingestellt, dass ich durch die Frontscheibe auf die Büros von *Get-Up-Education* gucken konnte.

Dann bin ich ausgestiegen und habe mich auf die Stufen von der früheren Messe gesetzt. Es war so schön, in der Sonne zu sitzen und eine zu rauchen. Ich wollte mir vorstellen, dass der Harald da in seinem Büro sitzt hinter seinem Schreibtisch und alles andere wäre nur ein böser Traum gewesen. Verdammt, ich wollte ihn wiederhaben, egal, was für einen Zoff wir manchmal miteinander hatten.

Um nicht völlig in meiner Weinerlichkeit unterzugehen, hatte ich mir nach Roman Worstedts Anruf eine *Tavor* eingeworfen. Es war die zweite an dem Tag. Ohne diese Klopper von Medikamenten wäre ich längst vor die Hunde gegangen. Es dauerte vielleicht zwanzig Minuten, bis mich eine Fröhlichkeit überkam, die völlig unangemessen war. Es gab absolut keinen Anlass dafür, plötzlich von dem Gedanken beseelt zu sein, diesem Menschen etwas Gutes tun zu wollen.

Okay, wahrscheinlich wird er absolut schlecht bezahlt für seinen miesen Job, und wahrscheinlich hat er auch sonst wenig Freude in seinem Leben. Jedenfalls hatte ich diesen Eindruck von unserer ersten Begegnung an. Aber was konnte ich denn dafür? Ich war doch nicht seine Lebenshilfe oder so was. Trotzdem wollte ich ihn – natürlich unter dem Einfluss der Hammertablette, die ich genommen hatte – spüren lassen, dass ihm für das, was er unternahm, um Haralds Mörder zu finden, eine Würdigung widerfahren sollte. Er sollte einfach mal was Schönes erleben.

Ich entschied mich, ihn mit meinem Lieblingsessen zu bekochen, nämlich *Spaghetti Aglio e Olio.*

Das war auch schon immer das Lieblingsessen von Harald und mir gewesen. Wir haben beide nie etwas von aufgemotzten Gourmetessen gehalten. Wir hatten lieber ein gutes einfaches Essen, das auf den Punkt zubereitet war.

Also, ich wollte Kommissar Worstedt mit *Aglio e Olio* überraschen, und weil ich die Zutaten gerne frisch habe, habe ich mich losgemacht, einkaufen zu gehen. Wahrscheinlich wäre das gar nicht nötig gewesen, aber es gefiel mir, unter Leute zu kommen, ohne mit ihnen reden zu müssen.

Ich weiß nicht, wie vielen Leuten ich bereits erzählen musste, was mit Harald passiert war. Ich bin einfach nicht mehr rangegangen ans Telefon. Ich hatte die Schnauze voll, jedem das alles noch mal erzählen zu müssen. Es war so schon alles schlimm genug.

Als ich nach dem Einkauf heimkam, habe ich mich sofort ans Kochen gemacht. Als Erstes habe ich Knoblauch in feine Scheiben geschnitten; sodann die Finger kurz in Milch gebadet, um den Geruch zu neutralisieren.

Als Nächstes habe ich das Wasser für die Spaghetti vorbereitet. Ich habe frisches, kaltes Wasser genommen. Das dauert zwar länger, bis es kocht, aber dafür ist es keine Brühe, die stundenlang im Boiler aufgewärmt wurde. Dem Harald hatte das nie was ausgemacht. Für ihn war es reine Energieverschwendung, kaltes Wasser zum Kochen zu bringen. Ich wollte das Wasser schon mal zum Sieden bringen, um es nach Worstedts Eintreffen ruck-zuck zum Kochen der Spaghetti nochmals zu erhitzen.

Als Nächstes raspelte ich den Parmesankäse. Ich finde, dass er geraspelt werden muss, weil, wenn er gerieben ist, er sich sofort mit dem Olivenöl verbindet und geschmacklich untergeht. In Italien isst man *Aglio e Olio* ja ohne Parmesan, aber mir würde was fehlen, wenn ich darauf verzichten müsste.

Für einen kleinen Beilagensalat hatte ich auf Ruccola drei, vier Cocktailtomaten geviertelt und obenauf Avocado-Stückchen mit Walnuss-Bröckchen darauf zubereitet, dazu eine Vinaigrette.

Als es dann endlich klingelte, war ich aufgeregt wie ein Teenager. Ich zubbelte mir noch kurz die Haare zurecht, bevor ich die Tür öffnete.

»Schön, dass Sie da sind, Herr Worstedt«, empfing ich den Kommissar und gestaltete unsere Begrüßung so laut, dass unser Nachbar, der Herr Kranz, der an der Grundstücksgrenze herumschlich, mitbekam, um wen es sich bei meinem Besuch handelte.

»Ich habe uns eine Kleinigkeit zum Essen vorbereitet«, fuhr ich fort, woraufhin er meinte: »Das trifft sich gut, ich habe nämlich Kohldampf wie ein Scheunendrescher. Außerdem habe ich auch noch ein paar Fragen.«

Dann brachte ich das Wasser ein zweites Mal zum Kochen, ordentlich Salz rein und anschließend eine halbe Packung *Barilla-Spaghetti Nr. drei,* und die fünf Minuten lang gegart. Dann sind sie zwar noch ein wenig bisshart, aber die Restgarung soll dann in der Pfanne passieren.

Den Knoblauch in Ölivenöl ganz leicht anbraten lassen, dann die Spaghetti einrühren, noch mal Olivenöl drauf, ein wenig Petersilie, eine Chilischote und einen Teelöffel Sambal Olek untermischen.

Das ist zwar asiatisch, aber ich habe es irgendwann einfach mal so gemacht, als ich keine scharfen Peperoni hatte, und siehe da, es hat sich wunderbar mit dem Olivenöl verbunden und dem Essen zu der Schärfung auch noch eine leichte Rötung gegeben.

Als ich das alles fertig hatte, habe ich die Pfanne auf den Tisch gestellt, wo ich schon einen Primitivo dekantiert hatte. Während ich dann noch mal kurz an den Kühlschrank musste, sagte ich dem Kommissar, er solle doch bitte schon die Teller auffüllen. Er gab sich redlich Mühe.

Er konnte auswählen zwischen dem Primitivo und Büchsenbier, das ich extra an der Tankstelle für ihn geholt hatte. Und tatsächlich, er entschied sich für sein geliebtes Billobräu. Ein Mann mit Prinzipien, dachte ich mir.

Während des Essens, das in erster Linie offenbarte, dass Herr Worstedt nur mit rudimentären Tischmanieren ausgestattet war, begann er ein Gespräch über Haralds Vergangenheit in der DDR, ob ich seine Familie oder Freunde mal kennengelernt hätte und so weiter und so fort.

Ich konnte ihm da wenig zu sagen, weil Haralds Eltern bereits tot waren, als wir uns kennengelernt hatten, und Geschwister hat er keine gehabt.

»Hatte er nicht mal Lust, Ihnen die Stätten seiner Kindheit und Jugend zu zeigen?«, fragte er.

»Nein, das hatte er nicht. Er hat mir gesagt, dass er sich mit seiner Flucht von dem Land verabschiedet hat und nie wieder dorthin zurückkehren wollte, egal, was passiert«, antwortete ich.

Ansonsten war mir zu Haralds Kindheit nur eingefallen, dass er mal gesagt hat, er habe als Kind gestottert. Davon hatte er mir irgendwann mal erzählt, nachdem wir beim Einkaufen neben einem Stotterer gestanden hatten und der Harald es nicht aushalten konnte, wie der Mann sich mit dem Sprechen schwertat.

Da hat er mir hinterher erklärt, der Grund dafür sei gewesen, dass er in der Kindheit selbst gestottert hätte und deshalb innere Beklemmungen bekäme, wenn andere in seiner Nähe stottern würden.

Dann wollte der Kommissar noch wissen, ob der Harald irgendwann mal gesagt habe, wann er seine Mercedes-Heckflosse gefahren hätte.

»Was meinen Sie denn damit?«, wollte ich wissen.

»Laut Auskunft der ADAC-Zeitschrift *Motorsport* war dort schon einmal ein Pannentipp für den Fall veröffentlicht worden, wenn bei einem Heckflossen-Mercedes die Benzinpumpe ausfällt. Das soll aber in der September-Ausgabe des Jahres 1983 gewesen sein. Damals muss Ihr Mann ja noch in der DDR gewesen sein. Und außerdem wurde als Autor auch nicht Ihr Mann genannt, sondern ein gewisser Jürgen Befort aus Gießen. Sagt Ihnen dieser Name etwas?«

»Jürgen Befort, nie gehört. Wer soll das denn sein?«

TRÄNEN DER JUGEND

Bruno Ott, Gastwirt, Gießen:

Ja, ja, der Jürgen. Keine Ahnung, was aus dem geworden ist. Irgendwann hatte ich mal gehört, er wäre bei der Fremdenlegion gelandet. Auf alle Fälle hatte er nach der Schule eine Lehre bei Minox in Heuchelheim gemacht. Das weiß ich noch. Und danach ist er dann zum Bund nach Wetzlar. Da hatte man aber schon nicht mehr viel miteinander zu tun gehabt. Für uns Gießener war Wetzlar ja damals »Die wilde Zone« entsprechend dem Autokennzeichen WZ. Mit denen wollte man nicht unbedingt was zu tun haben.

Die meiste Zeit haben wir nach unserer Einschulung zusammen verbracht. Wir waren ungefähr zehn Jungens, die in der Rittergasse und in der unmittelbaren Nähe gewohnt haben und fast alle auf die Schillerschule gegangen sind. Die meisten von uns waren alle gleichzeitig eingeschult worden. Der Jürgen hat um die Ecke im Haus der Firma *Lich am Marktplatz* gewohnt. Er hatte keinen Vater. Was mit dem war, weiß ich gar nicht mehr. Aber der Jürgen lebte dort mit seiner Mutter, die war Krankenschwester.

Jürgen war der Kleinste und Schwächste von uns. Außerdem hatte er einen Sprachfehler. Er hat gestottert. Und weil wir ihn dafür oft nachgeäfft haben, hat er irgendwann angefangen, alle Sätze nur noch mit »und« anzufangen. Da haben wir ihn natürlich auch nachgeäfft. Im Laufe der Zeit hat er dann aber gewisse Strategien entwickelt, mit denen er sich behaupten konnte.

Außerdem hat er manchmal Dinge getan, die uns ziemlich verschreckt hatten. So war es einmal vorgekommen, dass er beim Kinderfasching im *Café Rühl* Splitter von Rasierklingen in den Krebbelteig gerührt hat. Deshalb war dann die Polizei zu uns in die Schule gekommen. Das war schon hart, und wir hatten ihn uns dafür auch vorgeknöpft. Wir hatten gesagt, wenn er so´n Scheiß noch mal baut, dass er dann nicht mehr zur Rittergasse gehört und wir ihn ans Teufelslustgärtchen ausliefern. Das hatte ziemlich gesessen.

Ansonsten waren wir das, was man später eine Gang genannt hätte: »Die von der Rittergasse«, das waren wir. Und eigentlich hatten wir nur richtig Angst vor denen von der Gummiinsel und vom Eulenkopf. Alle anderen hatten eher Angst vor uns. Die vom Teufelslustgärtchen, das waren unsere unmittelbaren Erzfeinde. Mit denen hatten wir tagein tagaus unsere Scharmützel. Das Teufelslustgärtchen war seinerzeit ein Trümmergelände gegenüber der Rittergasse auf der anderen Seite der Kaplansgasse.

Gleich hinter dem Teufelslustgärtchen lag die Löwengasse, die damals noch von der Bahnhofstraße zum Seltersweg führte. Dort und in der Bahnhofstraße waren die schmutzigsten Bars und Spelunken der ganzen Stadt, weshalb Gießen seinerzeit auch »Shanghai an der Lahn« genannt wurde, weil es hier so viel Kriminalität und Prostitution gab.

Später, als wir anfingen, uns für das andere Geschlecht zu interessieren, hat der Jürgen uns andere manchmal für einen Groschen an seinen Fingern riechen lassen unter der Verlautbarung, dass das »die Moni« sei.

Die Monika war damals vielleicht sechzehn und hatte bereits einschlägige Erfahrungen, vor allem mit Amis. Sie wurde dann auch irgendwann »Moonshine-Moni« genannt. Wir anderen hätten alles dafür gegeben, ihr mal näherkommen zu dürfen. Aber es war uns nicht vergönnt. Einzig der Jürgen hatte mit seiner Mitleidstour ihre Gnade gefunden, er wäre ja so klein und die anderen immer so böse zu ihm.

Auch ich habe seinerzeit einige Groschen an ihn abgedrückt, bis ich ihn eines Tages dabei beobachten konnte, wie er Abfall zum Mülleimer gebracht und bei der Gelegenheit seine Finger durch eine leere Thunfischdose gezogen hat. Als er mich entdeckte, hat er mich zu sich gewunken.

»Kein Wort zu den anderen«, gab er mir zu verstehen und ließ mich ebenfalls die Finger durch die Dose streifen. Von da an waren wir zu zweit.

Bald darauf war es dann auch der Jürgen, der als Erster eine Erfahrung mit einer Frau verbuchen konnte.

Und zwar hatte er seinen Schlüssel zu Hause vergessen und es hatte so böse geregnet, dass er nass bis auf die Haut vor dem Hauseingang am Bibbern war, als eine Nachbarin, die Frau Fiebig, ankam und ihn so vorfand. Die Frau Fiebig war die Frau vom Lehrer Fiebig, der auch bei uns an der Schillerschule war. Die Ehe zwischen den beiden lief offenbar nicht besonders, denn bald darauf hatten sie sich scheiden lassen.

Frau Fiebig war eine imposante Erscheinung Mitte dreißig, die viel Wert auf ihr Äußeres legte und zu Hause bevorzugt im Morgenmantel mit Puschelschlappen herumlief.

Als sie an diesem Tag auf den Jürgen traf, der da bibbernd vor der Haustür stand, hat sie ihn, den armen Kerl, mit zu sich in die Wohnung genommen. Sie hat ihm die nassen Sachen bis auf die Unterhose ausgezogen, um sie zu trocknen und ihn in ein flauschiges Badetuch gehüllt an den Küchentisch gesetzt.

»Möchtest du einen warmen Kakao?«, soll sie ihn dann gefragt haben, woraufhin er nur schüchtern nicken konnte.

»Gut, dann werde ich dir gleich mal einen machen«, hat sie dann gesagt, »ich ziehe mir nur schnell auch meine nassen Sachen aus.«

Dann ist sie ins Bad, und weil die Tür einen Spaltbreit offen war, konnte der Jürgen zusehen, wie sie sich ihre nassen

Sachen auszog. Als sie dann in ihrem Morgenmantel und mit den Puschelschlappen zurückkam, hat sie ihm den Kakao gemacht.

Und als sie ihm dann die Tasse über den Tisch geschoben hat, konnte der Jürgen voll in ihren Ausschnitt gucken. Er hat uns gesagt, in dem Moment wäre ihm fast das Herz stehen geblieben. Und fast noch schlimmer wäre gewesen, dass er gleich darauf gemerkt hat, dass die Frau Fiebig mitgekriegt hat, wie er da hingestarrt hat.

Dann hätte sie ihn gefragt, ob sein Puller schon mal »vor Freude geweint« hätte, bevor eins zum anderen kam und am Ende der Jürgen keine Jungfrau mehr war.

Ich weiß ja nicht, wie dieser Missbrauch sich auf den Jürgen ausgewirkt hat, ob das irgendwelche schlimme Folgen nach sich gezogen hat und ob er überhaupt wirklich stattgefunden hat oder er uns nur genauso einen Bären aufgebunden hat wie mit seinen Thunfisch-Fingern auch.

Aber auf alle Fälle kann ich sagen, dass seine Beschreibungen, ob sie letztendlich wahr waren oder nicht, unsere Phantasie mächtig angeheizt hatten und wir die Geschichte ein ums andere Mal von ihm erzählt bekommen wollten. Und insgeheim hatten wir uns alle dabei nichts mehr gewünscht, als dass wir ebenfalls von der Frau Fiebig missbraucht worden wären, alle.

Aber insgesamt war der Jürgen ein lustiger Typ. Er hat uns andere immer gut zum Lachen bringen können. Am Besten war, wenn er andere nachgemacht hat. Den Fiebig, wenn er ihn mit seiner Frau im Bett erwischt hätte, den Willy Brandt, den Walter Ulbricht, den Strauss, er konnte sie alle.

ZEHN DICKE

Annemarie Ortlieb, Geschäftsführerin
Ortlieb Logistik, Allendorf.

Wir waren uns bei der Ruderregatta begegnet. Wie fast jedes Jahr. Ansonsten hatten wir ja so gut wie nichts mehr miteinander zu tun. Aber zu Pfingsten konnte man ziemlich sicher sein, dass man sich da über den Weg läuft. Meist am Bootshaus der GRG, weil man von da den besten Blick auf die Strecke hat und den Zielbereich.

Die Marianne hat in der Jugend ja auch gerudert. Bei der Hassia. Wir waren zwei Jahre lang zusammen Doppelvierer mit Steuerfrau gefahren. Sie war die Beste bei uns im Boot. Man sah es ihr zwar nicht an, aber sie war um einiges stärker als wir anderen, und sie hatte ein super Rhythmusgefühl. Wahrscheinlich wegen ihrer Musik. Sie hatte ja als Kind schon Cello gespielt. Jedenfalls war sie unsere Schlagfrau. Sie war zu der Zeit die beste Skullerin von allen Gießener Rudervereinen. Deshalb ist sie neben unserem Vierer auch im Einer gestartet.

Sie war eine gnadenlose Kämpferin. Wenn es bei einem Rennen mal zum Ziel hin eng wurde, habe ich heute noch ihr Brüllen in den Ohren: »Noch mal zehn Dicke!!!«

Das hieß, dass wir im Endspurt noch mal eine Schippe zulegen und zehn Spurtschläge fahren sollten, obwohl wir längst am Limit unserer Kräfte angelangt und fast ohnmächtig waren. Das waren die Momente, die bei Sportsendungen im Fernsehen »Fahrten in einen schwarzen Tunnel« genannt werden.

Aber egal. Fakt ist, dass die Marianne nicht verlieren konnte und dass sie einen unbändigen Willen hatte. Wenn sie sich etwas vorgenommen hatte, konnte man sicher sein, dass sie das auch gnadenlos durchzog.

Deshalb war es für sie auch eine ziemliche Niederlage, als ihr Mann vor fünf Jahren einer Studentin ein Kind gemacht hat und sich scheiden ließ. Mit so etwas hätte sie nie gerechnet. Und auch nicht damit, dass er überhaupt keine Ansprüche auf ihre Firma geltend gemacht hatte. Er wollte einfach nur weg von ihr. Seitdem hatte sie von Männern die Schnauze voll und lebte noch zurückgezogener als schon zuvor.

Nach dem Abitur und unserer Zeit bei der Hassia hatten wir uns erst mal ein paar Jahre lang aus den Augen verloren. Ich war für mein Physikstudium nach Tübingen gegangen, sie hatte die Aufnahmeprüfung an die Musikhochschule in Frankfurt geschafft und dort angefangen, Cello zu studieren. Ihr Traum war, irgendwann einmal in einem großen Symphonieorchester mitzuspielen.

Dann aber kam die Sache mit ihrem Bruder dazwischen. Was da genau passiert war, habe ich nicht mitbekommen. Ich war ja zu der Zeit schon in Tübingen. Aber irgendwann, das war nach meinem Vordiplom, war ich bei meinen Eltern in Allendorf auf Besuch und hatte in der Zeitung gelesen, dass der Kurt, also Mariannes Bruder, ums Leben gekommen war.

Wie es bald darauf hieß, soll er sich so unglücklich an einer Bratwurst verschluckt haben, dass er daran erstickt sei. Das Ganze war auf dem Weihnachtsmarkt in Langgöns passiert. Er war da mit ein paar Freunden und die sollen alle wohl ein paar Glühwein zu viel getrunken haben.

Damit war endgültig besiegelt, dass der Kurt nicht wie ursprünglich geplant in die Fußstapfen seines Vaters würde treten und die Firma übernehmen können. Dem war vorausgegangen, dass es aufgrund einer seltsamen Krankheit bereits über Jahre hinweg fraglich war, ob er überhaupt jemals wieder würde arbeiten können. Was für eine Krankheit das definitiv war, habe ich nie erfahren. Ich kannte ihn auch nur vom Sehen, weil er ebenfalls bei der Hassia gerudert hatte, aber vier Jahre älter war als die Mariannne. Es war nur so, dass er kurz vor einem Start bei den Eichkranzrennen von einem Tag auf den anderen nicht mehr rudern konnte oder wollte.

Wie es dann letztendlich dazu kam, dass die Marianne ihr Musikstudium abgebrochen und mit BWL angefangen hat, bevor sie ein paar Jahre später dann den elterlichen Betrieb übernommen hat, weiß ich auch nicht genau.

Neben unserer gemeinsamen Zeit des Ruderns verbindet uns natürlich auch, dass sie genauso wie ich einen Betrieb leitet, wir es sozusagen beide als Frau nicht einfach haben, uns in einer Arbeitswelt zu behaupten, in der gemeinhin Männer das Sagen haben.

Irgendwann hat sie mir mal anvertraut, wie sehr sie ihre Arbeit hasst und viel lieber Cellistin geworden wäre. Aber was will man auch verlangen, wenn man einen Betrieb mit 80 Leuten im Baugewerbe leitet. Das ist nun mal Männerdomäne. Die haben den ganzen lieben Tag nichts anderes im Kopf, als einer Frau zu zeigen, dass sie von dem Metier eigentlich keine Ahnung hat. Wenn du da nicht voll auf Zack bist, hast du schon geloost.

Na ja, als wir uns da auf der Ruderregatta getroffen hatten, habe ich ihr von dem Seminar bei *Get-Up-Education* erzählt. Dass ich da teilgenommen hätte und ihr empfohlen, das unbedingt auch zu machen.

Ich meine, das war ja nicht rundherum alles toll, was da passiert war. Zwischendurch war ich manchmal sogar so weit, dass ich am liebsten davongelaufen wäre. Dieser Laim konnte nämlich wirklich ein ausgemachter Kotzbrocken sein. Was der sich alles hat einfallen lassen, um einem das Leben schwer zu machen. Da war eine Übung härter als die andere. Und es ging ziemlich ans Eingemachte.

Aber am Ende hat man sich saugut gefühlt, das muss ich sagen. Und das im Prinzip nur deshalb, weil man das alles hinter sich gebracht und auch gemerkt hat, dass man sich dazu bringen muss, Grenzen zu überschreiten, wenn man Erfolg haben und nicht untergehen will.

Ich weiß nicht mehr, was ich genau gesagt habe, aber irgendwie hatte die Marianne keine Lust auf so ein Seminar. Sie hatte was von Psychokram gesagt, und ich habe dann auch aufgehört, ihr mehr darüber zu erzählen. Ich hatte gedacht, wenn sie nicht will, okay. Man muss ja die Menschen nicht zu ihrem Glück zwingen.

Umso mehr war ich erstaunt, dass sie mich dann doch irgendwann angerufen hat. Das war drei, vier Monate später, nachdem ich ihr von dem Seminar erzählt hatte. Da hat sie gesagt, sie hätte von jemand anderem was über das Seminar gehört. Von einer Freundin aus dem *Lions-Club.* Und diese Freundin hätte erzählt, dass es bei dem Seminar, an dem sie teilgenommen hätte, zugegangen wäre wie bei der Bundeswehr. Ob mir da auch was aufgefallen sei.

Bis dahin hatte ich mir dahin gehend eigentlich Null Gedanken gemacht. Deshalb konnte ich ihr auch nicht viel dazu sagen. Das Einzige, was mir dazu einfiel, war, dass einer der Teilnehmer so eine Bemerkung gemacht hatte, als eine Übung gemacht wurde, die unter dem Thema »Right Moment« lief.

Wir sollten da ein Gefühl dafür bekommen, wann der richtige Augenblick ist. Egal für was; wann man wo eintrifft, wann man sein Wissen in eine Diskussion einbringt, egal. Um jedenfalls ein Gefühl für diesen richtigen Augenblick zu bekommen, hatte der Laim eine kleine Batterie von Silvesterkrachern dabei. Die hatte er mit zwei Händen aus seinem Auto geholt. Und die sollten wir dann jeweils zünden und intuitiv in dem Moment, den wir für den richtigen hielten, loswerfen.

Wir sollten jeweils bei einem der Kracher die Lunte anstecken, dann bis drei zählen und loswerfen. So wie man beim Militär eine Handgranate wirft. Wenn man so einen Kracher zu früh loswarf, konnte es sein, dass er auf dem Gras verpuffte, und wenn man ihn zu lange in der Hand hielt, lief man Gefahr, dass er zwischen den Fingern explodierte und man sich verletzte.

Während wir damit zugange waren, hatte einer der Männer gemeint, das wäre ja wie bei der Bundeswehr. Ansonsten war das ganze Seminar natürlich, was die Ausrichtung anging, sehr auf Disziplin bedacht. Aber das, denke ich, gehört auch dazu.

Jedenfalls habe ich der Marianne dann die Telefonnummer von *Get-Up-Education* gegeben, damit sie sich dort Informationen für ein Seminar anfordern konnte.

Was das Telefonat am Sonntagabend angeht, kann ich sagen: »Ja, sie hat mich angerufen. Sie hatte gesagt, dass sie gerade nach Hause gekommen wäre und jetzt erst mal ein Bad nimmt. Ich hatte den Eindruck, dass sie mir gerne mehr erzählt hätte, aber ich hatte einen Bekannten zu Besuch. Deshalb hatte ich sie ein bisschen abgewürgt und gemeint, dass wir die Tage noch mal länger miteinander telefonieren könnten. Das war´s.«

EICHKRANZ

Roland Hartmann, Zahnarzt, Gießen:

Wir waren ein verdammt gutes Team. Mit dem Rudern angefangen hatten wir, als wir dreizehn waren. Unabhängig voneinander hatten wir einen Film über den Deutschlandachter gesehen. Da ging es um ein Trainingslager zur Vorbereitung auf die Olympiade. Und irgendwie hat uns dieser Film voll in seinen Bann gezogen. Es hatte uns gefallen, wie stark die Jungens da waren, wie sie einen eingeschworenen Zusammenhalt hatten da in ihrem Boot. So wollten wir auch sein. Wir wollten auch solche Muckis haben wie die und so kraftvoll in einem Boot übers Wasser gleiten.

Natürlich hat es eine ganze Weile gedauert, bis wir das mit dem Rudern einigermaßen drauf hatten. Dabei war es natürlich von Vorteil, dass wir noch so kleine, schwache Hänflinge waren, weil dann konnte man nicht in erster Linie mit Kraft arbeiten, sondern war voll auf das Beherrschen der Technik angewiesen.

Und weil wir ein wenig mehr interessiert waren als die anderen, die mit uns angefangen hatten zu rudern, haben wir uns irgendwann mit fünfzehn, sechzehn in einen Zweier ohne gesetzt. Das ist ein Boot für zwei Riemenruderer ohne Steuermann. Also jeder Ruderer hat nur ein Ruder, das man Riemen nennt. Ich Backbord, er Steuerbord. In dieser Bootsgattung kommt es mehr als bei allen anderen darauf an, dass man absolut aufeinander abgestimmt ist. Sowohl was die Kraft angeht, die man aufs Ruderblatt bringt, als auch den

Rhythmus und die Balance, mit der man das Boot im Gleichgewicht hält.

Weil das bei uns ausgesprochen gut hingehauen hat, hatten wir auch schon bald unsere ersten Erfolge. Wir starteten im ersten Jahr gleich auf vierzehn Regatten, wobei wir vier mal Erste waren. Wir hatten damals schon die Trimmung unseres Boots außerordentlich gut optimiert. So hatten wir zum Beispiel die Griffe unserer Riemen so dünn runtergefeilt, dass sie ganz bequem in der Hand lagen. Und auch hatten wir die Innenhebel der Ruder deutlich verlängert, wodurch wir den gegnerischen Booten gegenüber meist im Vorteil waren, weil wir vom Start weg mit erhöhter Schlagfrequenz in Führung gingen.

Das ist beim Rudern von absolutem Vorteil, weil man sich ja mit dem Rücken zur Fahrtrichtung bewegt und entsprechend die nachfolgenden Boote im Auge hat und reagieren kann, wenn die Gegner zum Spurt ansetzen.

Im zweiten Jahr hatten wir dann einige Siege mehr errungen. Und im dritten Jahr sind wir dann auf der Deutschen Jugendmeisterschaft gestartet, wo wir Dritte wurden.

Obwohl natürlich ein erster Platz besser gewesen wäre, hatten wir als nächstes Ziel einen der vorderen Plätze bei den Eichkranzrennen im Visier, das war die Deutsche Meisterschaft für U-23-Ruderer.

Ich hatte zu der Zeit gerade mit meinem Zahnmedizinstudium angefangen und der Kurt war bei der Bundeswehr, wo er fürs Training immer großzügig vom Dienst freigestellt wurde.

Drei Wochen vor den Eichkranzrennen gab es aber eines Tages einen Einschnitt. Ich hatte mich bereits fürs Training umgezogen und weil der Kurt noch nicht da war, habe ich schon mal die Riemen alleine auf die Pritsche getragen und zurechtgelegt.

Ich bin dann ziemlich unruhig geworden, weil der Kurt ansonsten immer Bescheid gesagt hat, wenn ihm was dazwischenkam. Er hat dann angerufen und manchmal sogar in der Vereinsgaststätte Bescheid gesagt. Deshalb bin ich extra noch mal hin in die Gaststätte und hatte gefragt, ob er vielleicht dort angerufen hätte, aber nichts.

Nach einer Stunde habe ich die Riemen dann wieder reingetragen ins Bootshaus und bin nach Hause gefahren. Von da aus habe ich dann sofort bei ihm angerufen. Da war seine Mutter am Telefon und hat gesagt, dem Kurt ginge es nicht gut und ich könnte ihn auch nicht sprechen. Dann hatte sie einfach aufgelegt.

Drei, vier Tage später, als ich immer noch nichts von ihm gehört hatte, bin ich dann zu ihm hin. Ansonsten waren wir fast jeden Tag zusammen, beim Training und manchmal auch so am Tag, wenn wir was zusammen gemacht haben. Und jetzt: nix mehr und die Eichkranzrennen standen vor der Tür. Er hätte doch wenigstens sagen können, dass wir unseren Start knicken können, damit ich Bescheid gewusst hätte. Aber nix.

Als ich dann bei ihm zu Hause geklingelt hatte, kam zuerst seine Mutter an die Tür. Sie sagte mir ziemlich das Gleiche wie zuvor am Telefon, bis ich darauf drängte, Kurt sehen zu wollen. Denn immerhin ging es um unseren Start bei den Eichkranzrennen im Zweier ohne. Plötzlich stand auch die Marianne in der Tür. Sie hatte total verheulte Augen, als sie mir kleinlaut zu verstehen gab, dass der Kurt nicht würde starten können.

Dieser Satz zog mir ziemlich den Boden unter den Füßen weg und ich verlor meine Beherrschung. Ich sagte: »Ich will jetzt sofort zu ihm, ich will, dass er mir das selbst sagt.«

Während wir noch am Hin- und Hermachen waren, trafen plötzlich zwei Feldjäger von der Bundeswehr ein. Die ließen sich direkt zu Kurts Zimmer führen. Nach dreimaliger Aufforderung zum Öffnen der Tür haben sie die einfach eingetreten. Im Innern des Zimmers kauerte Kurt völlig apathisch in einer Ecke. Die Marianne hat gesagt, dass er das Zimmer seit drei Tagen nicht mehr verlassen habe.

Als die Feldjäger bemerkten, dass ich mit ins Haus gekommen war, wurde ich weggeschickt. Noch im Weggehen konnte ich hören, dass es hieß, der Kurt müsse auf dem schnellsten Weg in die Psychiatrie eingeliefert werden.

Ich habe danach nie wieder mit ihm in einem Boot gesessen. Und erst Jahre später, als ich dann in Frankfurt studiert habe, haben wir uns noch mal gesehen. Ich habe damals zur Finanzierung meines Studiums mit Taxifahren angefangen und hatte noch nicht so die Tricks drauf wie die alten Hasen in dem Gewerbe.

Eines Abends hatte ich im Funk gehört, dass eine Kneipe in Bornheim auf der Saalburgallee ein Taxi angefordert hatte. Dann hieß es im Abstand von fünf bis sieben Minuten immer wieder, dass man dort noch ein weiteres Taxi bräuchte. Ich dachte, da wäre eine Feier, wo die Gäste, die sich losmachen wollten, jeweils dem Taxifahrer, der gerade eine Fuhre abholt, Bescheid sagen, er solle noch einen Kollegen anfordern.

In Wirklichkeit aber verhielt es sich so, dass jeder Kollege, der dort ankam, sah, dass der Fahrgast so voll war, dass man Angst haben musste, das Taxi vollgekotzt zu bekommen. Deshalb ist man aus der Kneipe raus und hat gesagt, es würde noch ein Taxi gebraucht, weil man ja keine Fuhre ablehnen durfte. Die Taxifahrer, die sich bei so einem Vorgang dann für den Auftrag meldeten, waren Kollegen, die wie auch ich nicht beziehungsweise noch nicht wussten, was so etwas zu bedeuten hatte.

Als ich in die Kneipe reinkam, war mein Fahrgast auf einer Eckbank nach hinten umgekippt und schnarchte lauthals.

Die Wirtsleute und andere Gäste wollten diesen Trunkenbold endlich loswerden. Der Wirt hatte einen Müllsack bereit gelegt und bot mir an, den im Auto zum Schutz der Sitze auszulegen. Als ich den Fahrgast zum Aufstehen bewegen wollte, erkannte ich ihn. Es war Kurt.

Für den Wirt war die Sache damit erledigt: »Hopp, du wirst doch nicht deinen Kumpel hier so liegen lassen«, hatte er gesagt.

Ich war so durcheinander, dass ich gar nicht daran gedacht hatte, ob er überhaupt Geld hätte und wohin er wollte.

Mit vereinten Kräften haben wir die Schnapsleiche dann in mein Taxi gewuchtet. Ich hatte keine Anweisung erhalten, wohin die Fahrt gehen sollte. Also bin ich einfach losgefahren Richtung Gießen. Ich wollte ihn im Haus seiner Eltern abliefern.

Kurz vor der Raststätte Wetterau war er dann plötzlich aufgewacht. Ich hätte es lieber gehabt, wenn er weiter geschlafen hätte, denn solange er schlief und schnarchte, hatte ich mir gedacht, solange konnte er nicht kotzen.

Dann aber, als er plötzlich wach war, habe ich ihn angesprochen und mich als sein alter Ruderkamerad zu erkennen gegeben. Und irgendwie hat er mich tatsächlich erkannt. Er hat mich dann gebeten, doch auf den Rasthof zu fahren und irgendwo zu parken, wo es dunkel wäre. Wenn ein Fahrgast will, dass man in eine dunkle Ecke fahren soll, gehen normalerweise alle Alarmglocken an, dass man überfallen werden könnte.

Ich tat es aber trotzdem. Ich parkte am Ende des Parkstreifens und wendete mich um zu ihm. Er sagte, ich solle nach vorne sehen: »Guck mich nicht an«, hatte er gesagt.

Es fiel ihm unendlich schwer, überhaupt sprechen zu können. Immer wieder stockend und von seinem Alkoholpegel negativ beeinflusst, erklärte er, dass es ihm unendlich leid tue, dass wir nicht bei den Eichkranzrennen gestartet waren.

Irgendwann führte das, was er sagen wollte, zu einer Verkrampfung seines gesamten Körpers. Die Wörter, die er mir mitteilen wollte, bereiteten ihm schwere körperliche Schmerzen. Ich konnte nicht anders, als mich zu ihm auf die Rückbank zu setzen und ihn in den Arm zu nehmen: »Was ist denn los, Kurt«, versuchte ich ihn zu beruhigen und hatte richtig Angst um ihn.

Dann flüsterte er mir zu »Roland, ich möchte dir was sagen, was ich noch niemandem gesagt habe auf der Welt, noch niemandem.«

»Okay, Kurt, aber bitte beruhige dich, bitte.«

Dann flüsterte er mir zu: »Roland, an dem Tag, als ich nicht zum Training gekommen war, du weißt, was ich meine?«

»Ja, ich weiß, was du meinst.«

»Da konnte ich nicht. Da ...«

»Ja, was war denn da?«

Nach einer Pause, die eine gefühlte Ewigkeit dauerte, sprach er ohne jedes Gefühl weiter: »Da bin ich vergewaltigt worden.«

»Was bist du da?«

»Ich werde mich nicht wiederholen. Ich habe das noch nie jemandem gesagt und werde das auch nie jemand anderem sagen. Du bist der Einzige, der ein Anrecht darauf hat, das zu erfahren. Ansonsten niemand. Hast du mich verstanden?«

»Ja, aber wer, ich meine ...«

»Ein Hauptfeldwebel. Es war ein Hauptfeldwebel. Und jetzt ist genug damit. Es tut mir leid, dass wir nicht bei den Eichkranzrennen gestartet sind. Wir hätten was reißen können. Und jetzt fahr mich bitte nach Hause, bitte.«

Ich bin dann losgefahren. Den Rest der Fahrt haben wir kein Wort mehr miteinander gesprochen. Als wir bei seinen

Eltern angekommen waren, hat er gesagt, ich solle einen Moment warten, er würde drinnen Geld holen. Während er damit beschäftigt war, das Schlüsselloch der Eingangstür mit seinem Schlüssel zu treffen, bin ich einfach losgefahren.

Ungefähr zwei Jahre später hatte ich in der Zeitung gelesen, dass er ums Leben gekommen war. Wie ich später von Freunden gehört hatte, soll er sich im Suff an einer Bratwurst verschluckt haben.

BALLEFUSSER

Bubi Benz, Kioskbetreiber am Eulenkopf, Gießen:

Ticks muij, Tschabo«, hat de Ali gepuckt, »sonst gibt's 'n Dubbe.«

De Riemen-Kurti awe alls weiter: »Beim Ballefusser pucke se, dess de Lowigadsch aus´m Gully de Olemotz in de buhl gebuijt hätt und der hätten dann mulo gemacht und abgetschurt. Un von dem Lowi, was er abgetschurt hat, hat er ´n Plasma beschäumt, den er bei sei Tschaij hat.«

»De Olemotz is tschü 'n Kluntegadsch«, hat de Ali dann noch gepuckt und als dann das Fratzegeballer losging, bin ich gleich rausgerollt und dazwischengegangen. Die denken manchmal, nur weil ich im Rollstuhl sitze, könnte ich nicht mehr zulangen. Da hatten sie sich aber geschnitten. Zack, hatte ich dem Riemen-Kurti ein´ gedunkt. Da war erst mal Schicht im Schacht, aber dann war auch schon gleich die Kliste angenascht und der Kommissar mit sei Klistemoss. Ich hab' das net gern, wenn die Kliste hier bei mir am Kiosk annascht, das bringt Unruhe in meine Kundschaft, die bleibe dann erschtemoo weg. Das will ich net.

»Na, Kommissar Worschtfett, was gibt's?«, hatte ich gesagt.

»Ich heiße nicht Worschtfett«, hatte er geantwortet, »mein Name ist Worstedt.«

»Ich weiß, aber deine Kollegen nennen dich so, hinter dei´m Rücken. Ich sag' es dir ins Gesicht, damit du weißt, woran du bist. Ich mag euch Bullen nicht. Ihr seid dafür verantwortlich, dass ich in dem Ding hier sitze.«

»Nein, das sind wir nicht. Du warst seinerzeit in einen Kiosk eingebrochen, um Zigaretten zu klauen. Bei der anschließenden Verfolgung bist du vor der Polizei auf einen Baum geflüchtet und runtergestürzt. Deshalb bist du seitdem querschnittsgelähmt und sitzt im Rollstuhl.«

Ich wollte das nicht hören: »Was willst du?«

Er wollte wissen, was passiert war. Ich erzählte ihm, dass der Ali dem Riemen-Kurt gesagt habe, er solle aufhören rumzustänkern, sonst gäb's was aufs Maul. Der Riemen-Kurt hat aber nicht aufgehört und immer weiter behauptet, beim Frisör würden sie sagen, der reiche Typ, der im Gully gefunden worden war, hätte den Olemotz von hinten genommen und der hätte den Typ dafür umgebracht. Dann hätte er von dem Geld, das er dem Toten danach geklaut hat, einen Plasma Fernseher bezahlt, der jetzt bei seiner Frau stehe. Der Ali hat dann noch gemeint, der Olemotz würde es nicht mit Männern machen und dann haben sie angefangen, sich gegenseitig die Fresse zu polieren.

Er hat sich das alles angehört, bis er dann gefragt hat, was ich über den Toten im Gully wisse.

»Was glaubst du, wer ich bin?«, hatte ich zu ihm gesagt, »glaubst du, ich bin hier der liebe Gott oder was?«

»Nein, aber ich glaube, dass die Leute hier großen Respekt vor dir haben. Sie wissen, dass du dich damals nach deinem Sturz von dem Baum am liebsten umgebracht hättest, dann aber dein Schicksal in die Hand genommen und dich durchgekämpft hast. Du bist Weltmeister im Bankdrücken geworden und mittlerweile einer der besten Krafttrainer überhaupt. Du bist der Mann hier in der Siedlung, der die größte Anerkennung verdient. Deshalb bin ich mir sicher, dass die Leute hier dir Dinge anvertrauen, die sie nicht jedem erzählen.

»Das stimmt«, überlegte ich, »ich weiß bestimmt mehr darüber, was für eine Scheiße jeder, der hier wohnt, schon gebaut hat, als euer sauberes Polizeipräsidium je erfahren wird. Der

Grund dafür aber ist, dass die Menschen, die hier leben, Respekt vor mir haben. Aber sie wissen auch, dass ich keine Labertasche bin, dass das, was sie mir anvertrauen, bei mir bleibt und nicht an jeden Dahergelaufenen weitergetratscht wird.«

»Warst du schon mal in München«, hat der Worstedt dann gefragt, und ich habe zurückgefragt: »Auf dem Oktoberfest oder was?«

»Nein, nicht auf dem Oktoberfest. Ganz normal in München, an einem Kiosk, so wie deinem hier.«

»Nein, wozu denn auch?«

»Weil es da eine Verordnung gibt; und was meinst du, was die besagt?«

»Keine Ahnung; interessiert mich auch für keine fünf Cent.«

»Sollte es aber; weil sie nämlich besagt, dass Alkohol an einem Kiosk nur verkauft, nicht aber getrunken werden darf.«

»So wie in ganz normalen Geschäften oder was?«

»Genau so wie in ganz normalen Geschäften, richtig.«

»Und wenn jemand seine Flasche öffnet und was trinken will?«

»Dann hat er die Möglichkeit, fünfzig Meter weg an einem Fahrradständer, an dem ein Öffner an einer Kette hängt, sich die Flasche aufzumachen, aber nicht an dem Kiosk.«

»Und warum, warum machen die das so?«

»Weil die Stadt irgendwann die Schnauze voll hatte davon, dass es an den Kiosken immer wieder wegen Alkohol zu bösen Streitereien kam und Polizei anrücken musste.«

»Und wozu erzählst du mir das alles?«

»Na, wofür wohl? Vielleicht könnte es hier ja auch mal dazu kommen.«

»Wieso das denn?«

»Wenn es ständig zu Ärger kommt. Und das Ordnungsamt mal einen Tipp bekommt, wie man in München damit umgeht. So was könnte ja mal passieren.«

In dem Moment wurde mir klar, worauf der Drecksack aus war. Er sah mich ganz ruhig an, bevor er sagte: »Keine Sorge, wir sind doch Freunde, oder?«

»Wenn du es sagst.«

»Na, siehst du. Und unter Freunden hilft man sich doch auch weiter.«

»Tschabo, was willst du?«

»Erzähl mir, was du über den Toten im Gully weißt.«

»Weißt du, was den Eulenkopf ausmacht?«

»Na?«

»Die meisten Menschen, die hier wohnen, gehen einer geregelten Arbeit nach. Die üblen Zeiten, wo hier in Baracken gehaust wurde, sind vorbei, endgültig. Und was das Zusammenleben der Leute ausmacht, die hier leben, ist, dass jeder in der Siedlung so ziemlich alles über den anderen weiß. Deshalb kannst du sicher sein, dass wenn irgendjemand hier etwas über deinen Abgetauchten wüsste, dass ich das auch wüsste. Aber ich weiß nichts, absolut nichts. Reicht das?«

Als ich fertig war, zog ein gewisses Leuchten in seine Augen. Deshalb hatte ich gefragt, was denn jetzt los sei. Anstatt zu antworten, hat er aber nur ein paarmal »Abgetauchter, Abgetauchter ...« vor sich hingebrummelt und sich mit seiner Klistemoss losgemacht.

Ich hatte noch hinterhergerufen »Eh, Worschtfett, wassen los? Net noch 'n Kurzen?«

Aber keine Reaktion. Die beiden waren weg.

ABTAUCHEN

Rainer Diehl, ehemaliger Mitarbeiter der zentralen Aufnahmestelle des Landes Hessen, Gießen:

Wann genau das Ganze angefangen hatte, kann ich heute nicht mehr sagen. Aber es muss Juni oder Juli ´89 gewesen sein. Da sind die ersten DDRler in der Botschaft von Prag aufgetaucht und hatten politisches Asyl beantragt. Vorher hat es so was ja nicht gegeben beziehungsweise man hat es nicht so mitgekriegt.

In der DDR war es zu der Zeit ja schon ziemlich am Brodeln. In den Nachrichten war jeden Tag von neuen Ereignissen zu hören, mit denen die Menschen darauf aufmerksam machten, ihre Unterdrückung nicht länger ertragen zu wollen. Angefangen hatte das alles mit den Friedensgebeten in der Nikolaikirche in Leipzig. Das war der Ursprung dessen, was später »Friedliche Revolution« genannt wurde und zum Untergang der DDR führte.

In der Botschaft von Prag war das Personal damals ziemlich bald überfordert, denn es wurden immer mehr, die dort Zuflucht suchten. Deshalb wurden irgendwann die Schotten dichtgemacht und niemand mehr reingelassen. Daraufhin sind weitere DDRler über die Zäune geklettert und haben sich in dem Garten der Botschaft niedergelassen. Sie haben einfach auf dem Boden campiert und konnten nicht dazu bewegt werden, das Terrain wieder zu verlassen.

Im September hat es dann mit den Montagsdemonstrationen angefangen, im Anschluss an die Friedensgebete. Da sind plötzlich Tausende durch die Straßen gezogen und haben ihrem Unmut über die DDR-Führung Luft gemacht. Die hatten Transparente dabei, wo drauf stand *Freiheit, Wir wollen raus* oder *Für ein offenes Land mit freien Menschen.*

Man hätte ja nie gedacht, dass so etwas in der DDR mal möglich sein könnte; dass es mal so weit kommen würde. Und es war auch nicht abzusehen, wie das Ganze ausgehen würde.

Die Flüchtlinge in der Botschaft jedenfalls wollten auf keinen Fall zurück in die DDR. Und weil die hygienischen Bedingungen und die Versorgung zusehends schwieriger wurden, mussten eine Reihe von Hilfsorganisationen tätig werden, um diese Flüchtlinge zu versorgen, mit Nahrung, Decken, Medikamenten und allem, was am nötigsten gebraucht wurde.

Als dann am 30. September unser damaliger Außenminister Hans-Dietrich Genscher vom Balkon der deutschen Botschaft in Prag verkündet hat, dass alle ausreisewilligen Bürger der DDR, die sich in der Botschaft befänden, in die BRD würden ausreisen können, war das wie ein Erdrutsch.

Da ging ein Freudensturm durch die Flüchtlinge, wie ihn die Welt noch nicht erlebt hatte. Noch in derselben Nacht wurden mehr als 1.000 DDRler in mehreren Sonderzügen über Österreich in die BRD gebracht. Das waren Bilder in den Nachrichten; so etwas hatte man noch nie gesehen.

Die haben in den Zügen vor Freude fast nur geheult oder geschrien. Die hatten von der DDR ja so verdammt die Schnauze voll, waren so aus dem Häuschen, dass sie unterwegs ihre Ausweise, Reisepässe oder was auch immer sie an Legitimationsunterlagen dabei hatten, zerrissen und aus den fahrenden Zügen geworfen hatten. Es war unvorstellbar, was sich da auf einmal tat.

Als ich diese Bilder in den Nachrichten sah, hatte ich nur gedacht: Na, Prost Mahlzeit.

Denn jetzt war klar, dass das eintreten würde, was wir befürchtet hatten. Nämlich, dass diese Menschen, die da von der Tschechei unterwegs waren in die Bundesrepublik, zunächst bevorzugt in unserem Notaufnahmelager würden untergebracht werden müssen.

Noch in der gleichen Nacht liefen in Gießen die Telefonleitungen heiß. Es wurden Urlaubssperren verhängt, Hilfsorganisationen und das Technische Hilfswerk wurden um Unterstützung ersucht, personelle Verstärkungen von anderen Behörden angefordert, Polizei und Bundesgrenzschutz wurden angewiesen, den Gießener Bahnhof hermetisch abzuriegeln und die Ankömmlinge auf dem kürzesten Weg direkt zu uns ins Lager in den Meisenbornweg zu bringen. Wir hatten erst mal keine Ahnung, wie wir diesen Ansturm bewältigen sollten.

Im Lager ging dann die Arbeit erst richtig los. Die Menschen waren ja völlig fertig, als sie ankamen. Völlig übermüdet, hungrig, durstig. Und es warteten jede Menge Formalitäten auf sie, die erst einmal erledigt werden mussten. Die haben ja damals zunächst einen vorläufigen Personalausweis bekommen, bis die Unterlagen, die sie mitgebracht hatten, oder die Angaben, die sie über ihr Leben in der DDR gemacht haben, nachgeprüft werden konnten.

Das alles war eine Heidenarbeit. Wir waren Tag und Nacht beschäftigt und es schien nicht aufzuhören. Als dann am 9. November in der legendären internationalen Pressekonferenz Günter Schabrowski verkündet hatte, dass die Grenzen der DDR geöffnet waren, konnte das ja zuerst mal kein Mensch glauben. Man hat ja gedacht, man hätte sich verhört, so ungeheuerlich war diese Meldung.

Deshalb sind die Menschen ja zunächst nur ganz zögerlich zu dem Grenzübergang Bornholmer Straße in Berlin gekommen, wo die Grenzposten der DDR überhaupt nichts von einer Maueröffnung wussten. Und sie konnten auch keine Vorgesetzten erreichen, weil die DDR-Spitze im Palast der Republik den 40. Jahrestag der DDR feierte.

Erst spät in der Nacht, als der Ansturm an Menschen, die die Grenze passieren wollten, nicht mehr zu bändigen war, hat es der in der Nacht diensthabende Oberst letztendlich auf seine Kappe genommen, die Grenze zu öffnen.

Für uns im Notaufnahmelager bedeutete diese Maßnahme, dass von da an Tausende von Flüchtlingen aus der DDR jeden Tag eintrafen und abgefertigt werden mussten. Insgesamt haben im Herbst 89 mehr als 100.000 Menschen unser Lager passiert. Zu der Zeit war Gießen fast jeden Tag in der *Tagesschau*.

In den folgenden Wochen hat sich das Straßenbild in der Lahnstraße vor dem Notaufnahmelager völlig verändert. Nach der Öffnung der Mauer am 9. November ´89 war ja innerhalb von zwei Tagen die Lahnstraße vollgeparkt mit Wartburgs und Trabis.

Und keine vier Wochen später standen an der gleichen Stelle nur noch Westautos: BMWs, Opel, Mercedes, Ford. Man hätte das alles in Zeitraffung aufnehmen sollen. Eine schier unglaubliche Veränderung war das damals.

Während diejenigen, die nach der Mauer- und der Grenzöffnung zu uns kamen, fast ausnahmslos ihre Papiere und Legitimationen aus der DDR dabei hatten, hatten die, die Anfang Oktober aus der Botschaft von Prag zu uns kamen, überwiegend gar nichts dabei. Da mussten sämtliche Angaben sehr aufwendig nachrecherchiert werden.

Dass darunter Personen gewesen sein könnten, die gar nicht aus der DDR kamen und nur eine neue Identität erlangen wollten, halte ich persönlich für sehr unwahrscheinlich.

Natürlich wäre es denkbar gewesen, dass jemand die Absperrung am Bahnhof oder unterwegs zum Notaufnahmelager hätte unbemerkt passieren und sich unter die Ankömmlinge mischen können.

Aber spätestens bei der Bearbeitung der Formulare wäre auffällig geworden, dass es sich nicht um Bürger der DDR handelte. Ganz abgesehen davon, dass der Zungenschlag ja auch entlarvend gewesen wäre. Und allerspätestens bei der anschließenden Überprüfung der Angaben in der Ex-DDR wären die Unstimmigkeiten ja aufgefallen.

UNSER MANN IN HEUCHELHEIM

Konrad Mellenkamp, ehemaliger Oberleutnant im Ministerium für Staatssicherheit der DDR, Taunusstein:

Am Anfang war er nur »unser Mann in Heuchelheim.« Jedenfalls so lange, wie er dort bei Minox in der Fertigung gearbeitet hat. Minox ist die Firma, die Kleinbildkameras herstellt, die weltweit im operativen Spionagebereich eingesetzt werden, bevorzugt zum Abfotografieren von Dokumenten. Und Heuchelheim ist ein kleiner Ort bei Gießen, wo die Firma Minox ihren Sitz hat.

Unsere ersten Kontakte mit Jürgen Befort hatten wir, nachdem er ein halbes Jahr zuvor seine Lehre als Feinmechaniker bei Minox beendet hatte. Er war zu der Zeit achtzehn und hatte sich einen kleinen NSU Prinz zugelegt. An den Wochenenden war er damit bevorzugt unterwegs von einer Diskothek zur nächsten.

Wir, das war die Hauptverwaltung Aufklärung, kurz HVA. Innerhalb der Stasi waren wir der Auslandsgeheimdienst. Mit den Nachbarschaftsschnüffeleien innerhalb der DDR hatten wir nichts am Hut. Das war in unseren Augen eher ein verachtungswürdiges Denunziantentum.

Als Sektor Wissenschaft und Technik waren wir innerhalb der HVA abteilungsübergreifend zuständig für die Beibringung von Wirtschafts- und Forschungsinformationen mit erhöhtem Beschaffungsrisiko. Die von uns beigebrachten

Produktions- und Forschungsergebnisse waren innerhalb der DDR von großer Bedeutung, bevorzugt für den Nachbau westlicher Wirtschaftsgüter.

Anfang der achtziger Jahre war man im Zentralkomitee der Ansicht, dass die kleinen Spionagekameras, die bei Minox in Heuchelheim teuer für Westdevisen gekauft werden mussten, doch mit entsprechendem Know-how genauso gut im volkseigenen Kombinat Carl Zeiss Jena selbst hätten produziert werden können.

Der Hintergrund dieser Entscheidung war natürlich weniger die zu erwartende Ersparnis, als vielmehr, nicht länger ausgespäht werden zu können. Denn seinerzeit haben sich in Heuchelheim die weltweit tätigen Geheimdienste sprichwörtlich die Türklinke in die Hand gegeben.

Um an das nötige Know-how zu gelangen, mussten wir bei Minox einen Fuß in die Tür bekommen. Deshalb wurden zwei von unseren Leuten nach Heuchelheim geschickt, um die Lage zu sondieren. Die haben sich, soweit ich mich erinnern kann, dort bevorzugt in einer Gaststätte namens *Treppchen* und einem Club namens *Orchidee* herumgetrieben, von wo sie allerdings weniger Erfolge als vielmehr fette Spesenquittungen mitbrachten.

Fahrt kam erst in die Angelegenheit, als die beiden vor dem Minox-Eingang eine Auseinandersetzung zwischen einem jungen Typen und dessen Mutter mitbekommen hatten. Die Mutter hatte den jungen Mann nach Feierabend abgefangen und flehend auf ihn eingeredet, endlich »damit« aufzuhören. Sie sagte: »Wenn du nicht endlich damit aufhörst, wirst du noch mal enden wie dein Vater.«

In den folgenden Wochen konnten wir in Erfahrung bringen, dass es sich bei dem Jungen um Jürgen Befort handelte und dass sein Vater in Mosambik ums Leben gekommen war.

Unsere Observation ergab, dass Jürgen Befort bei seinen Diskothekenbesuchen an den Wochenenden auf die Bekanntschaft mit jungen Männern aus war. Dabei ging er im Hinblick auf die Erfüllung der Kriterien seines Beuteschemas ausgesprochen systematisch vor. Sein Ziel war stets, selbige Bekanntschaften nach dem Discobesuch in seinem NSU Prinz mitzunehmen und sich sodann sexuell an ihnen zu vergehen.

Nachdem wir dieses Treiben über einige Wochen verfolgt und in einem Dossier dokumentiert hatten, war ich an der Reihe. Ich fuhr nach Gießen und traf mich mit dem Jungen in einem Café über den Dächern der Stadt. Ich meine, das hieß *Dachcafé*.

Nachdem ich ihn mit dem kompromittierenden Material konfrontiert hatte, das uns vorlag, hat er erst mal den Mund nicht wieder zugekriegt. Natürlich hatte er Angst, für sein Tun belangt zu werden. Damit hatten wir gerechnet. Deshalb hatte ich leichtes Spiel, ihn dahin gehend zu beruhigen, dass ja niemand von seinen Neigungen erfahren müsste, wenn er sich seinerseits mit kleinen Gefälligkeiten uns gegenüber revanchieren würde.

Im Klartext hieß das, dass wir ihn gezwungen hatten, für uns zu arbeiten. Das war damals die übliche Art, inoffizielle Mitarbeiter zu rekrutieren; denn von sich aus wollten nur die Wenigsten für uns tätig werden. Fortan wurde besagter Jürgen Befort bei uns als »IM Jupiter« geführt, entsprechend des von uns bevorzugt eingesetzten Minox-Modells, dessen Herstellung wir auskundschaften sollten. Allerdings hatte dieser Deckname sich bei uns nie richtig durchgesetzt. Dafür fanden wir »Heuchelheim« irgendwie viel lustiger. Heute tauchte der Name ja hin und wieder in dem Zusammenhang auf, dass es der Heimatort von Til Schweiger sei.

Was die Ausbeute an Informationen anging, die Jürgen Befort uns beibringen konnte, so hatten wir uns nicht sonderlich viel von ihm versprochen. Es kam gerade mal dazu, dass er uns einen Überblick über innerbetriebliche Zusammenhänge und die Namen der für die Entwicklung bedeutsamen Personen beibringen konnte. Außerdem wurde er bereits wenige Monate, nachdem wir ihn für uns geworben hatten, zur Bundeswehr eingezogen.

Wir konnten ihn gerade noch im letzten Moment davon abbringen, nach Wilhelmshaven zur Marine zu gehen, wie er es vorhatte, sondern zum Panzerartilleriebataillon 135 nach Wetzlar. Der Grund dafür war, dass der 1979 bei Krauss-Maffei in Produktion gegangene Kampfpanzer Leopard 2 so ziemlich das Beste war, was es weltweit auf diesem Gebiet gab; insbesondere wegen der automatischen Stabilisation der Waffenanlage, die Bodenunebenheiten und Fahrgeschwindigkeit automatisch kompensieren konnte, während die Kanone auf das Ziel gerichtet blieb.,

Jürgen Befort sollte aufgrund seiner Vorkenntnisse aus der optischen Fertigung für uns sukzessive in Erfahrung bringen, ob und warum dem Laserentfernungsmesser der kalifornischen Firma Hughes Aircraft für die Serienfertigung des Leopard 2 der Vorzug gegeben wurde gegenüber dem von Leitz für den Prototyp entwickelten und auf dem Korrelationsprinzip basierten Entfernungsmessers EMES 13.

Im Klartext hieß das, dass er uns alles zu berichten hatte, was an Vorfällen im Zusammenhang mit der Entfernungsmessung beim Leopard 2 auffällig war. Darüber hinaus sollte er über sämtliche Kontakte berichten, die zwischen den Konstrukteuren von Leitz, die ebenfalls in Wetzlar ansässig waren, und der Spilburgkaserne stattfanden, wo er stationiert war.

Zur Effektivierung seiner Arbeit hatten wir ihn zu einem Extra-Lehrgang zur Anwendung von Endoskop-Kameras geschickt, damit er in Nebenräume hineinspionieren konnte.

Die so erlangten Erkenntnisse wurden vierteljährlich in persönlichen Treffen mit »IM Jupiter« überbracht und unmittelbar in bar entlohnt. Auf diese Weise wurde miteinander verfahren, bis er im September ´89 – er hatte es bis dahin immerhin zum Hauptfeldwebel gebracht – ohne vorherige Ankündigung bei uns in der Normannenstraße in Ostberlin aufgetaucht war und mit mir sprechen wollte.

Mir war sofort klar, dass etwas Schlimmes passiert sein musste, denn ansonsten hätte er mich über die üblichen Kanäle kontaktieren können. Er wurde in einen Besprechungsraum gebracht, wo wir ihn erst einmal eine halbe Stunde warten ließen, damit er sich in Ruhe abreagieren konnte. Als ich dann mit ihm am Tisch saß und fragte, was denn los sei, erklärte er mir, dass er in eine dumme Sache geraten sei, dass polizeiliche Ermittlungen gegen ihn anstünden und er nicht mehr ein noch aus wisse.

Wie ich bereits vermutet hatte, ging es um seine sexuellen Neigungen. Für uns bestand dadurch die Gefahr, dass er bei den ihm bevorstehenden Vernehmungen seine Tarnung preisgeben könnte, um eine strafmindernde Position zu erlangen.

Eine solche Enttarnung konnten wir uns angesichts der Unruhen, die seinerzeit die DDR heimgesucht hatten, auf keinen Fall leisten. Wir mussten ihn aus der Schusslinie bringen. Deshalb wurde ihm angeboten, mit einer falschen Legende in einem völlig anderen Bereich eingesetzt zu werden, ein völlig neues Leben zu beginnen.

Um dies bewerkstelligen zu können, musste er sich einer falschen Legende bedienen. Eine bevorzugt von uns angewandte Form dafür war die so genannte »Heimkehrer-Variante«. Um diese zur Anwendung bringen zu können, mussten eine Reihe von Voraussetzungen erfüllt werden.

Das Außenministerium der DDR hatte seinerzeit mit befreundeten, sozialistischen Brüderstaaten ein Abkommen, demzufolge die Kosten für Beerdigungen von Bürgern der DDR übernommen wurden, wenn diese in dem betreffenden Land zu Tode gekommen waren und keine Freunde oder Angehörige hatten, die die Kosten der Beerdigung hätten tragen können.

Wenn also ein solcher Todesfall aus einem befreundeten, sozialistischen Bruderstaat gemeldet wurde, wurde zunächst innerhalb der DRR recherchiert, ob dort jemand für die Kosten der Beerdigung würde aufkommen können. Sofern auch dies negativ beschieden wurde, übernahm letztendlich das Außenministerium die Kosten für die Beerdigung und wir wurden über den Vorfall in Kenntnis gesetzt.

Uns fiel sodann die Aufgabe zu, den Lebensweg der betreffenden, ums Leben gekommenen Person so detailliert wie möglich nachzuzeichnen; Schule, Ausbildung, Freunde, Studium, Ehe, Hobbys, erster Kuss, alles. Und abschließend wurde dieser so erstellten Biografie anstatt des Todes im Ausland eine fingierte Rückkehr in die DDR angedichtet.

Wenn sodann jemand unter falscher Flagge konspirativ tätig werden musste, konnte er sich dieser Biografie sowie der von uns hergestellten Papiere bedienen, ohne größere Risiken eingehen zu müssen, mit seiner wahren Identität enttarnt zu werden.

Der Zugriff auf diese falschen Legenden oblag einzig dem damaligen Chef der HVA, Generaloberst Werner Großmann. Sie waren als geheime Verschlusssache in einem seiner Stahlschränke deponiert. Als Jürgen Befort im September ´89 bei uns in der Normannenstraße aufgetaucht war, wurden ihm noch am gleichen Tag von Werner Großmann die Unterlagen für eine solche falsche Legende ausgehändigt. Außerdem wurde die Herstellung entsprechender Legitimationsunterlagen in Auftrag gegeben, also Ausweise, Zeugnisse et cetera.

Ob Jürgen Befort diese Unterlagen seinerzeit noch ausgehändigt wurden, kann ich heute nicht mit Bestimmtheit sagen. Des Weiteren entzieht sich meiner Kenntnis, aufgrund welcher Quellenperson diese falsche Legende seinerzeit erstellt worden war.

Was letztendlich aus Jürgen Befort geworden ist, darüber weiß ich nichts. Wir sind uns nach unserem Treffen im September in der Normannenstraße nie wieder begegnet. Im Februar 1990, als die DDR noch bestand, hatte der frühere Chef der HVA, Markus Wolf, die Mitglieder des Zentralen Runden Tisches – seinerzeit das innenpolitische Organ für die Zukunft der DDR – davon überzeugt, dass es einen unverhältnismäßig großen Schaden für die DDR bedeutet hätte, wenn ausländische Geheimdienste die HVA auflösen würden.

Deshalb wurde beschlossen, dass die HVA sich selbst auflösen sollte, was sodann in der Zeit bis Juli 1990 auch weitestgehend vollzogen wurde. Damit sind sämtliche Unterlagen über Strukturen, Arbeitsweisen und Ergebnisse der HVA untergegangen und für alle Zeiten nicht mehr rekonstruierbar.

HAVANNA

Santiago Alvarez, Mitarbeiter des Einwohnermeldeamtes, Havanna/Kuba:

Sehr geehrter Herr Kommissar Worstedt.

Ihre Anfrage hinsichtlich des Aufenthalts von Harald Laim in unserer Republik Kuba haben wir erhalten. Zur Unterstützung Ihrer Ermittlungen teile ich Ihnen das Folgende mit:

Harald Laim war am 23. Juni 1984 in die Republik Kuba als Bürger unseres befreundeten sozialistischen Bruderstaates, der Deutschen Demokratischen Republik, eingereist.

Herr Laim war im Besitz einer ihm bereits zuvor erteilten zeitlich und räumlich unbegrenzten Aufenthalts- und Arbeitserlaubnis. Er war zunächst in Santiago de Kuba und ab Sommer 1988 als Sport- und Deutschlehrer in Havanna an der Escuela José Martin tätig.

Am 12. April 1989 kam Herr Laim bei einem Autounfall auf der Via Blanca bei Playa Guanabo ums Leben.

Da er weder Angehörige noch Freunde auf Kuba hatte, die für die Kosten seiner Beerdigung hätten aufkommen können, hat unser Außenministerium entsprechend einer Vereinbarung das Außenministerium der Deutschen Demokratischen Republik über Herrn Laims Ableben in Kenntnis gesetzt.

Das Außenministerium der Deutschen Demokratischen Republik hat daraufhin die Kosten für die Bestattung von Harald Laim in Havanna übernommen, weil dieser auch in seiner Heimat keine Angehörigen mehr hatte.

Nachdem der Leichnam von Harald Laim drei Wochen lang im Institut für Rechtsmedizin in Havanna aufbewahrt worden war, wurde er am 4. Mai 1989 auf dem Friedhof Cementario Cristóbal Colón in Havanna beigesetzt.

In der Hoffnung, Ihnen mit meinen Ausführungen zur Klärung Ihres Falls weitergeholfen zu haben, verbleibe ich mit sozialistischem Gruß.

Santiago Alvarez,
Einwohnermeldeamt der Stadt Havanna/Republik Kuba

FÜNF

Regina Maritz,
Kriminaloberkommissarin, Gießen:

Lindenstruth hatte aufgrund einer Produktionsnummer auf dem künstlichen Hüftgelenk herauskriegen können, dass es im Winter 1986 im Bundeswehrlazarett Gießen einem Oberfeldwebel namens Jürgen Befort eingesetzt worden war.

Aufgrund der uns vorliegenden Informationen und der Auskunft aus Havanna konnten wir sicher sein, dass Jürgen Befort sich seit Herbst ´89 der falschen Legende von Harald Laim bedient und dessen Identität angenommen hatte. Außerdem sah es so aus, dass Roman zehn Jahre nach ihm auf der Schillerschule war, die beiden sich aber offensichtlich nie wissentlich begegnet sind.

In der Vergangenheit war Harald Laim für die Stasi als IM tätig gewesen. Dazu war es gekommen, weil man ihn mit kompromittierendem Material über seine sexuelle Neigung, junge Männer zu missbrauchen, dazu gezwungen hatte. Er war zunächst bei Minox in Heuchelheim und später in der Spilburgkaserne in Wetzlar konspirativ tätig gewesen. Im Sommer ´89 hat er dann etwas angestellt, was ihn befürchten ließ, in böse Schwierigkeiten zu geraten.

Daraufhin hat er sich offensichtlich auf dem Gießener Bahnhof unter die ankommenden DDR-Flüchtlinge gemischt und sich im Notaufnahmelager der falschen Legende bedient, die er noch von der Stasi in Ostberlin erhalten hat. Das alles hat ihm dazu verholfen, fortan unter dem Namen Harald Laim mit dessen Biografie weiterzuleben.

Die Frage war nun allerdings, warum er das alles gemacht hat, und ob es was mit seiner Ermordung zu tun hatte.

Seit Tagen hatte ich keinen anderen Gedanken mehr. Ich stellte mir vor, was da an dem Gully geschehen sein konnte. Wie derjenige wohl aussehen könnte, der das getan hat, wo er sich nun aufhielt, was er machte.

Als mich gestern Abend der Achim angerufen hat, wusste ich erst mal gar nicht, wer dran war. Er hatte mir gesagt, dass meine Madagaskarpalme noch bei ihm rumstehe und ich sie doch bald mal abholen solle, weil sie sonst einginge. Wir brauchten ungefähr vier Minuten, bis wir uns so sehr stritten, dass ich mittendrin einfach aufgelegt habe.

Um dahinterzukommen, warum Befort untergetaucht war, hatten wir alles durchforstet, wovon wir uns einen Hinweis versprachen, ob ein Verfahren gegen ihn anhängig war oder was auch immer, aber niente, nix.

Wir gingen noch mal alle Stationen der bisherigen Ermittlung anhand unseres Genogramms durch. Die Teilnehmer des Seminars, den Gastwirt, alle. Aber letztendlich tappten wir immer noch im Dunkeln. Warum war dieser Mensch umgebracht worden? Was hatten wir übersehen?

Als das Telefon bei uns klingelte, hatten wir schon Angst, dass es wieder Krokoczinski sein könnte, der uns wieder Druck machen würde. Er hatte schon zweimal angerufen gehabt an dem Tag. Zum letzten Mal hieß es, Staatsanwalt Unnützer habe ihn zu sich zitiert. Au weia.

Aber es war nicht Krokoczinski, der uns angerufen hatte. Es war Krumbholz von der Spurensicherung. Er wollte, dass wir sofort zu ihm kamen. Er habe eine ziemliche Granate.

In seinem Labor präsentierte er uns auf einem Bildschirm ein Foto, das einen etwa 50-jährigen Mann auf einer Bank sitzend zeigte, der sich von einem vor ihm knienden Jungen oral befriedigen ließ. Der Raum war vollgestellt mit leeren und vollen Getränkekisten, an den Wänden hingen Plakate von Fußballszenen, eine Liga-Tabelle und rundherum jede Menge Sportklamotten.

Der Mann auf der Bank hatte schwarze Sportkleidung an, wie sie von Schiedsrichtern getragen wird. Der vor ihm kniende Junge hatte ein blaues Trikot an mit einer weißen Nummer fünf auf dem Rücken. Krumbholz zoomte auf das Trikot des Jungen, bis oberhalb der Nummer fünf schwach zu erkennen war: *FSV Bad Nauheim*.

»Das war die E-Jugend im Jahre 2003«, sagte Krumbholz, »die hatten diese Trikots.«

BUNDESLIGA

Florian Reuter, Koch-Lehrling, Bad Nauheim:

Manchmal kommt es vor, dass ich aufwache und es eine ganze Weile braucht, bis mir klar wird, dass das keine Träume oder Phantasien sind, die da in mir spuken, sondern meine Erinnerungen. Genauso verhält es sich mit dem Geräusch von dem langsamen Umdrehen eines Schlüssels in einem Schloss, das ich in den verrücktesten Augenblicken ganz deutlich höre.

Angefangen hatte alles bei einem Spiel gegen Petterweil in der E-Jugend. Nachdem meine Eltern sich getrennt hatten, haben meine Mutter und ich erst mal alleine in unserer Wohnung in Bad Nauheim weitergelebt. Dann kam Henner zu uns, ihr neuer Freund. Er war Polizist und konnte mich nicht leiden.

Ich habe mich von da an nur noch als Störenfried gefühlt. Ich hätte mich ihm oder meiner Mutter nie anvertrauen können. Bis zum heutigen Tag habe ich noch nie jemandem von dem erzählt, was damals passiert ist, und ich möchte auch nicht, dass jemand davon erfährt. In meiner Familie nicht und auch nicht in meinem Freundeskreis. Besonders meine Freundin darf nie etwas davon erfahren. Das ist mir absolut wichtig.

Das Spiel gegen Petterweil liegt jetzt fast zwölf Jahre zurück. Wir hatten zehn Minuten vor Schluss 2:1 geführt, als die Petterweiler zum Ausgleich eingeschossen hatten. Ich war stinkesauer, weil der gegnerische Torschütze ganz eindeutig abseits war. Als ich ihn deshalb angebrüllt habe, hat der nur höhnisch zurückgebrüllt: »Heul doch!«

Das kriegt der zurück, hatte ich mir gedacht und bei der nächsten Gelegenheit bin ich ihm voll von der Seite reingegrätscht. Es war mir egal, ob ich dafür vom Platz gestellt werden würde. Im nächsten Moment hatte der Schiri auch schon gepfiffen. Dann stand er vor mir und hat mir Gelb gezeigt. Wie gesagt, ich hätte auch Rot hingenommen.

Während der Schiedsrichter, Norbert Frenzel, mein Foul auf seinen Zettel notierte, fragte er mit strengem Vorwurfston: »Sind deine Eltern hier?«

Ich entgegnete: »Nein.«

»Warum nicht?«

»Meine Eltern sind geschieden und meine Mutter hat mit Fußball nichts am Hut.«

»Verstehe«, sagte er dann und fügte hinzu: »Du kommst nach dem Spiel zu mir in den Schiedsrichterraum, verstanden?«

»Ja«, sagte ich und malte mir aus, wie ich die Leviten gelesen bekommen sollte.

Als ich nach dem Spiel dann in den Schiedsrichterraum kam, war Frenzel dabei, den Spielbericht durchzugehen. Ich hatte diesen Raum noch nie von innen gesehen. Er war einzig den Schiedsrichtern vorbehalten und hatte eine eigene Dusche.

»Schließ ab«, war das Erste, was er sagte, als ich den Raum betreten hatte, »nicht, dass jemand reinkommt.«

Ich tat, was er befohlen hatte, weil ich meinte, dass er nicht wollte, dass Zuschauer oder Frauen überraschend eintraten.

»Willst du später mal in der Bundesliga spielen?«, fragte er mich dann.

Was für eine Frage, hatte ich gedacht und gesagt: »Ja klar. Wer will das nicht.«

»Setz dich«, sagte er dann und bedeutete mir, neben ihm Platz zu nehmen. Als ich neben ihm saß, strich er mir über meine verschwitzten Haare, während er meinte, dass ich ein ziemliches Potential hätte und aus mir einmal ein ganz großer Spieler werden könne, er kenne sich damit aus, er habe schon eine Menge Talente entdeckt, die mittlerweile in der Bundesliga spielten.

»Mit den richtigen Kontakten ist das ein Kinderspiel«, hatte er gesagt, »mit meinen Beziehungen zu der Führungsriege des FC Bayern München kriegen wir das hin, wir beide.«

Wie sehr mir das damals geschmeichelt hat, wie toll ich mich in diesem Moment gefühlt habe! Heute weiß ich, dass dies alles nur die Taktik eines Kriminellen war, der so oder so ähnlich Kinder für seine pädophilen Verbrechen gefügig gemacht hat.

Nachdem er mir dann noch ein bisschen mehr Honig um den Mund geschmiert und mich immer mehr betatscht hatte, meinte er, wir könnten das alles schaffen, wenn wir nur ganz fest zusammenhielten.

»Möchtest du, dass wir ganz fest zusammenhalten?«, wollte er wissen, während er meine rechte Hand mit seinen beiden Händen festhielt.

»Ja«, hatte ich dann gesagt, weil das ja mein großes Ziel war, mal in der Bundesliga spielen zu können.

»Sag nicht: ja«, hat der dann gesagt, »sag: ja, lieber Norbert, ich möchte genauso wie du, dass wir ganz fest zusammenhalten. Sag es.«

Und noch während ich es meinerseits wiederholte, führte er meine Hand langsam in seine Hose. Dabei zog ein mildes, gewinnendes Lächeln in sein Gesicht, das mich nicht aus den Augen ließ. Als ich seine Erektion spürte, sagte er: »Na, wie gefällt dir das?« und begann meine Hand zu führen und mehr und mehr nach Luft zu schnappen.

Als er fertig war, meinte er, dass das, was wir miteinander getan hätten, unbedingt unser Geheimnis bleiben müsse. Er sagte, dass es etwas Verbotenes sei und wenn jemand davon erfahren würde, er ins Gefängnis müsse und sich dann nicht mehr dafür einsetzen könne, dass ich es in die Bundesliga schaffe.

Ich weiß noch, wie ich von da an immer wieder abends im Bett lag und hörte, wie meine Mutter sich mit dem Henner am Streiten war, was mir allerdings völlig am Arsch vorbei ging, weil ich mir vorstellte, wie ich im Trikot von Bayern München ins Olympiastadion einlief. Die kreischenden Fans, die hübschen Frauen, die eleganten Autos. All das war dann meine Welt.

Bei den weiteren Begegnungen, wenn ich zu ihm in den Schiedsrichterraum kam, brauchte er kein Wort mehr zu sagen. Ich drehte den Schlüssel um, ging zu ihm, er saß mit geschlossenen Augen da. Ich griff in seine Hose und tat, was getan werden musste.

Dann gab es irgendwann ein Spiel gegen Dortelweil. Und als ich da zu dem Schiedsrichterraum kam, war er verschlossen. Ich habe mich dann vor dem Spielfeld rumgetrieben, bis ich sehen konnte, dass ein anderer Junge aus dem Raum kam. Das hat mich sehr getroffen.

Bei dem nächsten Spiel, das Norbert gepfiffen hat, bin ich losgegangen wie ein Berseker. Kurz nach der Halbzeit habe ich dann Gelb/Rot gesehen und wurde vom Platz gestellt. Ich habe mir das Spiel noch bis zum Ende angeschaut und mit dem Schlusspfiff habe ich mich vor den Schiedsrichterraum gestellt und auf ihn gewartet.

Als er kam, hat er mich mit rein genommen und angefangen, mich ganz böse zu schimpfen. Er sagte, ich gehöre bestraft dafür, dass ich mein Talent in solch unfaire Aktionen verschleudere. Mir war das egal, ob er mich bestrafte oder nicht. Ich wollte nur nicht mehr wie Luft behandelt werden.

Also hatte ich gesagt: »Okay, dann werde ich eben bestraft.«

Das hatte ihm gereicht. Er hatte dann gesagt: »Wenn du bestraft werden willst, dann solltest du mich schön darum bitten, klar?«

Also sagte ich: »Bitte, lieber Norbert, bitte bestrafe mich.«

Die Bestrafung sah dann so aus, dass er mich ohne Vorwarnung mit einer solchen Brutalität genommen hat, dass ich geglaubt hatte zu ersticken. Aber was sollte ich machen? Ich war der Meinung, dass ich es nicht besser verdient hatte.

Bald hatten wir dann auch außerhalb der Spiele Kontakt. Das sah in der Regel so aus, dass wir uns am Sportplatz verabredeten oder er mich zu Hause abholte, um mich mit zu anderen Fußballspielen zu nehmen. Meist fuhren wir zu Heimspielen der Eintracht nach Frankfurt.

Und hinterher ist er immer mit mir auf einen Parkplatz gefahren. Er brauchte gar nichts zu machen. Ich hatte alles im Griff.

Dann stand es irgendwann an, ein Wochenende über in ein Trainingslager für besonders talentierte Nachwuchsspieler zu fahren. Er hatte mir ein Schreiben für meine Mutter mitgegeben, das die unterschrieben hat, dass ich mitdurfte.

Als er mich dann an dem Freitagnachmittag zu Hause abgeholt hat, hat er mir kurz nach der Losfahrt gesagt, dass das Trainingslager abgesagt worden sei, er mich aber trotzdem abgeholt habe, weil ich mich doch so darauf gefreut hätte.

Deshalb habe er gedacht, dass wir doch ein kleines Trainingslager bei ihm zu Hause durchziehen könnten. Er hätte eine Riesensammlung von Videos besonderer Spiele, die könnten wir uns schön angucken und uns über die dort umgesetzten Taktiken unterhalten.

Zu Hause bei ihm hatte er dann gemeint, dass wir uns erst einmal ein bisschen ausruhen sollten. Dafür sind wir dann zusammen in sein Bett, wo er gemeint hat, wir könnten doch mal ein Spielchen machen, das am Anfang zwar ein bisschen wehtue, dann aber das Schönste sei, was es gebe auf der Welt.

Nach diesem Spielchen waren wir so etwas wie ein Paar. Ich könnte heute nicht mehr sagen, wie oft Norbert Frenzel sich an mir vergangen hat. Bestimmt waren es mehrere hundert Mal. Es ging über drei Jahre, bis ich ihn irgendwann weggestoßen habe. Zu dem Zeitpunkt hatte ich mich längst davon verabschiedet, es in die Bundesliga zu schaffen. Da waren einfach zu viele andere längst an mir vorbeigezogen.

Im Lauf der Zeit hatte ich mitbekommen, dass er neben mir eine ganze kleine Armee von bundesligageilen Jungens für seine pädokriminellen Aktivitäten in seinen Bann gezogen hatte. Es war für mich so schlimm, denn ich wusste, ohne ihn war ich nichts. Und dass er irgendwann einmal mit jemandem aus der Führungsriege des FC Bayern München reden würde, war mir mehr Wunschtraum als Realität. Ich wollte einfach daran glauben.

Wie gesagt: Manchmal kommt es vor, dass ich aufwache und es eine ganze Weile braucht, bis mir klar wird, dass das alles keine Träume oder Phantasien sind, die da in meinem Kopf rumspuken, sondern meine Erinnerungen.

DERBY

Norbert Frenzel, Ex-Leiter Bauamt Wetterau, Bad Nauheim:

Ich war nach Gießen gefahren, um beim VfB das Derby gegen Wieseck zu sehen. Das war vor zehn, elf Jahren. Ich habe mit Fußball angefangen, als ich acht war. Seitdem ist dieser Sport mein Leben. Wenn ich ehrlich bin, habe ich alles andere in meinem Leben der Begeisterung für diesen Sport untergeordnet.

Als ich im Waldstadion in Gießen angekommen war, bin ich zur Tribüne auf der dem Eingang gegenüberliegenden Seite gegangen. Ich ging da immer hin, weil man dort eigentlich nie von der Sonne geblendet wurde. Außerdem war es da nie so voll, dass man keinen Platz fand; sozusagen ideal, um sich voll auf ein Spiel konzentrieren zu können.

Ich hatte mich gerade hingesetzt, als ein Mann auf mich zukam und sich provozierend vor mir aufbaute. Ich hatte schon befürchtet, dass es Ärger geben könnte, weil er mir die Sicht versperrte. Also sagte ich: »Gibt's was?«

Er nickte und sagte dann: »Ja, es gibt was.«

»Und was?«

»Mein Name ist Harald Laim«, sagte er, »wissen Sie, wer ich bin?«

»Nicht, dass ich wüsste. Worum geht's denn?«

»Es geht um meinen Bauantrag. Ich beabsichtige, in Bad Nauheim ein Einfamilienhaus zu bauen und dafür den Baugrund um sechs Meter aufzuschütten. Sie sind doch der Leiter des Bauamtes Wetterau. Ist Ihnen dieser Vorgang bekannt?«

»Nein«, sagte ich und war leicht angenervt, dass ich in meiner Freizeit mit beruflichen Dingen konfrontiert wurde. Außerdem versperrte der Kerl mir meine Sicht auf das Spiel: »Wenn Sie ein Anliegen haben wegen einer Baugenehmigung, wenden Sie sich bitte an mein Amt. Und jetzt gehen Sie bitte zur Seite, damit ich das Spiel sehen kann.«

»Das werde ich bestimmt nicht, Herr Frenzel. Und wissen Sie, warum nicht?«

In dem Moment dachte ich, was geht denn hier ab.

»Weil ich letzte Woche in Ihrem Büro war«, fuhr der Mann fort, »und mir den gesamten Inhalt Ihres Computers auf eine Festplatte gezogen habe.«

Dann dachte ich, mir bleibt mein Herz stehen. Ich wusste sofort, was das zu bedeuten hatte.

»Sie wissen, wovon ich rede?«, fuhr er sodann fort, »von all den schmutzigen Sachen mit den kleinen Jungs, dem ganzen pädophilen Schweinekram; Ihren Bestellungen aus Kanada und sonst wo. Vielleicht möchten Sie mich ja dafür anzeigen. Was meinen Sie? Würden Sie das gerne tun, mich anzeigen?«

Ich habe ihn dann gefragt, was er von mir wolle.

Er sah mich ganz ruhig an, wobei sein Lächeln nun verflogen war.

»Hier«, sagte er schließlich und zog einen DIN-A4-Hefter hervor, den er mir gab. »Schauen Sie da rein«, forderte er mich auf.

Ich blätterte das Deckblatt auf und schlug es sofort wieder zu.

»Was ist das?«, fragte ich, obwohl ich eigentlich genau wusste, was es war.

»Das sind ein paar Schnappschüsse, die ich mit einer Endoskop-Kamera von der Herren-Toilette des Sportplatzes Petterweil aus gemacht habe, und zwar von gewissen Aktivitäten in dem benachbarten Schiedsrichterraum. Zur Dokumentation Ihrer pädophilen Aktivitäten, so will ich es mal nennen.«

Ich fragte nochmals, diesmal aber um einiges leiser: »Was wollen Sie von mir?«

Er winkte mich mit zwei Fingern demütigend zu sich, um mir ins Ohr zu flüstern: »Die Ablehnung meines Bauantrages wird aufgehoben. Ich bekomme meine Genehmigung uneingeschränkt erteilt ...«

»Ja, aber ...« Ich wollte einwerfen, dass die Erteilung von Baugenehmigungen gar nicht mein Zuständigkeitsbereich seien.

»... egal, ob das in deine Zuständigkeit fällt oder nicht, du wirst das hinkriegen und zwar innerhalb der nächsten Woche, weil ansonsten in der übernächsten Woche in allen Zeitungen stehen wird, was in dem Computer auf deiner Arbeit gefunden wurde. Haben wir uns verstanden?«

Ich konnte nur noch stumm nicken.

»Bitte?«, sagte er.

»Ja.«

»Wie heißt das?«

»Ja, wir haben uns verstanden.«

Das hatte ihm immer noch nicht gereicht. Er hat mir bedeutet, ihm nachzusprechen.

»Ja, lieber Herr Laim, als Dank dafür ...«

»Ja, lieber Herr Laim, als Dank dafür ...«

»... dass Sie mich nicht wegen meiner pädophilen Straftaten entlarven ...«

»... dass Sie mich nicht wegen meiner pädophilen Straftaten entlarven ...«

»... werde ich dafür sorgen, dass Ihrem Bauantrag entsprochen wird.«

»... werde ich dafür sorgen, dass Ihrem Bauantrag entsprochen wird.«

»Na bitte, geht doch«, sagte er, während sein hämisches Grinsen wieder in sein Gesicht zog.

Dann drehte er sich um und ging. Ich schlug noch mal das Deckblatt des Hefters auf. Da war auf der ersten Seite ein Foto zu sehen, auf dem der Florian Reuter in dem Schiedsrichterraum vor mir kniete.

Ich kann nichts für diese Neigung. Ich habe nichts dafür getan, dass sie in mir steckt, dass sie ein Bestandteil ist von mir. Ich hasse diese Erektionen, gegen die ich mich nicht wehren kann und die über mich kommen, sobald ich mit einem Kind in einem gewissen Alter zusammen bin. Dann kriege ich Herzrasen, schwitzige Hände und diese fürchterliche Erektion.

Um etwas dagegen zu tun, habe ich mir Cyproteron verschreiben lassen, ein Wirkstoff, der dafür sorgt, dass der Sexualtrieb sinkt. Das sind keine Brausetabletten, das sind richtige Hämmer mit absolut bösen Nebenwirkungen: Brustwachstum, Depressionen, Lebertumore.

Ich weiß, dass das, was ich habe, keine Krankheit ist, die heilbar wäre. Es ist ein Abgrund, dem ich nicht den Rücken zuwenden darf. Ich wäre so wahnsinnig gerne normal, was diese Dinge angeht. Ich bin dazu übergegangen, möglichst nicht irgendwo mit Kindern alleine zu sein.

In meiner Therapie wurde gesagt, dass mehr als die Hälfte der wegen Sexualstraftaten an Kindern Verurteilten keine pädophilen Neigungen hätten, sondern eher ein geringes Selbstwertgefühl, weshalb solche Taten Ersatzhandlungen seien, die andere psychische Störungen zum Ausdruck brächten.

Ich denke, deshalb bin ich wahrscheinlich auch Schiri geworden, weil mir das hilft, mehr Selbstwertgefühl für mich zu entwickeln.

Ich kann nichts dazu sagen. Ich wünsche mir nur mehr als alles andere auf der Welt, dass ich von diesem Dämon befreit wäre.

Ich habe seinerzeit einen Fehler gemacht, als ich dem Harald Laim diese Baugenehmigung über den Kopf meines zuständigen Abteilungsleiters hinweg erteilt habe.

Dazu, dass ich jetzt unter Verdacht stehe, den Harald Laim umgebracht zu haben und deswegen in Untersuchungshaft gehen soll, kann ich nur sagen, dass ich das nicht getan habe.

Ich habe ihn gehasst, das stimmt. Und er hat mich danach noch ein paarmal um Geld erpresst, aber mit seinem Tod habe ich nichts zu tun. Ich bin unschuldig.

BADEWANNE

Heinrich Bechthold, Wirt der Gastwirtschaft* Badewanne, *Gießen:

Nach *We are the Champions* und *So ein Tag, so wunderschön wie heute* hatten sie *An Tagen wie diesen* gegrölt. Sie waren etwas mehr als ein Dutzend und hatten den gesamten Tresen in ihrer Hand. Wer nicht wusste, dass es sich um Mitarbeiter des Polizeipräsidiums Mittelhessen handelte, hätte meinen können, dass Deutschland zum fünften Mal Fußballweltmeister geworden wäre.

Soweit ich das mitkriegen konnte, hatte am Nachmittag der Termin beim Haftrichter stattgefunden. Nachdem entschieden war, dass dieser Ex-Bauamtsleiter unter dem dringenden Tatverdacht, Harald Laim ermordet zu haben, in Untersuchungshaft wanderte, ging auf dem Flur vor dem Verhandlungsraum schon richtig die Post ab.

Wie es hieß, war die Begrundung des Haftbefehls daraus erwachsen, dass Frenzel ein Motiv für den Mord hatte, weil Harald Laim ihn erpresst hatte und er zudem kein Alibi für die Tatzeit beibringen konnte.

Der Ex-Bauamtsleiter Frenzel hatte sich den Rudert als Anwalt genommen. Der ist mit Abstand der beste Strafverteidiger hier in der Gegend, ein echtes Tier. Und der hätte stinkesauer gleich dem Kamerateam vom Hessischen Rundfunk ein Interview gegeben, derweil Enno Unnützer ganz ruhig Rundfunkreportern aus dem Rhein-Main-Gebiet und örtlichen Pressevertretern Rede und Antwort stand.

Roman Worstedt und Regina Maritz, die neue Kollegin aus Wiesbaden, wurden bei ihrem Eintreffen hier als die wahren Helden dieses Ermittlungserfolges gefeiert.

Für den Roman hat es mich ganz besonders gefreut, weil ich ja mitgekriegt hatte, wie es ihm die letzten drei Jahre ergangen war. Er war ja oft genug hier gewesen und hatte mir sein Herz ausgeschüttet. Und einmal war er ja im wahrsten Sinne des Sinne des Wortes voll abgestürzt.

Da hatte er auf einem Barhocker gesessen, von dem er auf einmal tatsächlich voll abgestürzt ist. Dabei ist er mit seinem Kopf so unglücklich in dem Spalt zwischen der Theke und der Fußleiste davor gelandet, dass er seinen Kopf nicht wieder herausziehen konnte, weil seine Ohren im Weg waren. Und weil er so dicht war, dass er die ganze Situation nicht begreifen konnte, hat er nur rumgebrüllt: »Hilfe, die wollen mich umbringen!«

Wir mussten dann erst mal die gesamte Fußleiste abschrauben, um ihn aus seiner misslichen Lage zu befreien. Das war ein ziemlicher Schock, den er da zu verbuchen hatte. Und es hat hinterher einige Kurze gebraucht, bis er wieder auf dem Damm war.

Jetzt aber stand alles im Zeichen der Freude darüber, dass er nach allem, was er seit dem Tod seiner Tochter hinter sich bringen musste, endlich wieder zu sich gefunden und mal wieder beruflich was gerissen hatte, um zu zeigen, was er noch drauf hat.

Und was seine Kollegin angeht, kann man nur sagen, dass die beiden ja offenbar gut zu einem Team zusammengewachsen sind. Und das, obwohl man von dem Roman ja weiß, dass er eigentlich strikt dagegen ist, mit Frauen zusammenzuarbeiten.

An diesem Abend jedenfalls war davon nichts zu merken.

Gegen halb zehn hatten wir den Fernseher angemacht, weil wir sehen wollten, was in *Hessenschau kompakt* zu der Überführung des ehemaligen Chefs des Bauamtes Wetterau gebracht werden würde.

Es lief gerade eine Dokumentation über die Geschichte der Dippemess in Frankfurt, als jemand rief: »Roman, was ist denn mit dir?«

Im nächsten Moment waren alle Blicke auf Roman gerichtet, der kaum noch Luft bekam und sich die Brust hielt, als würde es ihm den Atem abschneiden, wobei er permanent zappelnd zu dem Fernseher deutete. Sofort wurde von einem der Tische alles, was da stand, zu Boden gewischt und Roman draufgelegt. Wild durcheinander wurde nach einem Notarzt gerufen, während Seipp sich daran machte, Roman in Reanimationsmanier auf den Brustkorb zu schlagen. Dadurch wurde es für Worstedt deutlich schwerer, auf den Fernseher zu deuten, bis Krokoczinskis Stimme sich markerschütternd durch den Raum schnitt: »Umschalten, umschalten ...!!!«

Zwar konnte oder wollte niemand den tieferen Sinn dieser Aufforderung erkennen, aber angesichts der allgemeinen Hilflosigkeit über Romans plötzliche Atemnot wurde eben auf ein anderes Fernsehprogramm umgeschaltet.

In der anschließenden Ruhe in dem Raum konnte man deutlich erkennen, dass es Roman schlagartig wieder besser zu gehen schien.

»Was war denn auf einmal los?«, wollte man dann rundherum wissen, woraufhin Roman mit zittriger Hand nur zum Fernseher deuten konnte: »Da … da war … da war eine ...«

»... eine Achterbahn«, ergänzte Krokoczinski leise, aber nicht leise genug, um Roman nochmals von körperlichen Schmerzen zu bewahren. Krokoczinski legte seinen Zeigefinger quer auf die Lippen: »Psst.«

Später, als Roman uns vorführen konnte, wie man auf einer leergetrunkenen Jägermeisterflasche eine Dampfersirene imitiert, erklärte Krokoczinski hinter seinem Rücken, was es mit Romans Empfindlichkeit gegenüber Achterbahnen auf sich hat.

TANKE

Frank Krokoczinski, Einsatzleiter Polizeipräsidium Mittelhessen, Gießen:

Was hatte dieser Hornochs sich nur dabei gedacht? Verdammte Kacke, warum macht der so was? Ich hatte ihn sofort antanzen lassen; und die Maritz auch.

»Guckt euch das an!«, hatte ich gesagt.

Dann habe ich ihnen die Aufnahme gezeigt, auf der ganz deutlich zu sehen war, dass sie an der Tankstelle waren und der Roman sich eine Tüte voll mit Bierbüchsen geholt hatte.

»Wisst ihr, was das ist?«

»Die Tanke in Bad Nauheim?«, hatte der Roman gesagt.

»Richtig, das ist eine Tankstelle in Bad Nauheim. Und was macht ihr da?«

»Ich hole mir ein paar Büchsen Bier. Ja und?«

»Ja und? Das ist ein Beweis. Das ist uns zugegangen, weil der Typ, der nach euch an der Tanke war, weggefahren ist, ohne zu zahlen. Deshalb wurdet ihr als Zeugen angegeben und über das Nummernschild wurde ermittelt, dass es sich um ein Fahrzeug des Polizeipräsidiums Mittelhessen handelt. Und wisst ihr, was die da oben als Nächstes wissen wollen?«

»Was?«

»Was? Was ein Kripowagen an einer Tankstelle in Bad Nauheim verloren hat und warum ein Kripomann sich im Dienst mit Bier eingedeckt. Das werden sie wissen wollen.«

»Was ist das Problem?«, sagte Roman, »wir waren außerhalb unseres Einsatzgebietes, weil wir der Frau des Mordopfers die Nachricht vom Tod ihres Mannes überbringen wollten. Das geschah im Rahmen unserer Ermittlungen. Und dass ich mir was Bier gekauft habe, geschah einzig und alleine aus dem Grund, der Frau des Opfers ein Gefühl von Überlegenheit zu geben. Oder glaubst du, ich hätte das Foto von dem Toten zufällig da auf dem Tisch liegen lassen? Nein, das habe ich nicht. Ich habe es liegen lassen, weil ich wollte, dass sie es uns ans Auto bringt und mich dabei erwischt, wie ich ein Bier zische. Das war beabsichtigt, entsprechend dem, was du immer sagst, man soll bei einer Ermittlung zu den beteiligten Menschen Beziehungen aufbauen. Die Frau sollte sich mir überlegen fühlen und zwar deshalb, weil wenn sich jemand überlegen fühlt, er tausend mal eher einen Fehler macht, als jemand, der sich unterlegen fühlt und total aufpasst. Das ist beim Boxen so, beim Fußball, in der freien Wirtschaft, überall. Columbo hat mit dieser Strategie jeden seiner Fälle aufgeklärt. Er war der Prototyp, der andere glauben ließ, er wäre ein ganz kleines Licht, um auf diese Weise Verdächtige aus der Reserve zu locken. Deshalb habe ich mir das Bier gekauft. Ist das jetzt klar?«

Während er sprach, fuhr er mit der Maus auf der Timeline der Aufnahme hin und her. An manchen Stellen ließ er die bewegten Bilder vorbeirauschen, an anderen verringerte er das Tempo bis hin zur Zeitlupe. Dann stoppte er auf einmal das Band: »Was ist denn das?«

»Keine Ahnung«, sagte ich.

»Das ist doch die Laim. Das ist doch ihr Porsche. Verdammt, was hat die denn da gemacht?«

»Ihr habt doch gesagt, sie wäre den ganzen Abend zu Hause gewesen«, sagte Krokoczinski.

»Stimmt, das hat sie uns so gesagt gehabt.«

»Und was macht sie da?«

Er ließ die Aufnahme noch ein paar Mal in Zeitlupe hin und her laufen: »Sie holt sich Zigaretten.«

NIMM MICH

Ferdinand Kranz, Nachbar der Laims, Bad Nauheim:

Wenn ich nur daran denke, kriege ich immer noch so'n Hals, obwohl das Ganze ja mittlerweile zehn Jahre her ist. Wer kommt denn auf die Idee, dass sich da einer den Bauplatz nebenan kauft und dann sechs Meter Erdreich uffschippt, nur damit sein Haus über das der Nachbarn hinausragt?

Nachdem das Bauamt ihm zunächst die Baugenehmigung versagt hatte, hatte er Einspruch eingelegt – und dem ist stattgegeben worden. Keine Ahnung, wie er das hingekriegt hat. Ich war mit meinem Anwalt drei Jahre lang dagegen angegangen, ohne Erfolg. An der Baugenehmigung war nichts zu rütteln. Ich musste mich damit abfinden.

Wir hatten seitdem nichts mehr miteinander zu tun. Wenn wir uns in der Stadt begegneten, wurde die Straßenseite gewechselt.

Nur einmal gab es noch einen Vorfall, wo ein Kontakt stattgefunden hat. Da war sie, die Frau Laim, mit ihrem Auto nach Hause gekommen und war so dicht, dass sie sich an unserer Tür zu schaffen gemacht hat, sie aufzuschließen, anstatt an ihrer.

Ihr Mann war an dem Tag offenbar mal wieder bei einem seiner Seminare. Und meine Frau war bei ihrer Schwester in Wien. Ich bin dann runter an die Tür. Da hat sie nicht schlecht geguckt.

Aber sie war so hacke dicht, dass sie keinen Schritt mehr alleine gehen konnte. Ich habe sie dann geschnappt und rüber in ihr Haus bugsiert. Dort habe ich sie aufs Sofa gelegt. Sie hat mich angeguckt und gesagt, dass sie schon seit anderthalb Jahren keinen Mann mehr gehabt hätte und gefragt, ob ich sie nicht attraktiv fände.

Ich hatte dann gesagt, dass ich sie sehr attraktiv fände, woraufhin sie meinte, warum ich sie dann nicht einfach ein bisschen nehmen wolle. Ich sagte, dass ich meine Frau liebe und unsere Beziehung nicht aufs Spiel setzen wolle. Außerdem sei es besser, noch mal darüber zu reden, wenn sie wieder nüchtern wäre.

Sie konnte nur noch kurz lächeln, bevor ihr die Augen zugefallen sind. Noch bevor ich an der Haustür war, hat sie schon geschnarcht wie ein kleines Sägewerk.

Was die Nacht angeht, in der ihr Mann umgebracht wurde, kann ich nur sagen, dass sie da nicht den ganzen Abend zu Hause war. Ich weiß jetzt nicht mehr wann, weil ich mir so was natürlich nicht aufschreibe, aber irgendwann war ich in der Küche und habe mir ein Bier geholt. Da habe ich sie mit ihrem Wagen wegfahren sehen. Das muss noch vor acht gewesen sein. Im Fernsehen lief gerade der *Weltspiegel.*

NACHGESCHMINKT

Ingrid Laim, Ehefrau des ermordeten Harald Laim, Bad Nauheim:

Ja, verdammt, ich war nicht den ganzen Abend zu Hause – und?

Nachdem mein Mann angerufen und gesagt hatte, er hätte eine Panne, ich bräuchte mir aber keine Sorgen machen, der ADAC wäre gleich da, wusste ich nicht, was ich davon halten sollte. Hatte er wirklich eine Panne oder mir nur was vom Pferd erzählt? Was sollte ich machen? Sollte ich da hochfahren in den Vogelsberg und gucken, ob er da irgendwo stand zwischen Stumpertenrod und Kestrich, wie er gesagt hatte? Was wäre gewesen, wenn er da nicht gestanden hätte, wenn er gar keine Panne gehabt hätte? Oder wenn er entdeckt hätte, dass ich ihm hinterherspionierte?

Ich kramte mein Ausweismäppchen aus meiner Handtasche und zog die ADAC-Karte hervor. Dann rief ich unter der Nummer auf der Karte die Pannenhilfe an. Ich sagte, mein Mann hätte vor einer halben Stunde eine Panne gemeldet und es sei immer noch kein gelber Engel da; wie lange das denn noch dauern würde. Am anderen Ende wurde hin und her gecheckt, bis es hieß, dass auf unsere Mitgliedsnummer gar keine Panne gemeldet worden sei. Ich fragte noch mal nach, ob man sich vielleicht irren könne. Nein, könne man nicht.

Was das zu bedeuten hatte, war klar. Das war das Ende. Fast zwei Jahre war nichts passiert. Und es sollte auch nichts mehr passieren. Ich hatte ihm damals klipp und klar gesagt, wenn noch ein einziges Mal was passierte, ist Schluss. Jetzt war es soweit.

In der Bar fiel mein Blick auf eine Grappaflasche mit handbemaltem Etikett. Das war die letzte, die wir noch vom alten Romano Levi hatten, bevor er gestorben war. Diese Flasche war für Harald so etwas wie ein kleines Heiligtum. Sie war vorgesehen für ein ganz besonderes Ereignis.

Mein Blick hing an der piemontischen Waldbäuerin, die Romano Levi auf das Etikett gemalt hatte. Dann drehte ich den Verschlusskorken langsam hervor, wobei das Siegel am Hals der Flasche zerrissen wurde und ich mir vorstellte, was Harald wohl für ein Gesicht machen würde, wenn er sehen könnte, wie sein Heiligtum geköpft wurde.

Zittrig goss ich mir ein Glas ein, kippte es auf einen Zug runter und goss gleich noch einmal nach. Verdammte Kacke, was machte ich hier?, fuhr es mir durch den Kopf.

Zu dem Zeitpunkt hatte ich schon seit einem halben Jahr nicht mehr geraucht. Aber es war klar, was hier stattfand, war ein ganz besonderes Ereignis. Jetzt brauchte ich eine Kippe, unbedingt. Also zog ich mir eine Jacke an, holte meinen Boxster aus der Garage und machte mich los.

Ich fuhr zu einer Tankstelle. Mit dem Ziehen am Automat komme ich irgendwie nicht klar. Ich weiß nicht, wie oft ich dabei schon meine EC-Karte aus Versehen habe stecken lassen. Ich mag diese Automaten nicht. Also fuhr ich zur Jet-Tankstelle am Eleonorenring und holte mir eine Packung Marlboro.

Nachdem ich eine geraucht hatte, fuhr ich einfach los. Ich weiß nicht mehr, wie es kam, aber ich fuhr nach Gießen und dort zum Bahnhof. Ich wusste, dass die Teilnehmer des Seminars um diese Zeit mit dem Kleinbus eintreffen würden.

Ich ging in das Café gegenüber vom Bahnhof, ins *Mr. Jones*, wo man auch im ersten Stock sitzen kann. Es war recht leer wie die meisten Kneipen am Sonntagabend, weil die Leute da entweder zu Hause vor dem Fernseher sitzen und Tatort guckten oder ihre Hintern nicht mehr hochkriegen, weil sie am nächsten Morgen früh auf die Arbeit müssen.

Ich setzte mich also direkt ans Fenster, von wo aus ich einen guten Überblick über den gesamten Bahnhofsvorplatz hatte. Zwei Tische weg von mir saß ein junges Pärchen. Die waren Anfang, Mitte zwanzig. Offenbar kannten sie sich noch nicht lange, denn sie tauschten Ereignisse aus, wie man das so macht, wenn man sich noch nicht lange kennt. Es war so leer und die beiden sprachen so laut, dass ich jedes Wort mithören konnte.

Er erzählte, dass seine Eltern sich mal einen Hasen zugelegt hätten, der es gerade mal noch eine Woche gemacht hätte. Weil die Mutter gemeint habe, die Kinder sollten dem Tier einen Namen geben, der dem Vater auch gefällt, hätten sie ihn »Licher« genannt und auch gleich eine Domain auf seinen Namen eingerichtet. Weil sie dann aber gemeint hätten, dass der Hase sich einsam fühle, hätten sie ihm ein Meerschweinchen dazugekauft.

Das sei aber nicht gut gegangen, weil Meerschweinchen eine ganz andere Sprache sprechen würden als Hasen. Das sei ungefähr so wie Deutsch und Holländisch, sagte der junge Typ. Während die beiden sich weiter unterhielten, war vor dem Portal des Bahnhofs der Kleinbus von *Get-Up-Education* vorgefahren und die Teilnehmer des Seminars ausgestiegen. Es waren diesmal nicht wie sonst acht, sondern nur sieben Personen, die da ausstiegen. Drei Frauen und vier Männer. Außer der Frau, die zu der Fußgängerbrücke ging, sind die anderen in den Bahnhof hinein verschwunden.

Es dauerte vielleicht vier, fünf Minuten, bis einer der Teilnehmer wieder aus dem Bahnhofsgebäude herauskam. Ein blonder Schönling, Anfang dreißig, soweit ich erkennen konnte. Er blieb einfach vor dem Portal stehen mit seinem Trolly. Dann hat es noch mal fünf Minuten gedauert, bis plötzlich Haralds Auto vorfuhr. Der Typ mit seinem Trolly öffnete die hintere Tür, stellte sein Gepäck rein und stieg ein auf den Beifahrersitz. Dann fuhr der Wagen los.

Ich wusste, dass damit das Versprechen, das er mir gegeben hatte, hinfällig war. Er hatte es nicht ausgehalten. Wie oft hatte ich ihn bekniet, dass er damit aufhören soll. Er hatte mir hoch und heilig versprochen, dass er die Seminare nicht mehr dazu benutzen wolle, junge Männer in seine Gewalt zu bringen und gefügig zu machen, um sich dann sexuell an ihnen zu vergehen. Er hatte extra eine Therapie begonnen, um mir zu zeigen, dass er es ernst meinte. Aber nun war es wieder so weit. Ich wusste genau, was jetzt als Nächstes passieren würde.

Früher war ich ihm mehrere Male hinterhergefahren. Da habe ich es dann gesehen, das ganze schmutzige Zeug, das er dann mit diesen jungen Männern angestellt hat.

Ich weiß nicht, wie lange ich dann noch dagesessen und nur auf den Bahnhofsvorplatz gestarrt habe. Ich muss völlig abwesend gewesen sein. In meinem Kopf zogen die Bilder vorbei von dem, was der Harald und ich miteinander erlebt hatten, und dem, was wir noch miteinander hätten erleben können. Und all das sollte auf einmal vorbei sein. Endgültig.

Und irgendwann ist es dann über mich gekommen. Da konnte ich nicht mehr anders. Da ist es aus mir rausgekommen, dass ich nur noch Rotz und Wasser geheult habe. Da war dann die Bedienung zu mir gekommen und hat gefragt, ob bei mir alles in Ordnung sei. Vielleicht kann man die junge Frau ja ausfindig machen, damit sie das bestätigen kann. Ich habe dann nur noch schluchzen können: »Ja, machen Sie mir bitte die Rechnung.«

Dann bin ich erst mal zur Toilette. Als ich mich da im Spiegel gesehen habe, habe ich einen totalen Schrecken bekommen. Ich sah aus wie ein Gespenst. Deshalb habe ich erst einmal ordentlich Rouge und Lippenstift nachgelegt, um wieder einigermaßen manierlich auszusehen.

Anschließend bin ich einfach nur ziellos durch die Stadt, durch Gießen gefahren. Und irgendwann stand ich an einer Ampel. Das war am Elefantenklo, dieser Fußgängerüberführung, die für Gießen so was ist wie ein Wahrzeichen. Als ich auf das Lenkrad vor mir geguckt habe, hatte ich in jeder Hand eine Zigarette zwischen dem Zeigefinger und dem Mittelfinger stecken. Ich war so durch den Wind, dass ich mir eine Zigarette angemacht hatte, ohne zu merken, dass ich ja längst am Rauchen war.

Als ich eine von den beiden Zigaretten am Ausdrücken war, wechselte die Ampel auf Grün. Ich wollte losfahren, hatte aber nicht darauf geachtet, dass ich noch den dritten Gang drin hatte. Deshalb habe ich den Motor abgewürgt. Also habe ich ihn wieder gestartet und die Zigarette aus dem Seitenfenster geworfen.

In dem Moment habe ich ein Polizeiauto an der Ampel mir gegenüber gesehen. Ich war so erschrocken, dass ich voll vergessen hatte, den dritten Gang rauszunehmen. Also noch mal den Motor abgewürgt. »Verdammte Kacke, Ingrid, reiß dich jetzt am Riemen«, habe ich mich zur Raison gebrüllt. Mit war klar, wenn die mich jetzt blasen lassen, bin ich meinen Lappen los.

Also habe ich ganz tief durchgeatmet und voll konzentriert ganz sanft den ersten Gang eingelegt und bin sodann butterweich losgefahren, die ganze Zeit mit Blick in den Rückspiegel.

»Lieber Gott, bitte lass die mich jetzt nicht stoppen, bitte lieber Gott«, betete ich vor mich hin.

Als wir auf der Frankfurter Straße die höchste Stelle erreicht hatten, hat der Streifenwagen hinter mir zuerst gestoppt und dann kehrt gemacht. Uff.

Zu Hause angekommen, habe ich mich erst einmal in voller Montur aufs Sofa fallen lassen. Aber nur kurz. Dann bin ich hoch, habe einen Koffer genommen und wahllos irgendwelche Klamotten von Harald hineingepfeffert. Dann habe ich den Koffer die Treppe hinuntergewuchtet und neben die Eingangstür gestellt. Er sollte gleich sehen, was los ist, wenn er heimkommt. Die Grappa-Flasche habe ich so stehen lassen, wie ich sie vor meiner Fahrt nach Gießen abgestellt hatte. Die sollte er auch gleich sehen, wenn er heimkommt.

Ich habe dann nichts mehr mit dem Grappa gemacht. Ich bin runter in den Keller und habe mir eine Flasche Robert Allait geholt. Das ist sozusagen mein Arbeits-Champagner. Davon kriegen wir jedes Jahr Anfang November zehn Kisten direkt vom Hersteller angeliefert, die ich dann übers Jahr wegpicheln tue.

Dann habe ich auf Harald gewartet, und irgendwann hat es dann an der Haustür geklingelt. Da kam die Polizei, um mir mitzuteilen, dass Harald tot war.

Auf alle Fälle bin ich ihm vom Bahnhof aus nicht hinterhergefahren. Egal, ob man mir das glauben will oder nicht. Ich habe das nicht getan.

PSYCHO

Hansjörg Klingsor, Harald Laims
Psychotherapeut, Gießen.

Sie hatten mir ihre Dienstausweise gezeigt. Sie hieß Maritz, er Worstedt. Und noch bevor ich das Wort Schweigepflicht zu Ende gesprochen hatte, hatten sie mir schon zu verstehen gegeben, dass ich durch Harald Laims Tod nicht nur von meiner Schweigepflicht entbunden, sondern auch gezwungen wäre, alles preiszugeben, was zur Aufklärung seiner Ermordung bedeutsam sein könnte. Es war mir klar, dass wenn ich mich sperren würde, die beiden mit einem richterlichen Beschluss wiederkämen. Also fragte ich, wie ich ihnen weiterhelfen könne.

»Sie haben doch bestimmt eine Patientenakte über Harald Laims Therapie?«, wollte der Kommissar wissen.

Ich gab zu verstehen, dass eine solche Akte selbstverständlich existierte, man sich aber nicht zu viel davon versprechen sollte, weil die Aufzeichnungen ausgesprochen subjektive Momentaufnahmen darstellten.

»Sie machen sich doch bestimmt Notizen von den einzelnen Sitzungen?«, schob die Kollegin nach.

»Manchmal, ja«, antwortete ich, »meistens jedoch nicht.«

»Und warum nicht? Ist das nicht wichtig, was in einer Sitzung passiert?«

»Um ehrlich zu sein, nicht, nein. Vielleicht möchten Sie sich den Verlauf einer Therapie so vorstellen wie das Angeln in einem trüben, abgestandenen Tümpel in der Hoffnung, dass irgendwann ein Fisch anbeißt«, entgegnete ich.

»Warum hat Harald Laim überhaupt Ihre Dienste in Anspruch genommen?«, war die nächste Frage des Kommissars.

»Harald Laim war vor zwei Jahren zu mir gekommen. Zu der Zeit war seine Ehe in einer schlimmen Krise. Der Grund dafür war ein gewisses defizitäres Anpassungsverhalten, das das Zusammenleben zwischen Harald Laim und seiner Ehefrau belastet hat. Frau Laim hatte ihrem Mann die Pistole auf die Brust gedrückt. Sie hat ganz klar gesagt, dass wenn er sich nicht ändert, sie sich von ihm trennen wird.«

»Defizitäres Anpassungsverhalten? Was kann man sich darunter vorstellen?«

»Unser Zusammenleben folgt einem mitteleuropäischen Verhaltenscodex, der zum einen als sozial konform anerkannt ist, zum anderen aber auch korsettartig unser Verhalten einengt. Wenn man sich von dieser Normallinie entfernt, so neigt unsere Umwelt dazu, solche Verhaltensweisen als abnorm zu bewerten und zu ächten. Wobei man in der Regel recht voreilig ein abnormales Verhalten gleich als krankhaft aburteilt.«

»Um welche Art von Verhaltensweisen hat es sich bei Laim gehandelt?«, fragte Worstedt.

»Harald Laim hatte in seiner Kindheit schwere Traumata zu bewältigen. Die Trennung seiner Eltern, die mit viel Streit und Gewalt verbunden war, danach wurde er jahrelang nachts alleine zu Hause gelassen«, versuchte ich zu erklären, »es verhält sich so, dass solche Traumata im Gehirn Schäden anrichten, die sich in der Regel als Reduktion des Empathieverhaltens niederschlagen. Es wird im späteren Leben zusehends schwieriger, Emotionen wahrzunehmen. Um überhaupt noch Gefühle spüren zu können, müssen Erlebnisräume betreten werden, die uns ›Normalen‹ in der Regel verschlossen bleiben.«

»Zum Beispiel ...?«, fragte Frau Maritz.

»Zum Beispiel braucht man immer stärkere Reize, um Gefühle überhaupt noch spüren zu können. Sowohl gegenüber anderen als auch sich selbst. Viele beginnen zum Beispiel damit, sich autoaggressiv mit Rasierklingen zu ritzen.«

»Aber Laim doch nicht. Laim hat sich doch nicht geritzt, oder?«, wollte der Kommisar dann weiter wissen.

»Nein, das hat er nicht.«

»Was dann, was hat er dann gemacht?«

»Harald Laim hatte eine einzigartige Gabe, Menschen Dinge anzutun und abzuverlangen, zu denen die meisten Menschen von sich aus nicht in der Lage wären. Vielleicht erinnern Sie sich an den Film *Das Schweigen der Lämmer*, wo Hannibal Lecter seinen Zellennachbarn dazu gebracht hat, sich die Zunge abzubeißen. Man erfährt den gesamten Film über nicht, wie er diesen Menschen dazu bringen konnte, das zu tun. Ob es schwer war oder leicht oder welche Worte er benutzt hat. Und genau in dieser Art und Weise hatte Harald Laim die Gabe, Menschen nur durch seine Worte zu Handlungen zu beeinflussen, die ihnen ansonsten niemand hätte abverlangen können.«

»Sexuelle Handlungen?«

»Bevorzugt, ja.«

»In Verbindung mit Gewalt?«

»Auch das ist vorgekommen, ja.«

»Wie kann man sich das vorstellen?«

»Ich bin, das haben Sie ja vielleicht schon bemerkt, Kinofan. Deshalb will ich Ihnen ein Beispiel nennen. In Luis Buñuels Film *Belle de Jour* spielt Catherine Deneuve eine gutbürgerliche Pariserin, die gelangweilt von ihrem Leben anfängt, in einem Bordell zu arbeiten. Als dort ein Japaner auftaucht, lehnen die anderen Prostituierten es ab, ihm eine ungewöhnliche Behandlung zukommen zu lassen. Seinen Sonderwunsch teilt er den Damen durch einen Blick in eine kleine Schatulle mit. Angewidert lehnen die Prostituierten ab, bis Séverine, dargestellt von Catherine Deneuve, ebenfalls in die Schatulle blickt und sagt: ›Okay, ich mache es‹. Man erfährt nicht, was sich in der Schatulle befunden hat, und alles, was sich darin befunden haben mag, kann nicht an die Phantasie heranreichen, die der Betrachter entwickelt. Insofern stellt diese Schatulle nur ein Medium dar zwischen dem Kopf des Betrachters und dem des Erzählers.«

»Und was soll das mit Harald Laim zu tun haben?«

»Ich fürchte, ich bin da ein bisschen zu ausschweifend geworden. Entschuldigung. Was war noch mal Ihre Frage?«

»Sind innerhalb der Therapie irgendwelche Straftaten thematisiert worden, die Harald Laim begangen hat?«

»So etwas kann schon mal vorgekommen sein, aber das war nicht wichtig.«

In dem Kommissar schäumte Empörung auf: »Wie, das war nicht wichtig?«

»Meine Aufgabe ist nicht, meine Patienten zu überführen. Ich bin dazu da, ihnen zu helfen. Wenn ihr Handlungsspektrum bisweilen nicht sozial konform sein sollte, so geht es in erster Linie darum, ob es sich um ein abnormales oder krankhaftes Verhalten handelt.«

»Wussten Sie, dass Harald Laim seine Identität verändert hat, dass er früher Jürgen Befort hieß?«

»Das hatte er mal erwähnt, ja, ich erinnere mich. Aber wie gesagt ...«

»... das war nicht wichtig?«

»Genau.«

PRZEWALSKI

Regina Maritz, Kriminaloberkommissarin, Gießen:

»Wie, Przewalski-Pferde? Koppel an der Hohen Warte? Wo soll das denn sein, im Vogelsberg oder was?«

Nein, es war nicht im Vogelsberg. Ich bräuchte nur die Licher Straße stadtauswärts fahren, hieß es, da würde ich schon auf der linken Seite mächtig Polizeipräsenz sehen.

Es war 6:54 Uhr. Wer, verdammte Kacke noch mal, ist zu dieser Uhrzeit schon unterwegs und findet dann auch noch gleich eine Leiche? Ich musste an Roman denken, wie er auf der Fahrt nach Bad Nauheim gesagt hat, dass er beim Anblick des toten Harald Laim im Regen am Eulenkopf gedacht hat, dass er besser einen anständigen Beruf hätte lernen sollen. Ich hätte besser auch einen anständigen Beruf lernen sollen.

Als ich von der Licher Straße links abbiegen wollte, weil dort Streifenwagen einen asphaltierten Weg abgesperrt hatten, wurde ich erst einmal weitergewunken. Bis ich meinen Dienstausweis hervorpulen konnte, wäre es fast zu einem Unfall gekommen.

Über der Koppel lag noch dichter Nebel. Es sah aus wie in einem alten Edgar-Wallace-Film. Nachdem ich ausgestiegen war, kam ein Mann in Outdoor-Montur auf mich zu, der sich als Leiter einer Bundesforstbehörde mit Namen Glauburg vorstellte.

Er erklärte mir, dass sich auf der Koppel sechs Przewalski-Pferde befänden und es sich dabei um die einzige Wildpferdart handelt, die bis heute in ihrer Wildform überlebt hätte. Sie seien hier, um das spröde Reitgras abzuweiden, das die Artenvielfalt in dem Naturschutzgebiet negativ beeinträchtige.

Da die Tiere ausgesprochen sensibel auf äußere Einflüsse in ihrem Lebensbereich reagierten, wäre er mir sehr verbunden, wenn ich dafür sorgen könnte, dass die anstehenden Arbeiten zur Bergung der aufgefundenen Leiche mit so wenig Aufwand wie möglich und insbesondere leise durchgeführt würden.

Ich sagte: »selbstverständlich«, und ging los zum Zentrum des Geschehens, wo Krumbholz mit seinen Kollegen von der Spurensicherung bereits in weißen Overalls zugange waren und Dr. Lindenstruth sich um die Leiche kümmerte.

Etwas abseits stand Roman und hatte seinen Blick auf die Koppel gerichtet.

»Eben habe ich eins von den Pferden gesehen«, sagte er, als ich zu ihm trat, »es hat nur ganz kurz hierher geguckt und ist gleich wieder abgehauen.«

»Der Typ von der Forstbehörde hat darum gebeten, dass wir leise sein sollen.«

»Hat er mir auch schon gesagt«, fuhr Roman fort, »er will hier keinen Bohei. Ist ja auch verständlich.«

»Warst du schon bei der Leiche?«

»Ja«, sagte er, »es ist Sebastian Dern.«

»Der Typ aus Dillenburg, der uns gesagt hat, dass das Seminar ihm echt was gebracht hätte?«

»Genau der.«

»Wer hat ihn gefunden?«

»Dieser Glauburg. Er war auf seiner morgendlichen Kontrolltour und hat ihn unmittelbar an der Koppel liegen sehen.«

»Wenigstens hat er ihn nicht fortgeschafft, um seine Pferde nicht unnötig zu beunruhigen.«

Wir gingen gemeinsam los zu der Leiche an der Koppelgrenze. Sebastian Dern lag auf dem Rücken. Er sah nicht besonders gut aus. Leichen sehen ja nie besonders gut aus. Aber bei ihm war es noch eine ganze Spur härter.

Dr. Lindenstruth trat zu uns: »So wie es aussieht, hat ihn jemand mit einem Elektroschocker sediert. Da weisen zwei kleine Brandverletzungen am Hals drauf hin. Anschließend hat er Bauschaum in den Rachen gesprüht bekommen. Der hat sich dann im Kopf ausgebreitet und verhärtet. Vermutlich also Tod durch Erstickung. Mehr wie immer nach der Obduktion.«

Die Leiche hatte den Mund weit offen, aus dem ebenso Bauschaum herausgetreten war wie aus der Nase und den Ohren. Grauenhaft.

Roman und ich standen stumm vor dem toten Sebastian Dern.

»Es sieht schlecht aus«, sagte Roman schließlich, und ich konnte nur zustimmen: »Keine Frage, es sieht schlecht aus. Frenzel wird zwar nicht freikommen; er wird sich weiterhin für seine pädokriminellen Verbrechen verantworten müssen, aber den Mord an Harald Laim wird man ihm nicht länger anlasten können.«

»Und wir fangen wieder von vorne an. Scheiße, verdammte«, sagte Roman, »andere lösen Fälle, wo Serienkiller fünf, sechs Leute umbringen – und wir?«

»Was denkst du, was wir machen sollen?«

»Es muss etwas geben, was sich im Sommer ´89 in der Spilburgkaserne ereignet hat und mit unserem Fall zu tun hat. Ich bin mir da absolut sicher.«

»Das hört sich nicht gerade nach einem analytischen Vorgehen an.«

»Nein, das ist reine Intuition.«

»Also gut. Und was meinst du, was wir machen sollen?«

Während wir noch am Überlegen waren, ging Romans Handy. Krokoczinski wollte uns sofort sehen.

Vor dem Präsidium fiel mir gleich ein Audi mit Wiesbadener Kennzeichen auf. Ich warf einen Blick hinein und entdeckte auf der Rückbank eine Madagaskarpalme – so, wie es aussah, meine Madagaskarpalme.

Achim war zusammen mit Klaus Bill extra nach Gießen gekommen, um uns den Fall wegzunehmen.

»Ihr hattet eure Chance«, sagte Achim, »ihr habt sie nicht genutzt. So what?«

Krokoczinski, der ziemlich gelbe Mundecken hatte, verabschiedete sich auch gleich, nachdem die Sitzung begonnen hatte: »Ich denke, die Übergabe des Falls kriegt ihr auch ohne mich hin.«

Als die Tür hinter ihm zu war, ergriff Klaus Bill das Wort: »Jetzt mal Klartext: Wenn ihr euren Job anständig erledigt hättet, wäre dieser Sebastian Dern noch am Leben. Ihr habt ihn auf dem Gewissen. Deshalb seid ihr von jetzt an endgültig raus aus dem Fall. Das heißt, dieser Fall ist für euch tot, mulo, egal, was noch alles passiert. Also lasst euch bloß nicht einfallen, wie ein paar depperte Kommissare im Fernsehen auf eigene Faust weiterzuermitteln. Denn egal, womit ihr jetzt noch angeschissen kommt, es wird nicht mehr in die Ermittlung einfließen. Ist das klar?«

Wir waren am Ende. Wir hatten es nicht geschafft. Es war nicht mehr unser Fall.

»Und übrigens habe ich dir die Madagaskarpalme mitgebracht«, sagte Achim dann noch, »dann musst du nicht extra nach Wiesbaden kommen, um sie zu holen.«

Dieser Arsch, hatte ich gedacht und gesagt: »Weißt du, was du mit der Madagaskarpalme machen kannst? Die kannst du dir hinten reinstecken, das kannst du!«

Das war der Abschied. Gleich darauf ging Romans Handy. Es war Lindenstruth. Die Obduktion hätte das bestätigt, was er uns schon am Tatort gesagt hatte. Als Todeszeitpunkt hat er den späten Nachmittag des Vortages genannt.

Außerdem hätte die DNA-Untersuchung ergeben, dass Sebastian Dern derjenige war, mit dem Jürgen Befort kurz vor seinem Tod noch Analverkehr hatte.

Während des Telefonats standen wir am Fenster und schauten runter, wie Achim und Klaus Bill in den Audi stiegen und davonfuhren. Dann gab Roman Lindenstruth zu verstehen, dass wir mit dem Fall nichts mehr am Hut hätten, dass die weitere Ermittlung Sache des LKA sei.

Wir fühlten uns, als hätte man uns ein Kind weggenommen.

VOLL DICHT

Christa Bepler, Anwohnerin des Hinterhauses bei Roman Worstedt, Gießen:

Als wir nach Hause kamen, haben wir sofort die beiden Füße hinter der Hausecke hervorgucken sehen. Ein Toter bei uns im Hof? Im Näherkommen hat der Lothar auf seinem Handy die Taschenlampen-App angemacht, damit wir mehr erkennen konnten.

»Das ist der Worstedt«, hat er dann gesagt.

Ich war starr vor Schreck. Der Lothar hat ihn dann rumgedreht, sodass wir sein Gesicht sehen konnten. Er hatte den Mund offen und die Augen zu.

»Ist er tot?«, fragte ich ängstlich.

Der Lothar rüttelte ihn daraufhin und gab ihm ein paar Ohrfeigen, damit er zu sich kommen sollte. Nix, keine Reaktion.

»Was sollen wir machen, verdammt?«, hat der Lothar dann gebrüllt. Der hat dann auch ziemlich die Muffe gekriegt und ich voll die Hektik: »Ist er noch warm? Hat er noch Puls?«

»Fühlt sich so an, ja«, hat der Lothar gemeint, »wir müssen einen Notarzt rufen. Der muss ins Krankenhaus!«

»Und wenn er unterwegs …?« Ich konnte den Satz nicht zu Ende bringen. Lothar zuckte mit den Schultern.

Ich sagte: »Mach Wiederbelebung.«

»Was?«

»Wiederbelebung!!!«

»Meinst du Mund zu Mund?«

»Ja klar.«

»Sag mal ...«

»Mach schon, oder willst du etwa ...?«

Ich hatte so etwas ja bisher immer nur im Fernsehen gesehen und war entsprechend skeptisch, ob das wirklich funktionieren könnte.

Als Lothar sich aber gerade hinunterbeugen wollte, gingen tatsächlich Worstedts Augen auf, um im nächsten Augenblick, in dem er die Situation ansatzweise begriff, einen lauten Schrei auszustoßen.

»Ihhhhh!!!«

Als wir ihm dann einigermaßen auf die Beine helfen konnten und wissen wollten, was denn passiert sei, entgegnete er nur: »Das geht euch einen Scheißdreck an« und machte sich los Richtung Haustür.

Der Lothar und ich konnten das alles nicht verstehen und wahrscheinlich wären wir auch gleich weiter zu uns nach Hause gegangen, wenn da nicht ein Brief auf dem Boden gelegen hätte, der uns zuvor gar nicht aufgefallen war. So ein böser, gelber Brief, wie sie vom Gericht kommen mit *Förmliche Zustellung* draufgedruckt.

Wir sind dann im Vorderhaus hoch in den zweiten Stock und haben bei Worstedts Wohnungstür abwechselnd geklingelt, gerufen und geklopft. Keine Reaktion, während unsere Blicke an den abgestossenen Schäden im Lack rund um das Türschloss hingen, die von alkoholbedingt missglückten Versuchen kündeten, das Schlüsselloch zu treffen.

»Guck doch mal rein, was das ist«, sagte ich dann zu dem Lothar mit Blick auf den Brief. Er holte das Schreiben aus dem Umschlag, der bereits offen war, und sagte: »Das ist ein Beschluss.«

»Und was, was ist das für ein Beschluss?«

»Augenblick«, sagte der Lothar dann und begann vorzulesen: »Die Beweisaufnahme und Anhörung der Beteiligten hat nicht zur hinreichenden Überzeugung des Gerichts den Nachweis für die Behauptung der beteiligten Kindsmutter Maria Worstedt erbracht, dass dem Antragsteller Roman Worstedt bereits vor dem Tod seiner Tochter Sophie Umstände bekannt waren, die zu Zweifeln an seiner Vaterschaft gegenüber seiner Tochter Sophie hätten Anlass geben können. Im Hinblick ...«

Bevor er weiterlesen konnte, wurde mit einem Ruck die Tür geöffnet. Worstedt nahm den Brief mit einem Griff an sich und verschwand ohne jeden Kommentar zurück in seine Wohnung.

»Was bedeutet das?«, wollte ich wissen.

Lothar meinte: »Das bedeutet, dass im Endeffekt all das Lügen seiner Ex vor Gericht nichts gebracht hat und er seinen Scheinvaterregress weiterverfolgen kann.«

»Dann hat er sich offensichtlich vor Freude die Kante gegeben«, meinte ich.

»Dafür hat er ja auch schon oft genug bei schlechten Nachrichten zugeschlagen.«

LATSCHI KONSCHITTA

Regina Maritz,
Kriminaloberkommissarin, Gießen:

Der Besuch des medizinischen Dienstes gestern war eine einzige Katastrophe. Alles, womit ich meine Mutter gebrieft hatte, wie sie sich verhalten und was sie sagen sollte, war in dem Moment weg, als dieser junge Arzt ihr Wohnzimmer betrat.

Ich weiß nicht, wie der Kerl das hingekriegt hat, aber meine Mutter war getrieben von dem Ehrgeiz, diesem Mann vorzuführen, wie verdammt rüstig sie noch ist und was sie in ihrem Alter noch alles kann. Als er dann gegangen war, hat sie gemeint: »Na, dem haben wir es aber gezeigt, diesem jungen Schnösel, was?«

Ich konnte nicht anders, als sie ganz lieb in den Arm zu nehmen: »Ja, Mutti, das haben wir.«

Wenigstens haben meine geschundenen Glieder sich die Woche über ganz gut von meinem Frankfurt-Marathon erholen können. Ich konnte wieder die Treppen vorwärts runtersteigen und freute mich darauf, am nächsten Tag ein erstes kleines, langsames Läufchen zu wagen.

Als ich dann den Roman abgeholt hatte und wir zusammen unterwegs waren nach Lich, hat er mir von der Beerdigung seiner Tochter erzählt. Da sei er sich auch vorgekommen, als hätte man ihm sein Kind weggenommen. Da habe seine Ex der gesamten Trauergemeinde den vermeintlichen Erzeuger als den Vater seiner Tochter vorgestellt, was zu ziemlichen Irritationen geführt hätte.

Und gleichzeitig sei er wie Luft behandelt worden, so als hätte er mit der Verstorbenen nie im Leben was zu tun gehabt.

Nach einer längeren Pause hatte ich ihn gefragt, ob das die Situation gewesen wäre, von der er auf der Fahrt nach Bad Nauheim gesagt hatte, dass er schon mal jemand hätte umbringen wollen.

Da sagte er: »Ja, wenn ich da nicht vollgepumpt gewesen wäre mit Medikamenten, hätte ich jemanden umbringen können, das stimmt.«

Als wir ins Kino Traumstern reinkamen, hat Zahnrad-Ebi uns sofort gesehen und kam zu uns.

»Na, was sagt ihr zu Konschitta Flaaschworscht – voll latschi, he?«, präsentierte er sich in ihrem kurzen, perlmuttbesetzten Kleidchen und dunklem Vier-Tage-Bart.

Ich hatte ihn erst mal gar nicht erkannt. Die Kostümierung war perfekt.

»Und jetzt noch eine Überraschung«, fuhr Konschitta fort, während er einen Typen zu uns winkte.

»Das ist der Hendrik, der spielt bei den *Ukulele Stringband Ramblers*, dem habe ich schon von dem Kapo erzählt, den ihr da gefunden habt. Und jetzt haltet euch fest ...«

Hendrik begrüßte uns mit Handschlag. Zahnrad-Ebi stellte uns vor: »Das sind die Polizisten mit dem Kapo. Erzähl du ihnen die Geschichte.«

»Was soll ich sagen«, begann Hendrik, »so, wie es aussieht, ist das mein Kapo, beziehungsweise einer von mir. Ich habe nämlich immer zwei. Denn einmal hatte ich ein Konzert und da hatte ich keinen dabei. Seitdem habe ich immer einen in meinem Ukulelenkoffer. Der ist nur für Auftritte. Und dann hab ich noch einen zu Hause für zum Üben und so. Und am Samstag vor einer Woche war ich zu einer Fete am Eulenkopf eingeladen ...«

»Ach ja, wo denn da?«, wollte Roman wissen.

»Volker Braun, ein alter Freund von mir, am Eulenkopf besser bekannt als Black Magic. Na ja, ich hatte am Freitag schon eine Drei-Liter-Bombe Rotwein besorgt, so einen Schlauch in einem Karton, den ich mitbringen wollte. Weil am Freitag dann aber mein Bruder kurz bei mir war, hatte ich den Schlauch schon mal aufgemacht, um ihm ein Gläschen anzubieten.

Und dann war auf einmal die Klemme, mit der man den Abfüllschniepel verschließt, weg. Deshalb habe ich für den Transport den Karton aufrecht gestellt und den Abfüllschniepel mit dem Kapo abgeklemmt. Das ging ganz gut mit zwei Pappstreifen, die ich dazwischengeklemmt hatte. Und als ich dann bei dem Volker ankam, war der Kapo auf einmal nicht mehr dran. Er muss unterwegs abgegangen sein, als ich den Karton bei mir aus dem Auto herausgeholt habe.«

»Ist er das hier?«, fragte Roman und hielt ihm den Kapotaster in dem Spurensicherungsbeutel hin.

»Ja klar, das ist er, das ist meiner«, sagte Hendrik und wollte schon danach greifen.

»Wenn das so ist, müssten da ja auch Ihre Fingerabdrücke drauf sein«, fuhr Roman fort.

»Davon kann man ausgehen, ja«, entgegnete Hendrik.

»Dann kommen Sie doch bitte am Montag zu uns ins Präsidium, da werden wir das regeln, dass Sie ihn wieder zurückkriegen.«

»Kein Problem«, sagte Hendrik, »bleibt ihr da zu unserem Auftritt? Wir sind als zweite Formation dran nach dem jungen Cellisten von der Musikschule.«

»Gerne«, sagte ich freundlich.

»Und auch zu meinem Auftritt, ich bin als fünfte dran«, schloss Konschitta sich an.

»Auch gerne«, sagte ich und war total gespannt.

»Okay, dann bis später«, verabschiedeten sich die beiden.

Roman und ich setzten uns an den Rand einer Reihe in der Mitte des Saals.

Die erste Darbietung sollte ein junger Cellist sein, der offenbar von der Musikschule in Lich kam. Was der mit seinem Cello angestellt hat, war echt super. Der spielte Klassik genauso wie Jimi Hendrix und traktierte sein Instrument, wie ich es noch nie gesehen hatte.

Und auf einmal, mittendrin bei *Hey Joe*, tat es einen totalen Schlag. Ich hatte im ersten Augenblick gedacht, es wäre irgendwo ein Schuss gefallen. Aber es war kein Schuss, es war ganz einfach eine Saite von dem Cello gerissen.

Den jungen Typen hat das aber gar nicht aus der Ruhe gebracht. Offenbar war ihm das schon öfter passiert, denn voll cool zog er die kaputte Saite raus aus dem Instrument, um sie dann im hohen Bogen unter die Zuschauer zu werfen. Das hatte in dem Moment was von den Konzerten der Who in den sechziger und siebziger Jahren, deren Markenzeichen es ja war, die gesamten Instrumente eines Konzerts zu zerstören und ins Publikum zu werfen.

Und dann dachte ich, ich sehe nicht richtig, aber tatsächlich, der Roman war aufgesprungen und hat die gerissene Saite in seine Gewalt gebracht. Wie eine Jagdtrophäe hielt er sie in den Händen, bevor er sie zu einem kleinen, runden Kreis aufwickelte. Gleichzeitig bekam er ein Leuchten in die Augen, das unmissverständlich von einem genialen Gedanken in seinem Kopf kündete.

»Komm«, sagte er dann und zog mich mit vor die Tür.

»Was ist los?«, wollte ich wissen.

»Ich glaube, ich habe jetzt was.«

Während er das sagte, fingerte er an der gerissenen Saite herum, als wollte er ihr für die Idee danken, die er gerade gehabt hat.

»Ach ja, und was?«, fragte ich, »etwa, wie wir den Fall doch aufklären können?«

»Richtig.«

»Ich habe aber keine Lust, den Fall aufzuklären. Du weißt doch genau, was uns gesagt worden ist: Wir sind raus aus dem Fall. Das LKA wird herauskriegen, wer Harald Laim umgebracht hat, nicht wir. Wir sind jetzt hier und freuen uns auf die Ukulele Stringband Ramblers, die will ich mir nämlich jetzt mit Genuss anschauen.«

»Es geht nicht um Harald Laim«, sagte Roman daraufhin.

»Nein, worum denn?«

»Um Jürgen Befort.«

»Ach, Roman«, sagte ich, »was soll das denn jetzt?«

»Wir müssen zurück zum Kerngeschäft.«

»Zum Kerngeschäft«, fragte ich, »was soll das denn sein, unser Kerngeschäft?«

»Unser Kerngeschäft«, antwortete er, »ist die Gelassenheit, Dinge hinzunehmen, die wir nicht ändern können, der Mut, Dinge zu ändern, die wir ändern können; und die Weisheit das eine von dem anderen zu unterscheiden.«

»Ist das nicht dieses Niebuhr-Gebet der Anonymen Alkoholiker, zu dem sie sich am Ende ihrer Treffen an die Hand nehmen?«

»Genau richtig, das ist es.«

BUDENZAUBER

Heiko Grumbach,
ehemaliger Panzergrenadier, Gießen:

Als die Tür bei unserem Treffen aufging, habe ich mich richtig gefreut, dass der sich auch mal wieder sehen ließ, der Roman. Und dann auch noch mit so einer unverschämt hübschen Alkoholikerin im Schlepptau. Als er dann aber zu mir kam und meinte, ob ich mal kurz mit ihm rausgehen könne, habe ich schon gedacht: »Was soll das denn jetzt?«

Denn ansonsten geht es bei unseren Treffen nicht zu wie in einem Taubenschlag, dass man einfach rein- und rausgeht, wie es einem gerade passt. Normalerweise bleiben wir alle bis zum Ende da, um uns dann zum Abschied an den Händen zu fassen und gemeinsam unser Gelassenheits-Gebet zu sprechen.

Vor der Tür hat der Roman dann gesagt, er hätte sich daran erinnert, dass ich mal bei einem Treffen angedeutet hätte, in der Spilburgkaserne in Wetzlar schlimme Sachen erlebt zu haben. Und weil er meinte, dass ich gesagt hätte, das wäre 1989 gewesen, wollte er wissen, ob das stimme.

Ich hatte dann gesagt, dass das richtig sei, woraufhin er meinte, ob wir uns darüber kurz unterhalten könnten. Wir haben uns dann ins *Mr. Jones* gegenüber vom Bahnhof gesetzt und ich habe den beiden erzählt, was sie wissen wollten.

Roman sagte: »Es geht nicht unmittelbar um dich und deinen Fall. Eher geht es darum, was sich zu der Zeit noch in der Kaserne zugetragen hat.«

»Was meinst du damit?«

»Sagt Ihnen der Name Befort was, Jürgen Befort?«, fragte die Kommissarin.

»Der Hauptfeldwebel?«

»Richtig, Jürgen Befort war seinerzeit Hauptfeldwebel in der Spilburgkaserne«, ergänzte Roman.

»Ich weiß«, sagte ich, »was wollt ihr denn wissen über ihn?«

»Wann hast du ihn zum letzten Mal gesehen?«, fragte Roman.

»Vor einem dreiviertel Jahr«, antwortete ich.

»Vor einem dreiviertel Jahr?«, fragte die Kommissarin erstaunt nach.

»Ja«, erklärte ich, »vor einem dreiviertel Jahr, auf dem Gelände der ehemaligen Spilburgkaserne in Wetzlar.«

»Was war denn da? Wie war es zu dem Treffen gekommen?«, fragte Roman.

»Das ist eine etwas längere Geschichte.«

»Wir haben Zeit.«

Ich begann zu erzählen, wie es dazu gekommen war, dass ich an jenem Tag vor einem dreiviertel Jahr in die Spilburgkaserne nach Wetzlar gekommen war: »Ich glaube, keiner kann sich vorstellen, wie sehr ich den Ortstermin, der für diesen Tag angesetzt war, herbeigesehnt habe. Kein Tag ist seit dem 23. Juni 1989 in meinem Leben vergangen, keine Stunde, keine Minute, wo ich nicht an das denken muss, was an diesem Tag dort passiert ist.

Dabei vermischen sich meine Erinnerungen zusehends mit Vorstellungen, in denen meine Peiniger zur Rede gestellt werden und sich vor Gericht verantworten müssen, um letztendlich für die Misshandlung bestraft zu werden, die sie mir zugefügt haben. Und zwischendurch immer wieder Bilder, wie ich mit bösen Schlägern an meiner Seite oder gar einer ganzen Rockerbande Rache an ihnen nehme.

Vor acht Jahren habe ich mich zum letzten Mal auf die Waage gestellt. Da habe ich fast 140 Kilo gewogen. Seitdem ist mein Gewicht nicht weniger geworden. Ich bin ein unbewegliches, aufgedunsenes Monstrum. Ich habe mir abgewöhnt, in den Spiegel zu schauen. Es ist mir nicht mehr vorstellbar, dass jemand etwas mit mir zu tun haben will. Dabei war das alles einmal anders. In meiner Jugend habe ich in Gießen beim VfB Fußball gespielt und war ein drahtiger, durchtrainierter und gut aussehender Junge. Ich hatte keine Schwierigkeiten, Mädchen rumzukriegen, und man hatte gesagt, dass ich mal bei Karstadt, wo ich gelernt hatte, Abteilungsleiter der Herrenbekleidung werden könnte, wenn ich vom Bund zurückkäme. Und wahrscheinlich wäre auch alles so gekommen, wenn es nicht diesen 23. Juni 1989 gegeben hätte beziehungsweise das, was mir an diesem Tag zugestoßen ist und letztendlich Anlass war für den Ortstermin.

Erst vor vier Jahren hat mich der Helmut Brückel angesprochen. Er ist Anwalt und der Bruder von meinem Freund Hans, mit dem ich in der Jugend beim VfB Fußball gespielt habe. Er hätte davon gehört, was mir zugestoßen sei, hatte er gesagt und angeboten, mir zu helfen, gegen die vorzugehen, die mich so böse misshandelt hätten. Ich konnte erst einmal überhaupt nichts mit dem Angebot anfangen, was sollte der Stuss. Und was sollte es bringen, sich mit der Bundeswehr anzulegen.

Aber der Helmut Brückel hat nicht lockergelassen. Er hat sich vergewissert, dass die Verjährungsfrist noch nicht abgelaufen war, hat die fünf anderen, mit denen ich auf einer Stube war, ausfindig gemacht und auch den Feldwebel Steinhilber, der an jenem Tag als Wachhabender den Appell bei uns durchgeführt hatte. Es hat dann zwar noch Jahre gedauert, aber irgendwann gab es dann eine Anklageschrift und einen ersten Gerichtstermin. Alle drei, vier Monate gab es dann eine Nachricht, dass er Schritt für Schritt in der Angelegenheit Fortschritte verzeichnen könne und schließlich den Ortstermin herbeigeführt habe, von dem ich so sehr gehofft hatte, dass in der Begegnung von Angesicht zu Angesicht die Übeltäter zur Rechenschaft gezogen wurden.

Die Spilburg ist längst keine Kaserne mehr. Seit Jahren schon ist dort nun ein Gewerbepark mit allen möglichen Firmen. So hatte ich das Gelände noch nie gesehen. Ich musste mich nach meiner Ankunft erst einmal neu orientieren, denn seit dem Vorfall im Juni 1989 war ich nicht mehr dort gewesen. Als ich angekommen und aus dem Taxi, das mich vom Bahnhof hergebracht hatte, ausgestiegen war und die Gebäude wiedergesehen habe mit dem Exerzierplatz und der Messe in der Mitte, hatte ich von einem Moment auf den anderen wieder die Geräusche von damals im Ohr. Das Knallen der Stiefel auf dem Asphalt von einer Formation im Laufschritt. Die Spritzgeräusche von der Panzerwaschanlage. Die Gewehrsalven von der nahe gelegenen Schießanlage, das Nachhallen von gebrüllten Befehlen aus offenen Fenstern. Und gleichzeitig stieg mir in der Nase auch der leicht modrige Geruch hoch, der in den Arbeitsuniformen steckte und sich nie herauswaschen ließ.

Ich wartete, bis Helmut Brückel mit seinem Auto vor dem Haus vier eintraf. In diesem Gebäude befand sich im dritten Stock die Stube 34, in der der Ortstermin stattfinden sollte. Als Brückel eingetroffen war, sind wir gemeinsam hoch in den dritten Stock. Da waren bereits die fünf Angeklagten mit ihren Anwälten sowie der Richter Gleim, der Oberstaatsanwalt Fellinger sowie ein Gerichtsschreiber und zwei Beisitzer.

Nach einer knappen Begrüßung mit dem Richter und der Staatsanwältin spürte ich von Seiten der fünf ehemaligen

Stubenkameraden nur verächtliche Blicke. Selbst wenn ich gewollt hätte, ich hätte sie nicht begrüßen können. Deshalb sparte ich mir eine Begrüßung und ging kurz in den Raum, der seinerzeit unsere Stube war und nun von einer Immobilienfirma als Besprechungsraum genutzt wurde.

In diesem Raum hatten wir seinerzeit mit sechs Mann gelegen. Es gab zwei Fenster zum Innenhof der Kaserne. Die Räume waren fast vier Meter hoch. Als ich auf eines der Fenster zugehen wollte, um einen Blick nach draußen zu werfen, spürte ich vor mir so etwas wie eine unsichtbare Wand, die es mir unmöglich machte, mich dem Fenster weiter zu nähern. Gleichzeitig stieg ein Unwohlsein in mir auf, von dem ich meinte, dass es eine unmittelbare Reaktion der Wände des Raums auf mein Eintreten war. Gerade so, als hätten diese Wände das Geschehen, das sich hier im Juni ´89 zugetragen hat, in sich aufgesogen, um es nun mit aller Intensität auf mich abzufeuern.

Ich ging zurück auf den Flur, wo gleich darauf Feldwebel Steinhilber eintraf. Er kam betont lässig in Begleitung seines Anwalts, beide schlank und in schicken Anzügen und den Rest der Leute ignorierend. Nach einer kurzen Begrüßung des Gerichts wurden sodann alle Anwesenden in den Raum gebeten. Nach einführenden protokollarischen Erklärungen zur Eröffnung des Ortstermins bekam ich das Wort. Ich sollte schildern, was sich seinerzeit an besagtem 23. Juni 1989 in diesem Raum zugetragen hatte.

Ich kann nicht erklären, was in diesem Moment mit mir geschehen war, warum ich keinen Ton herausbekam. Aber von einem Moment auf den anderen schnürte es mir die Luft ab, und es wurde mir schwindlig. Ich riss mir das Hemd auf und hielt mich an der Türklinke fest, um mich so gut es ging auf den Beinen halten zu können. Der Helmut Brückel kam zu mir und fragte, was denn los sei mit mir. Ich konnte es nicht sagen. Ich konnte überhaupt nichts sagen. Ich habe mich so unendlich geschämt für das, was da mit mir angestellt worden war. Es war plötzlich alles wieder da. Der Appell an diesem 23. Juni, als Feldwebel Steinhilber unter meine Bettdecke gegriffen und einen Schwulenporno hervorgezogen hatte. Er hatte mich daraufhin so sehr zur Sau gemacht, dass ich mich nur noch unendlich schämen konnte.

Das Heft war nicht von mir. Ich wusste nicht, wer es mir da unter die Decke gelegt hatte. Aber es war Anlass dafür, dass ich anschließend als schwule Sau beschimpft und unserer Stube der Wochenendurlaub gestrichen wurde. Hinterher kamen die anderen an und haben mich bedrängt, Hauptfeldwebel Befort um eine Sonderbestrafung zu bitten, damit nur ich bestraft werden sollte.

Ich wollte das nicht. Ich hatte Angst davor, denn drei Wochen zuvor hatte ein Rekrut von Haus eins um eine solche Sonderbestrafung gebeten und war hinterher in der Psychiatrie in Gießen gelandet. Hinter vorgehaltener Hand hatte man gehört, dass es sich um eine Hinterladerbehandlung gehandelt haben soll. Ich hatte schreckliche Angst und weil ich mich immer wieder gewehrt habe, zu dem Hauptfeldwebel zu gehen, haben mich schließlich drei der Angeklagten gepackt und vornüber auf den Tisch gedrückt, während die andern beiden mir die Hose runtergezogen und mir einen Besenstiel hinten reingesteckt und immer wieder brutal zugestoßen haben.

Die Schmerzen, die ich dabei hatte, waren unbeschreiblich. Ich war permanent kurz davor, die Besinnung zu verlieren. Und irgendwie kam es mir vor, als wären mein Geist und meine Wahrnehmung irgendwann aus meinem Körper herausgetreten und ich hätte von einem erhöhten Blickpunkt aus zugesehen, was da mit mir geschah.

Als diese Prozedur endlich zu Ende war, war ich zu keiner Reaktion mehr fähig. Ich war völlig apathisch und hatte jedes Schmerzempfinden hinter mich gebracht. Anschließend wurde ich zum Fenster gestoßen und gezogen und jeweils zwei Mann packten ein Bein von mir, um mich auf diese Weise mit dem Kopf nach unten aus dem Fenster zu halten. Ich kann mich nur noch daran erinnern, dass ich mich in diesen Augenblicken auf den Steinen vor dem Gebäude aufschlagen gesehen habe und es mir längst gewünscht habe, doch endlich losgelassen zu werden, um endlich sterben zu können.

Das alles lief in Bruchteilen von Sekunden vor meinem geistigen Auge ab, nachdem der Richter mich aufgefordert hatte, doch diese Vorfälle zu schildern. Ich konnte es nicht. Ich hörte nur noch kurz die Stimme von Steinhilber, der gesagt hatte, dass es sich um einen völlig üblichen Budenzauber gehandelt habe, den ich seinerzeit erlebt hätte.

Ich musste raus aus dem Raum. Schweiß schoss mir auf die Stirn und mein Atem war abgeschnürt. Auf dem Flur lief ich so schnell ich konnte davon. Hinter mir hörte ich noch den Helmut Brückel sagen, dass wir eine kurze Pause beantragen. Ich stürzte die Treppen runter, um an die frische Luft zu kommen. Draußen bin ich kopfüber in einen Busch gestürzt, wo ich mich nur noch laut vor mich hinweinend im hohen Bogen übergeben musste.

Nachdem ich mich auf diese Weise mehrmals hintereinander entleert hatte und meine Kleidung verklebt und stinkig in Mitleidenschaft gezogen worden war, war es auf einmal völlig still. Gerade so, als wäre ich ganz woanders. Ich rappelte mich auf, und als ich aus dem Busch herausblickte, sah ich plötzlich etwas, das mir wie eine Halluzination vorkam. Denn da stieg der Hauptfeldwebel Befort aus einem superschicken Auto, so einem Porsche Geländewagen.

Im ersten Moment hatte ich geglaubt, dass er auch wegen des Ortstermins hier sei und ich es nicht mitbekommen hätte, dass er ebenfalls geladen worden war. Ich hatte ihn sofort erkannt, obwohl er, anders als früher, jetzt einen Vollbart trug. Sein Blick und die Art, wie er sich bewegte, waren einfach unverkennbar. Gleichzeitig hatte ich ziemliche Schwierigkeiten, das, was ich sah, auf die Reihe zu kriegen. Wie in Trance bin ich ihm dann gefolgt.

Als er eine Eingangstür geöffnet hat, hat er kurz in meine Richtung geblickt, aber keine Reaktion gezeigt. Er wusste ganz offensichtlich nicht, wer ich war. Und wenn ich ihm seinerzeit während meiner Dienstzeit überhaupt aufgefallen war, war nun anzunehmen, dass er mich nicht personalisiert hatte. Ganz vorsichtig, um nicht bemerkt zu werden, öffnete ich die Tür des Hauses, in das er hineingegangen war. Ich hörte, dass er im ersten Stock in eine Tür hineinging. Dann schlich ich die Treppe hoch, um schließlich zu erkennen, dass es sich bei den Räumlichkeiten, die er da betreten hatte, um eine Firma namens *Get-Up-Education* handelte. So war es dazu gekommen, dass ich vor einem dreiviertel Jahr den Hauptfeldwebel Jürgen Befort zum letzten Mal gesehen hatte.« Mit diesen Worten schloss ich meinen Bericht und ging erst mal aufs Klo.

Als ich zurückkam, waren die beiden nicht mehr da. Sie hatten mir einen Zettel hingelegt: *Sorry, lieber Heiko, aber wir mussten dringend weiter. Wir sehen uns die Tage. Die Getränke haben wir bezahlt.*

NIGHT WATCH

Marianne Kreilig, Geschäftsführerin von
Baustoffe Schneider, *Reiskirchen:*

Der Annemarie hat es total leid getan, dass sie an dem Sonntag nach dem Seminar so kurz angebunden war am Telefon. Aber da hätte es jemand gegeben, der sie vor drei, vier Wochen einfach angesprochen hätte in der Fußgängerzone vom Seltersweg.

Ein total gut aussehender Typ, hat sie mir gesagt, voll nett und alles. Und mit dem hätte sie sich dann tatsächlich ein paar Mal getroffen. Von Beruf sei er Brückenbauingenieur, hätte er gesagt. Und an dem Abend sei er zum ersten Mal bei ihr gewesen. Mehr wollte sie nicht dazu sagen. Was sie auch nicht brauchte, so wie sie am Strahlen war.

Wir hatten einen absolut schönen Abend, und sie hatte mir gesagt, dass sie das mit dem Anruf auch der Polizei erzählt hätte. Dann wollte sie alles haargenau wissen, wie das für mich war in dem Seminar auf der Hütte. Irgendwie kam mir das jetzt alles nicht mehr so schlimm vor, wenn man mit ein bisschen Abstand darüber reden konnte.

Als ich dann nach Hause kam, war es schon fast eins. Ich hatte über Fernbedienung mein Hoftor aufgemacht und war in die Garage gefahren, als ich plötzlich die beiden Gestalten da in meiner Einfahrt erkennen konnte. Wollte mich da jemand überfallen? Da war mir doch mulmig zumute. Aber im Näherkommen erkannte ich dann, dass es sich um den Kommissar und seine Kollegin handelte.

»Was machen Sie denn hier?«, fragte ich.

»Entschuldigen Sie«, antwortete Kommissar Worstedt, »wir haben da nur eine Frage, von der wir hoffen, dass Sie uns vielleicht weiterhelfen können.«

»Jetzt, um diese Zeit? Hätte das nicht Zeit gehabt bis Montag?«

»Leider nicht, denn morgen starten wir eine groß angelegte Aktion mit Presse-, Rundfunk- und Fernsehberichten, um den Tatort von Harald Laims Ermordung ausfindig zu machen.«

»Aha, und was ist das für eine Frage?«

»Es geht um Harald Laims Uhr. Er hatte eine recht wertvolle Armbanduhr, eine *Lange*. Und die war nicht an seinem Handgelenk, als er gefunden wurde und konnte bisher auch nicht sichergestellt werden.«

»Aha.«

»Wir haben bereits andere Seminarteilnehmer gefragt, ob sie sich an die Uhr erinnern können oder daran, dass Harald Laim sie bei der Verabschiedung noch getragen hat ...«

»Weshalb es möglich sein könnte«, übernahm Worstedt wieder das Wort, »dass er die Uhr an dem Ort verloren hat, wo er umgebracht wurde.«

»Verstehe«, sagte ich, »und jetzt wollen Sie von mir wissen, ob ich mich an die Uhr erinnern kann.«

»Können Sie?«

»Nein, leider nicht. Ich hätte Ihnen da gerne weitergeholfen.«

LANGE

Regina Maritz,
Kriminaloberkommissarin, Gießen:

Wir waren um die nächste Straßenecke gefahren und hatten uns in Warteposition gestellt. Es hat dann gerade mal vier, fünf Minuten gedauert, bis Marianne Kreilig wieder aus ihrer Haustür herauskam und mit ihrem Auto losfuhr. Wir folgten ihr erst einmal ohne Licht, bis sie auf die Hauptstraße eingebogen war.

Dann fuhren wir in angemessenem Abstand, dass sie uns nicht bemerken sollte, nach Gießen hinein. Ohne ihren Blinker zu setzen, bog sie von der Grünberger Straße ab in Richtung Waldstadion. Wir warteten erst mal bei der Abzweigung, was wohl passieren würde.

Wir konnten sehen, dass sie ausstieg und im Licht ihrer aufgeblendeten Scheinwerfer und mithilfe einer Taschenlampe anfing, den Boden abzusuchen. Wir stiegen aus und näherten uns ihrem Wagen. Es war ziemlich ausgeschlossen, dass sie uns gegen die Scheinwerfer ihres Autos hätte erkennen können. Es war ganz deutlich zu sehen, dass sie systematisch den Boden absuchte. Und bestimmt hätte sie das noch eine ganze Weile getan, wenn der Roman nicht plötzlich das Licht von ihrem Auto ausgestellt hätte.

Ziemlich erschocken rief sie daraufhin: »Hallo – was soll das?«

Während wir langsam auf sie zugingen, richtet Roman seine Maglite auf sie. »Können wir Ihnen helfen?«, sagte er.

Marianne Kreiligs Blick ließ keinen Zweifel, dass ihr klar war, auf unseren Trick hereingefallen zu sein.

»Was wollen Sie?«, fragte sie.

»Es ist vorbei, Frau Kreilig«, sagte Roman, »niemand außer Ihnen und vielleicht noch Sebastian Dern hätten wissen können, wo die Uhr von Harald Laim abgeblieben sein könnte. Wir werden den Platz hier morgen den ganzen Tag untersuchen und Sie können sicher sein, dass wir irgendwelche Spuren finden werden, die auf Sie hinweisen. Und am Montag werde ich einen richterlichen Beschluss erwirken, dass Ihr Handyanbieter uns mitteilen soll, von wo aus Sie an dem Sonntagabend Ihre Freundin Annemarie angerufen haben. Sie verstehen, wovon ich rede?«

VOLL IM REGEN

Marianne Kreilig, Geschäftsführerin von* Baustoffe Schneider, *Reiskirchen:

Meine Sekretärin, die Frau Galinski, kam herein und sagte mir, dass da jemand sei, der mich sprechen wolle. Er würde sich nicht abwimmeln lassen, Heiko Grumbach sein Name.

»Heiko Grumbach, Heiko Grumbach? Ich hatte den Namen noch nie gehört.«

Als ich ihn dann sah, fand ich, dass er recht abgerissen aussah und auch ziemlich streng roch. Mein erster Gedanke war, dass dieser Mann auf einen Job als Hilfsarbeiter aus war.

Dann hat er aber gesagt, dass es um meinen Bruder gehe, dass er mich deshalb sprechen wolle. Da habe ich ihn natürlich mit in mein Büro genommen. Es war sichtlich nicht einfach für ihn, mir zu erzählen, worum es ging. Zum einen war das alles ziemlich wirr, was er von sich gab, zum anderen musste er immer wieder zwischendurch weinen und stottern. Bei den Schilderungen dessen, was ihm angetan worden war, tat er mir unendlich leid.

Und als er mir erzählte, dass er nach dem Ortstermin in der Spilburg plötzlich den Hauptfeldwebel Befort gesehen habe, wusste ich immer noch nicht, worum es gehen sollte. Erst als er gesagt hat, dieser Mann sei seinerzeit für Kurts Zusammenbruch verantwortlich gewesen, formierte sich in meinem Kopf ein Bild. Meine Eltern hatten seinerzeit ja alles unternommen, um herauszukriegen, was sich da in der Kaserne abgespielt hat, aber die Bundeswehr hat jede Verantwortung von sich gewiesen und keine Auskunft gegeben.

Jetzt bekam ich zu hören, dass es hinter vorgehaltener Hand hieß, dieser Hauptfeldwebel Befort hätte sich damals von Zeit zu Zeit an unteren Diensträngen sexuell vergangen. Und ganz offenbar sei mein Bruder Kurt Opfer eines solchen Übergriffs geworden.

Mir kam das alles erst einmal sehr unwahrscheinlich vor. Auch, dass dieser Hauptfeldwebel nun unter anderem Namen genau an der Stelle zugange sein sollte, wo er zuvor sein Unwesen getrieben hatte.

Gleichzeitig aber war ich auch davon beseelt, diesen Mann kennenzulernen. Wahrscheinlich hatte ich im Hinterkopf, ihn zur Rede zu stellen oder nun endlich zur Verantwortung zu ziehen. Ich wusste es nicht genau.

Aber als ich den Namen der Firma *Get-Up-Education* gehört hatte, ist mir eingefallen, dass das ja die Firma war, von der meine Freundin Annemarie mir vorgeschwärmt hatte, dass ich unbedingt auch an einem solchen Seminar teilnehmen sollte. Deshalb habe ich sie angerufen und nachgefragt, ob es bei ihrer Seminarteilnahme Hinweise dafür gab, dass der Leiter mit Bundeswehrmethoden arbeiten würde. Nachdem sie mir wenig dazu sagen konnte, habe ich mich für das Seminar angemeldet.

Eigentlich wollte ich nach meiner Scheidung vor vier Jahren längst wieder meinen Mädchennamen Schneider annehmen. Jetzt aber war ich froh, dass ich noch noch Kreilig hieß, um bei meiner Anmeldung zu dem Seminar keinen eventuellen Hinweis auf meinen Bruder zu liefern.

Während der gesamten Zeit auf der Hütte habe ich nur im Kopf gehabt, dass es sich bei diesem Mann, Harald Laim, um den Peiniger meines Bruders handelt. Zwischendurch hätte ich ihn manchmal am liebsten direkt darauf angesprochen, aber dazu hatte ich nicht den Mut, und zudem hätte das bestimmt auch nichts gebracht. Ich wusste also nicht, was ich machen sollte.

Als wir an dem Sonntagabend am Bahnhof in Gießen abgeladen worden waren und uns verabschiedet hatten, bin ich über die Fußgängerbrücke rübergegangen zum Alten Wetzlarer Weg und weiter in die Crednerstraße, wo ich mein Auto abgestellt hatte.

Endlich im Auto musste ich erst mal tief durchatmen und meine Gedanken sortieren.

Unterwegs Richtung Innenstadt musste ich am Elefantenklo auf der rechten Spur halten, als plötzlich links von mir der Harald Laim vorbeifuhr mit dem Sebastian Dern als Beifahrer. Was hatte das zu bedeuten? Der Sebastian Dern war doch wenige Minuten zuvor in den Bahnhof verschwunden, um seinen Zug nach Dillenburg zu kriegen.

Ich wechselte vorsichtig die Spur und folgte Laims Cayenne in einigem Abstand. Das Auto fuhr die Grünberger Straße stadtauswärts, bis es Richtung Waldstadion rechts abbog. Dort stoppte es vor dem Eingang zum VfB-Sportplatz.

Es war zunächst nicht einfach für mich, erkennen zu können, was da passierte. Aber dann sah ich deutlich, was vonstatten ging. Laim hatte die Heckklappe hochgeklappt und war dabei, Sebastian von hinten zu nehmen. In dem Moment kam es mir vor, als würde ich in dem Sebastian meinen Bruder erkennen, wie er seinerzeit in der Spilburgkaserne von Jürgen Befort vergewaltigt wurde.

Ich musste etwas machen. Ich wusste nur nicht, was. Ich brauchte etwas, um einzuschreiten. Ich wollte meinem Bruder zu Hilfe kommen. Meine Gedanken liefen Amok. Im Handschuhfach fand ich einen Satz neue Saiten für mein Cello, den ich eine Woche zuvor gekauft hatte. Ich riss die Verpackung einer Saite auf, ich meine, es war die E-Saite.

Dann hatte ich da noch meine Lederhandschuhe. Die habe ich angezogen und bin durch den Regen hin zu dem Auto. Die beiden konnten mich nicht bemerken. Sie hatten mir ja den Rücken zugewandt und waren viel zu sehr mit sich beschäftigt. Ich wickelte das eine Ende der Saite um meinen Autoschlüssel und das andere um den Griff eines Eiskratzers, den ich in der Türablage gefunden hatte.

Dann habe ich die Saite dem Laim von hinten um den Hals geworfen und mit aller Kraft zugezogen. Ich habe gezogen und hin und her gezerrt, bis er irgendwann seinen Widerstand aufgegeben hatte. Dann ist er wie ein nasser Sack auf den Sebastian draufgefallen, der unter ihm lag und überhaupt nicht wusste, was passiert war.

Als der Sebastian sich unter dem Laim hervorwinden und erkennen konnte, was passiert war, hat er nur noch geschrien, bis ich ihm schließlich eine geknallt habe.

Als er durch diesen Schlag ins Gesicht wieder zu sich kam, riss er die Beifahrertür auf und hielt plötzlich einen Silvesterknaller in der Hand. Offensichtlich hatte der noch in Laims Auto gelegen, nachdem er die anderen für die Übung »Right Moment« herausgeholt hatte.

Im nächsten Augenblick war er bei Laim, der nach wie vor seine Hose runtergezogen hatte, und hat ihm den angezündeten Kracher in den Hintern gesteckt. Was folgte, war das Geräusch einer abgedämpften Explosion, gerade so, als hätte jemand auf einen Frosch getreten.

Dann standen wir da im Regen.

»Was jetzt?«, fragte der Sebastian dann und ich antwortete: »Keine Ahnung. Wir müssen ihn verschwinden lassen.«

»Wozu, lassen wir ihn doch einfach hier liegen.«

»Nein, das wäre nicht gut. Hier ist alles voll mit Spuren von unseren Schuhen. Wir müssen ihn woanders hinbringen.«

Also bugsierten wir ihn ins Heck des Wagens und fuhren los. Als wir eine Runde durch die Monroestraße in der Amisiedlung gefahren waren, sind wir schließlich am Eulenkopf gelandet. Und weil da gerade ein Gullydeckel durch das starke Wasseraufkommen hochgedrückt worden war, kam mir die Idee, Laim in den Gully zu stecken. So konnten wir sicher sein, dass falls er noch am Leben war, auf alle Fälle ersaufen würde.

Nachdem wir ihn in den Gully gesteckt hatten, habe ich dem Sebastian gesagt, er soll aus seinem Trolly irgendein Stück Stoff holen und alles abwischen, was er angefasst hatte, um keine Fingerabdrücke zu hinterlassen. Auf der Ladefläche des Cayenne war eine Schutzfolie ausgebreitet. Die habe ich mitgenommen und unterwegs in einen Müllcontainer verschwinden lassen. Nicht, dass uns irgendwelche DNA-Spuren zum Verhängnis werden sollten.

Anschließend haben wir uns zu Fuß zurück zu meinem Auto auf dem Parkplatz vor dem Waldstadion gemacht. Dann habe ich den Sebastian nach Dillenburg an den Bahnhof gefahren. Unterwegs habe ich die Annemarie angerufen und gesagt, ich würde bei mir zu Hause in der Wanne liegen.

Zwei Tage später hat der Sebastian mich dann aber angerufen, er müsse mich unbedingt treffen. Deshalb hatten wir uns in Gießen in einem Café getroffen. Er hat gesagt, dass er Geld bräuchte und wollte 100.000 Euro. Ich hatte ihm gesagt, das sei unmöglich. Aber er ließ nicht locker. Ich habe ihm gesagt, dass ich so viel Geld nicht auf die Schnelle locker machen könne.

Er sagte: »Morgen Nachmittag an der Koppel der Przewalski-Pferde.«

Als wir uns da getroffen hatten, habe ich einen großen, braunen Briefumschlag mitgenommen. Darin hatte ich Monopoly-Geld eingepackt. Als ich ihm den Briefumschlag gegeben hatte und er ihn aufgerissen hat, habe ich ihm im gleichen Augenblick mein Elektroschock-Gerät an den Hals gedrückt und so lange ausgelöst, bis er ohnmächtig war. Dann habe ich den Bauschaum genommen, den ich bei mir aus dem Geschäft mitgenommen hatte, und habe ihm damit den Rachen voll gesprüht.

Ich weiß, dass das nicht richtig war, was ich getan habe. Aber ich wusste nicht, was ich machen sollte. Er hatte mich in der Hand und mir war klar, dass ich ihn nie wieder loswerden würde. Ich hatte ihm geholfen, als diese Drecksau von Laim sich an ihm vergangen hat und er hat mich nur ablatzen wollen. Er hätte das nicht tun sollen.

Hinterher bin ich nach Wetzlar gefahren, zur Spilburg. Ich wollte an den Ort, wo der Missbrauch an meinem Bruder stattgefunden hat, den ich nun gerächt hatte.

Als ich da eine Frau auf den Stufen zu der Messe sitzen sah, wie sie so genüsslich eine Zigarette rauchte, bekam ich auf einmal auch Lust, eine zu rauchen. Weil ich aber keine Zigaretten dabei hatte, habe ich die Frau gefragt, ob sie mir eine geben könne.

Sie gab mir eine und sagte, Rauchen sei nicht gut für die Gesundheit. Ich pflichtete ihr bei und ließ sie erfahren, dass ich in der Jugend gerudert hätte und dass es da völlig verpönt gewesen sei, zu rauchen. Sie sagte, sie hätte schon mit vierzehn angefangen, heimlich zu rauchen. Und aufgehört hätte sie erst, als sie ihren Mann kennengelernt habe, der leider schon tot sei. Ich sagte, dass mir das leid tue.

Wir unterhielten uns noch ein wenig und fanden heraus, dass wir beide »Um-die-Ecke-gedacht«-Fans waren. Ich hätte mich gerne noch länger mit der Frau unterhalten, aber sie musste sich losmachen, weil sie Besuch erwartete und vorher noch kochen wollte.

Schade, dass wir nicht unsere Telefonnummern ausgetauscht hatten. Ich hätte mich gerne noch mal mit ihr getroffen. Sie war einfach ganz reizend. Na ja.

Ich weiß, dass man Menschen nicht umbringen darf, und ich weiß auch, dass ich für das, was ich getan habe, ins Gefängnis muss. Aber ich weiß auch, dass ich es jederzeit wieder tun würde. Wenn es diesen Menschen nicht gegeben hätte, da bin ich mir sicher, wäre mein Bruder noch am Leben und ich würde in einem Symphonieorchester Cello spielen.

DOJO

Wolfgang Kisselbach, Karatetrainer, Gießen:

Ich hatte ja gedacht, ich traue meinen Augen nicht, als er da plötzlich bei uns in der Umkleide stand. Einige, die ihn noch von früher kannten, waren sofort mit Sprüchen dabei, wie man sie in solchen Situationen loslässt: »Na, Roman, hattest du deinen Gi verlegt?«

Mit Gi ist der weiße Kampfanzug beim Karate gemeint. Wenn jemand diese Frage stellt, so wird darauf Bezug genommen, dass irgendwann mal jemand, der eine Zeit lang nicht zum Training gekommen war, sich damit herausgeredet hatte, dass er seinen Gi verlegt hätte.

Es war unübersehbar, dass Roman gut zugelegt hatte. Ich hatte ihn ja zwischendurch mal auf der Straße gesehen. Er hatte mich da nicht gesehen. Aber ich hatte gleich gesehen, dass er vorneweg 30 Kilo mehr auf den Rippen hatte als zu der Zeit, als er noch bei uns aktiv war. Er hat richtige Mühe gehabt, seinen Gurt zuzukriegen. Aber egal, wir hatten uns total gefreut, dass er mal wieder da war.

Beim Training dann hat er geschwitzt wie ein Schwein. Kondition und Dehnung waren so gut wie nicht mehr vorhanden bei ihm. Er musste sich bestimmt drei-, viermal während der Trainingseinheit auf die Bank setzen, weil ihm die Puste ausgegangen war. Aber egal, ich fand es super, dass er sich mal wieder berappelt hatte.

Als wir nach dem Training unter der Dusche standen, habe ich gesagt, ich hätte in der *Gießener Allgemeinen* gelesen, dass er die Ermittlungen in dem Fall mit dem Toten im Gully leite. Ich fragte, ob der Fall mittlerweile aufgeklärt sei.

Als Antwort hat er mich sehr nachdenklich angeschaut, bevor er meinte, der Fall sei vom LKA übernommen worden und die würden ihn bestimmt bald aufgeklärt haben.

Dann sagte er, er würde nie wieder zu mir ins Training kommen, wenn er nicht mit seiner Arbeit in Ruhe gelassen werde.

Ich lächelte zurück und meinte: »Alles klar.«

- ENDE -

Nachwort & Dank

Einige der in dem Roman genannten Firmen, Institutionen und Lokalitäten gibt es wirklich. Alle Figuren und die Handlung des Romans jedoch habe ich mir ausgedacht.

Als Testleser danke ich meiner lieben, endlos geduldigen Frau Ritchie sowie meinem lieben Sohn Carlo und seiner Verlobten, Sabrina Lorenz, und unseren Freunden Nora und Bernd Laiacker, die mir alle mit Rat und Tat zur Seite standen.

Meinem Lektor Volker Maria Neumann danke ich für seine wertvollen Anregungen und die unendliche Geduld mit meinem Text, der ohne sein unermüdliches Engagement unzählige Fehler aufweisen würde.

Für seine Unterstützung in allen rechtsmedizinischen Fragen danke ich dem Direktor des Instituts für Rechtsmedizin am Universitätsklinikum Frankfurt am Main, Prof. Dr. Marcel A. Verhoff.

Die wertvollen Anregungen und Hintergründe zu dem »Erfolgs-Seminar« im Vogelsberg verdanke ich der Diplom-Psychologin und Chefredakteurin der Zeitschrift *Wirtschaftspsychologie aktuell*, Bärbel Schwertfeger, aufgrund unserer Gespräche und ihres Sachbuchs *Der Griff nach der Psyche*.

Jared Blum von der Gießener Bereitschaftspolizei danke ich für seine Hilfestellung rund um das Manische in Gießen. Für alles, was ich über Polizeiarbeit erfahren durfte, danke ich meinem leider viel zu früh verstorbenen Freund Fred Prase vom Vierten Polizeirevier in Frankfurt am Main, sowie Lars »Butch« Metzger vom Polizeipräsidium Mittelhessen.

Wenn das Buch trotz der vorgenannten Unterstützung Fehler aufweist, so gehen selbige einzig und allein auf meine Kappe.

Charly Weller, September 2014

Manisch-Glossar

Abgetschuert	Beklaut, bestohlen
Alls	Dauernd
Awa	Aber
Babo	Anführer, Chef, Häuptling
Ballefusser	Friseur
Begoni	Langsam
Beschäume	Bezahlen
Beschele	Musizieren, Musik machen
Besi	Schwanger
Buhl	Hintern, Arsch
Butsch	Abschätzig: Vagina
Buije	Ficken
Dschihad	Heiliger Krieg
Dubbe	Schlag, Hieb
Dunke	Schlagen
Fratzegeballer	Schlägerei
Gadsch	Typ, Mann, Kerl
Gari	Penis, Schwanz
Gebuijt	Gefickt
Gedunkt	Geschlagen, zugehauen
Gepuckt	Gesprochen, geredet
Getschurt	Gestohlen
Kliste	Polizei, Polizist
Klistemoss	Polizistin
Klunde	Scheide, Vagina
Klundegadsch	Schwuler; einer, der es mit Männern treibt
Latschi	Gut, schön

Lawinche	Bierchen, Schoppe
Lowi	Geld
Lowigadsch	Kerl mit Geld, reicher Typ
Luern	Gucken
Mano	Manisch, Manischer
Moss	Frau, Mädchen
Mulo	Kaputt, tot
Nasche	Gehen
Kliste	Polizei, Polizist
Plotze	Rauchen
Pucke	Sprechen, reden
Raffe	Verstehen
Siehle	Urinieren, pinkeln
Ticke	Sehen, gucken
Trittlings	Schuhe
Tschabo	Mann, Typ
Tschaij	Frau
Tschäffe	Da sein, haben; wenn einem nichts anderes einfällt
Tschekker	Versteher, Abklärer, Organisierer
Tschero	Kopf
Tschü	Nichts, nein, nie, universale Verneinung
Tschuern	Stehlen, Klauen
Tschunde	Dreck, Unwert
Ticks muij	Halt den Mund, sei still, Halt´s Maul

KBV KRIMINALROMAN

Eva Brhel

ABTSMOOR

Taschenbuch, 360 Seiten
ISBN 978-3-95441-164-1
9,95 EURO

Die Leiche ist übel zugerichtet, mit Hämatomen übersät, das Genick ist gebrochen. Aber die tote Olivia Walter war einmal sehr schön, denkt Hannah Henker, als sie frühmorgens im Abtsmoor die Ermittlungen ihres ersten Falls im Raum Karlsruhe aufnimmt.
Es sieht nicht gut aus für Hannah, die 43-jährige Kommissarin. Nicht nur, weil sie sich wegen einer Affäre mit dem frisch getrennten Staatsanwalt zur Kripo Karlsruhe hat versetzen lassen. Nicht nur, weil das alle Kollegen längst wissen. Hannah ist einfach nicht in Form.
Erste Nachforschungen führen sie und ihr Team zu einer Organisation für die Bekämpfung der Schnakenplage (KABS), für welche die junge Biologin Olivia gearbeitet hat. Der Ehemann, Hans Walter, war eifersüchtig und zudem fest davon überzeugt, dass Olivia einen Liebhaber hatte.
Hannah und ihr Team ermitteln in alle Richtungen und stoßen dabei auf vielfältige Spuren: An der Leiche finden sich Hinweise auf eine Sekte. Auch wird ein Mann, der bereits wegen Stalkings vorbestraft ist, bei seinen Streifzügen durch das Abtsmoor beobachtet. Und ein Nebenjob der getöteten jungen Frau führt zu einem ominösen Strukturvertrieb mit fragwürdigen Geschäftspraktiken.
Als eine weitere junge Frau ermordet wird, steigt der Druck auf die Ermittler enorm...

KBV KRIMINALROMAN

Markus Niebios

KOPFLOS IM KOFFERRAUM

Taschenbuch, ca. 290 Seiten
ISBN 978-3-95441-190-0
9,90 EURO

Eine irre Mischung aus »Kluftinger« und »Kreutzer kommt« mit einem Schuss »Tatortreiniger«!
Wer seine Detektei Mystica nennt und einen Leichenwagen als Dienstgefährt benutzt, legt es darauf an, die Kundschaft aus schrägen Vögeln zu rekrutieren. Dass sich Borg und Romanov bei ihrer Suche nach einem seltenen Krebs allerdings mit Sargdesignern, Kryptozoologen und einem Hippie-Medium herumschlagen müssen, geht selbst ihnen ein bisschen zu weit.
Als Borg ein Mord angehängt wird, und sein Nachfolger als Leiter der Mordkommission alles daran setzt, ihn hinter Gitter zu bringen, beginnt eine fulminante Jagd nach Antworten. Warum nagelt jemand einen türkischen Totengräber an ein Hakenkreuz? Was verheimlicht das Bestattungsunternehmen? Wie oft kann man lebendig begraben werden, ohne den Verstand zu verlieren? Wer serviert wem vom Aussterben bedrohte Tiere und wie kommt der Kopf des Klienten in den Kühlschrank der Detektei?
Von der Polizei und zwei Killern durch halb Dortmund gehetzt, finden Borg und Romanov heraus, dass es dem Vorsitzenden einer rechtsradikalen Bürgerinitiative um weit mehr geht, als den Bau eines Minaretts zu verhindern.

»... komplett gaga, monströs wie das Leben, wunderbar!«
(Gisbert Haefs)

KBV KRIMINALROMAN

David Daniel
HERZJAGD

Taschenbuch, 276 Seiten
ISBN 978-3-95441-187-0
9,50 EURO

Eine Veterinärmedizinerin und engagierte Tierschützerin wird in einer Schlachterei ermordet und buchstäblich in zwei Teile zersägt. Trotz seiner Suspendierung soll sich Kommissar Lohmeier um die Aufklärung dieses bestialischen Verbrechens bemühen.
Als er im Umfeld der Toten ermittelt, stößt er auf eine große Auswahl an Verdächtigen: Wurde sie als Gegnerin des Vereins, der um die gesellschaftliche Anerkennung von Sex mit Tieren kämpft, ausgeschaltet? Haben Tierschützer ein Exempel statuieren wollen, weil sie in einer Schlachterei die Schlachtbedingungen im Auftrag der Fleischindustrie kontrolliert hat? Oder ist gar eine ganze Branche an ihrem Tod interessiert?
Wieder einmal ist es der Düsseldorfer Privatdetektiv Alexander Herz, der Lohmeier bei seinen Nachforschungen unterstützt und sich als verdeckter Ermittler in eine Tierschutzorganisation einschleusen lässt, die eine wichtige Rolle im Mordfall der ermordeten Tierärztin zu spielen scheint. Das Ganze entwickelt sich rasch zu einem höchst brisanten Einsatz.

»Der Daniel-Krimi überzeugt durch einen mitreißenden Plot, Figuren mit Tiefenschärfe und Spannung bis zum Schluss. So baut man Spannung auf.« (Westdeutsche Zeitung zu ›Herzrasen‹)